HEYNE HARDCORE

W0464010

Das Buch

Simon haust in einer verwahrlosten Bude in L. A. und fristet ein Leben ohne nennenswerte soziale Kontakte. Bis eines Nachts ein Mann in sein Apartment eindringt und ohne Umschweife auf ihn losgeht. Nach kurzem, erbittertem Kampf im Dunkeln gelingt es Simon, den Angreifer mit seiner Taschenlampe niederzuschlagen. Als er daraufhin das Licht anknipst, muss er zwei Tatsachen ins Auge sehen. Erstens: Er hat einen Menschen getötet. Zweitens: Der Tote ist ihm wie aus dem Gesicht geschnitten. Wer war der mysteriöse Doppelgänger, und was wollte er? Auf der Suche nach Antworten gerät Simon in einen Strudel der Ereignisse, der ihn unaufhaltsam in den Abgrund reißt.

Der Autor

Ryan David Jahn wuchs in Arizona, Texas und Kalifornien auf. Mit sechzehn Jahren verließ er die Schule, um in einem Plattenladen zu arbeiten. Seit 2004 arbeitet er als Drehbuchautor für Film und Fernsehen. Für seinen ersten Roman *Ein Akt der Gewalt* wurde er mit dem renommierten Debut Dagger Award ausgezeichnet.
www.ryandavidjahn.com

Lieferbare Titel

Akt der Gewalt – Der Cop

RYAN DAVID JAHN

DIE ZWEITE HAUT

THRILLER

Aus dem Amerikanischen
von Teja Schwaner

WILHELM HEYNE VERLAG
MÜNCHEN

Die Originalausgabe erschien 2010 unter dem Titel
LOW LIFE
bei Macmillan, London

Unter www.heyne-hardcore.de finden Sie das komplette Hardcore-Programm, den monatlichen Newsletter sowie unser halbjährlich erscheinendes CORE-Magazin mit Themen rund um das Hardcore-Universum.

Weitere News unter facebook.com/heyne.hardcore

FSC www.fsc.org MIX Papier aus verantwortungsvollen Quellen FSC® C014496

Verlagsgruppe Random House FSC® N001967
Das für dieses Buch verwendete
FSC®-zertifizierte Papier *Holmen Book Cream*
liefert Holmen Paper, Hallstavik, Schweden.

Vollständige deutsche Erstausgabe 08/2014
Copyright © 2010 by Ryan David Jahn
Copyright © 2014 der deutschsprachigen Ausgabe
by Wilhelm Heyne Verlag, München,
in der Verlagsgruppe Random House GmbH
Printed in Germany 2014
Redaktion: Ulf Müller
Umschlaggestaltung: Melville Brand Design GmbH, München,
unter Verwendung eines Motivs von © Shutterstock
Satz: Schaber Datentechnik, Wels
Druck und Bindung: GGP Media GmbH, Pößneck

ISBN: 978-3-453-43754-8

www.heyne-hardcore.de

Für Dave Morton und Jacque Morton –
die mir meine erste Schreibmaschine kauften

Dank an Will Atkins
Liz Cowen
Gordy Hoffman
Mary Jahn
Andy Pagana
Sophie Portas
Heather Schor

1

SIMON

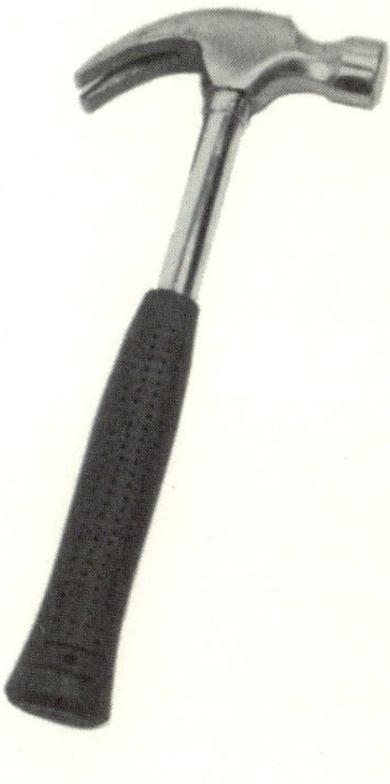

Der Morgen jenes Tages, an dem Simon zum ersten Mal einen Menschen tötete, kam ihm vor wie jeder andere.

Er lag auf einer schäbigen Matratze, die direkt auf einem von Nägeln durchlöcherten Hartholzfußboden lagerte. Ein Wecker, seine Brille und ein orangefarbenes Fläschchen mit rezeptpflichtigen Pillen befanden sich in Reichweite. Das einzige weitere Möbelstück im Raum war eine Frisierkommode, der man ansah, dass sie eigentlich schon vor Jahren am Straßenrand hätte abgestellt werden sollen. Simon lag unter einer dünnen braunen Decke flach auf dem Rücken, die Arme neben dem Körper ausgestreckt. Allem Anschein nach schlief er, sein Gesicht wirkte ruhig und entspannt. Seine Wangen waren blass und von Aknenarben verunstaltet. Hätte man die Augen wegradiert und die Nase und den Mund, so hätte man glauben können, auf die Mondoberfläche zu sehen oder vielleicht auf ein entfernt gelegenes Atombombenversuchsgelände. Er war erst vierunddreißig, doch sein frühzeitig ergrautes Haar war dünn, weißlich und spröde wie das eines Achtzigjährigen und blieb ständig zerzaust, obwohl er es sorgfältig rechts scheitelte und mit Pomade glatt zu kämmen versuchte. Er schnitt es auch selbst. Er hasste Friseure. Als er noch zu ihnen ging, kam er sich stets vor wie ein Gefangener dieser bewaffneten Männer, gezwungen, sich das dümmliche Gelaber über das Alltagsleben einer Person anzuhören, die ihm scheißegal war, und, schlimmer noch, bedrängt, Auskünfte über sein eigenes Leben zu geben.

Simon hatte es nicht so mit Small Talk.

Er schlug die Augen auf.

Graues Licht stahl sich um die Ränder eines blauen Vorhangs, der eigentlich gar kein Vorhang war, sondern nur eine Decke, die er einem Straßenhändler abgekauft und mithilfe eines Kaffeebechers über dem Fenster festgenagelt hatte. Simon hatte nur darauf gewartet, dass sein Porzellanhammer zersplitterte, als er damit zuschlug, aber er hatte gehalten.

Bin ich wach?

Er blinzelte.

Bestimmt bin ich wach, dachte er. Alles ergibt Sinn.

Sein Wecker gab einen hohlen Laut von sich. Gleich darauf klingelte er.

Er setzte sich auf. Die Decke rutschte ihm von der Brust. Die Morgenluft war kühl, obwohl es Spätsommer war. Das genaue Datum hätte er nicht nennen können; jeder Tag glich dem anderen so sehr, dass Wochentage und Daten nicht mehr von Bedeutung schienen. Er konnte exakt die Anzahl der Schritte nennen, die er an seinem Arbeitsplatz für die Strecke vom Fahrstuhl zu seiner

Bürozelle benötigte – vierundsiebzig bei guter Laune, zweiundachtzig, wenn er niedergeschlagen war –, aber das Datum hätte er nicht nennen können. Es war frühmorgens, und im Raum herrschte trotz Spätsommer nächtliche Kühle. Das war alles.

Oder vielleicht war es ja bereits Frühherbst. Jedenfalls war er sich ziemlich sicher, dass der September schon angebrochen war.

Er schnappte sich den Wecker, brachte ihn zum Schweigen und stellte ihn wieder auf den Fußboden. Er hob seine Brille auf und setzte sie sich auf die Nase. Es war eins von diesen Dingern mit Metallgestell, wie Piloten sie tragen. Er war kurzsichtig, und die dicken Gläser ließen seine Augen um die Hälfte kleiner wirken. Er zuckte zusammen und sog zischend die Luft ein. Obwohl er eine Brille trug, seit er zehn war, und diese hier keineswegs neu war, hatte sich im Lauf der letzten Wochen hinter seinem rechten Ohr eine wunde Stelle gebildet, dort, wo sich der Plastikbügel in die Haut grub. Die Wunde war offen und blutete, und wenn er mit der Fingerkuppe drauftupfte, verspürte er einen stechenden Schmerz. Er hatte versucht, das Gestell zurechtzubiegen, aber vergebens.

Simon stand auf. Die Dielen unter seinen Füßen waren kalt. Er war mit Socken schlafen gegangen, aber irgendwann nachts musste er sie ausgezogen haben, denn sie lagen jetzt umgestülpt in der Ecke des Zimmers und sahen aus wie zwei tote Nagetiere.

In einem T-Shirt und grün karierten Pyjamahosen stand er an dem schmutzigen blauen Waschbecken in seinem Badezimmer. Wasser tropf-tropf-tropfte langsam aus dem lecken Hahn. Er betrachtete sich im von Zahnpastaflecken gesprenkelten Spiegel des Medizinschränkchens. Die Spiegelfolie auf der Innenseite der Glasscheibe schälte sich ab wie sonnenverbrannte Haut und gab den Blick auf Tuben und Fläschchen mit Salben und Pillen frei. Simon ließ die Borsten der Zahnbürste über die Oberfläche seiner Zähne kratzen. Das Zahnfleisch schmerzte, und als er ins Waschbecken spuckte, mischten sich Fäden von Rot in das Zahnpastaweiß. Er drehte den Wasserhahn auf und spülte die Reste weg.

Nach einer lauwarmen Dusche – das Wasser wurde nie richtig heiß – stieg er in seine Boxershorts und zog zu braunen Hosen ein weißes Hemd an. Er schlang sich einen verschlissenen Paisleyschlips mit hellblauem Muster auf braunem Grund um den Hals und schlüpfte in ein braunes Cordsakko mit Lederflicken an den Ellenbogen. Er streifte sich durchlöcherte Socken über und zog alte, fleckige braune Wildlederschuhe an, deren abgewetztes Leder an manchen Stellen glänzte. Die dünnen Ledersenkel, mit denen er sich die Schuhe schnürte, waren an mehreren Stellen gerissen und wieder zusammengeknotet.

Er ging in die Küche, wo er sich zwei mit Leberwurst bestrichene Sandwichs zubereitete, die er mit weißen Zwiebeln und Schweizer Käse garnierte. Er wickelte zwei saure Gurken und eine Handvoll Kartoffelchips getrennt voneinander in Frischhaltefolie. Dann steckte er alles in eine braune Papiertüte, die er oben zweimal entlang der schon vom letzten Gebrauch vorhandenen Falzen knickte.

Anschließend sah er auf die Uhr – es war sieben Uhr dreißig, die Arbeit begann um acht – und ging zur Wohnungstür.

Draußen drehte er sich um, schob den Schlüssel in das zerkratzte, ein wenig locker sitzende Messingschloss und versuchte zuzusperren. Aber wer auch immer das Schloss eingebaut hatte, war nachlässig gewesen, sodass der Riegel und die Öffnung, in die er gleiten sollte, nicht auf gleicher Höhe lagen. Simon musste die Türklinke mit einer Hand anheben und rütteln, während er mit der anderen den Schlüssel drehte. Begleitet von halblautem Fluchen – Nun komm schon, du Miststück! – fiel die Tür endlich ins Schloss.

Der Korridorfußboden war mit einem Teppich ausgelegt, der einmal beigefarben gewesen sein mochte, jetzt aber mit seinen vielen Flecken einem Leopardenfell glich. Dort, wo er sich nicht schon in Fransen aufgelöst hatte, war er platt getrampelt, und an den Rändern, wo man mit dem Staubsauger nicht hinkam, und im am meisten strapazierten Mittelteil glänzte er tiefschwarz. Die Wände schimmerten nikotingelb, abgesehen von den Stellen, an denen kürzlich Graffiti übermalt worden waren. Trotzdem gab es da ein neues Graffito, das höchstens zwei Tage alt war. Es prangte an der Wand gegenüber der Treppe, die hinunter ins

Erdgeschoss in die rund um die Uhr unbeaufsichtigte Eingangshalle führte.

WELL, TAKE HIM

hieß es da. Die Wörter waren mit dicht an die Wand gehaltener Düse aufgesprayt worden. Um die Buchstaben herum waren Spritzer zu sehen, und schwere Farbtropfen hatten beim Hinunterlaufen Spuren hinterlassen. Über dem Graffito befand sich ein mit dem Finger gemaltes »s«. Simon nahm an, dass der Urheber der Botschaft mit dem Finger in den Strahl der Düse geraten war und dann versucht hatte, die Farbe von seinem Zeigefinger an die Wand zu reiben.

Well, take him. Wen nehmen? Und wohin mitnehmen?

Simon ging auf das Graffito zu, wandte sich dann wieder ab und nahm sich vor, seinen Vermieter Leonard anzurufen und ihm davon zu berichten (er würde nicht gerade erfreut sein: Schließlich hatte er erst vor wenigen Tagen an derselben Stelle ein anderes Graffito übermalt). Dann nahm er die knarrende Treppe, die so schmal war, dass zwei Menschen nicht ohne Tuchfühlung aneinander vorbeikamen. Die Glühbirne an der Decke war schon vor zwei Monaten durchgebrannt und immer noch nicht ersetzt worden, und daher herrschte, während draußen hell die Morgensonne schien, auf der Treppe finstere Nacht. Als er die Holzstufen hinunterstieg und dabei auf das leise Stöhnen lauschte, mit dem sie über sein Gewicht klagten, stieg ihm der vertraute Geruch von Urin in die Nase. Die Tür zur Eingangshalle blieb immer unverschlossen, was dazu führte, dass Graffiti auf den Wänden hinterlassen wurden und gelegentlich ein Stadtstreicher im Treppenhaus schlief.

Am Fuß der Treppe: die Eingangshalle. Vor fünfundneunzig Jahren, als das Gebäude errichtet worden war, mochte sie Charme verströmt haben, aber jetzt rottete sie langsam dahin. Die Fußbodenfliesen hatten Risse und Flecken, die Fugenfüllungen waren entweder schwarz vor Schmutz oder fehlten ganz; die Täfelung war völlig verzogen und von eingeschnitzten Initialen verschandelt; die Fenster waren trüb von Dreck, die langsam unter der Decke rotierenden Ventilatorblätter überzogen von einer zentimeterdicken Schicht aus Staub, der sich über die Jahrzehnte dort angesammelt hatte. Staub, der manchmal zu schwer wurde, um sich auf dem Blatt zu halten, und in großen grauen Ballen herunterfiel wie tote Tauben.

Simon durchquerte die Halle, stieß die von Fingerabdrücken übersäten Glastüren auf und trat hinaus auf den Wilshire Boulevard, an dem sich die Filboyd Apartments befanden, eine der zahlreichen Bausünden, die sich zwölf Stockwerke hoch in den sonnengebleichten Himmel von Los Angeles reckten, rechteckig und zweckmäßig wie eine Kaserne, mit einer Feuerleiter an der Rückseite, die wie die Radierung einer schiefen Wirbelsäule wirkte. Sofort überfielen ihn der Lärm und die Ausdünstungen der Stadt – Imbissgeruch und Abgase, Autohupen und Hubschrauber.

Einen halben Block entfernt schlief ein Stadtstreicher auf einer Bank vor dem Captain Bligh's (einem Restaurant, in dem ein unmöglich zu bewältigender pfundschwerer Bounty Burger serviert wurde). Der Verkehr auf dem Wilshire floss wie ein Strom aus Stahl, an diversen Kreuzungen aufgestaut und hier und da zum Rinnsal verlangsamt. Die andere Seite der verkehrsreichen Straße säumte eine Reihe niedriger Gebäude – ein Elektronikhandel, ein Waschsalon, eine koreanische Grillstube.

Simon wandte sich auf dem Gehsteig nach rechts und ging den Wilshire in westlicher Richtung entlang zu seinem Wagen. Er hatte gerade die halbe Strecke hinter sich, als er den Hund erblickte, ein räudiges Tier mit rötlich braunem Fell. Sein linkes Ohr sah aus wie der angekaute Fettrand eines Rumpsteaks, sein Fell war von Blut und Schmutz verfilzt, und sein blindes rechtes Auge war bis auf eine rote Ader, die sich im Winkel blähte, milchig weiß.

Simon stoppte abrupt.

Er betrachtete den Hund, und der Hund, der anscheinend ziellos die Straße entlanggehumpelt war, blieb stehen und erwiderte den Blick. Sein gesundes Auge blitzte lebhaft und traurig zugleich, und er hatte etwas an sich, das Simons Herz anrührte. Er ging in die Hocke und stellte die Provianttüte zwischen seinen Füßen ab. Er faltete sie auf, griff hinein und zog unter den Gewürzgurken, die bereits durch ihre Folienhülle tropften, eines der Sandwichs mit Leberwurst hervor. Er klappte es auf und streckte es dem Hund entgegen.

»Komm her, Junge.«

Der Hund neigte den Kopf nach links und sah Simon an.

»Komm schon, es ist Leberwurst.«

Der Köter machte ein paar zögernde Schritte in seine Richtung, seitwärts, als habe er Angst, direkt auf ihn zuzugehen. Seine gelben Krallen klapperten auf dem Pflaster. Als er nur noch einen halben Meter von Simons ausgestrecktem Arm entfernt war, blieb er stehen und sah sich um. Die Angst, er habe sich vielleicht etwas zuschulden kommen lassen, flackerte in seinem Auge, und er schien mit einem plötzlichen strafenden Tritt von jemandem zu rechnen, der bisher noch unsichtbar war. Dann reckte er den Hals nach dem Sandwich, schnappte es sich und humpelte hastig ein Stück zur Seite, bevor er es auf den Gehsteig fallen ließ und dann mit wenigen Bissen hinunterschlang.

»Das war nett von Ihnen.« Eine dünne, quäkende Stimme.

Simon stand auf – ein leichter Schwindelanfall ergriff ihn, schwarze Punkte tanzten vor seinen Augen – und drehte sich um. Vor ihm stand ein alter Mann, mindestens neunzig, vielleicht sogar älter. Sein Gesicht war zerfurcht und sein Mund von Falten umrahmt. Lose Hautlappen schlackerten um seinen Hals, und die Tränensäcke unter seinen Augen schienen groß genug, um je einen halben Liter Bier aufzunehmen. Seine Lippen waren farblos. Er trug eine mottenzerfressene gelbe Strickjacke, eine makellos gebügelte, wenn auch recht zerschlissene Anzughose und auf Hochglanz polierte Lederschuhe, die er wahrscheinlich nicht mehr ausgezogen hatte, seit er 1956, oder wann auch immer es gewesen sein mochte, aus Deutschland gekommen war. Sein Akzent war schwach, aber ohne Schwierigkeiten zu erkennen. Er sah Simon aus blassblauen Augen freimütig an.

Simon sagte »Danke« und schaute weg.

Der alte Mann nickte, rührte sich aber nicht und sagte keinen Ton. Sein Blick blieb fest. Simon hatte den Eindruck, dass er etwas von ihm erwartete.

»Ich muss zur Arbeit.«

Der alte Mann nickte erneut, blieb aber stumm.

»Okay«, sagte Simon. »Einen schönen Tag noch.«

Er drehte sich um und ging davon. Einmal blickte er noch über die Schulter zurück, bevor er seinen alten Volvo erreichte, einstieg, verbotenerweise wendete – in aller Eile, solange die Ampeln für alle rot waren – und in Richtung Innenstadt fuhr, deren Gebäude sich wie eine Ansammlung schiefer Zähne am Horizont abzeichneten.

Den Morgen verbrachte er damit, über Zahlen zu brüten. Er arbeitete für ein großes Lohnabrechnungsunternehmen, das die gesamte zwanzigste Etage eines Gebäudes belegte, dessen Hauptaufgabe darin zu bestehen schien, Schatten zu werfen. Er saß auf seinem schwarzen Stuhl an seinem braunen Tisch in seiner grauen Bürozelle und hackte in die Nummerntasten seiner weißen Tastatur.

Zur Mittagspause stand er von seinem Schreibtisch auf, griff sich sein Lunchpaket aus dem Bürokühlschrank – der nach vergammelten Lebensmitteln roch, die man immer weiter nach hinten geschoben hatte –, ging den Flur entlang zum Fahrstuhl und wartete. Das Gebäude hatte fünfzig Stockwerke und fünf Aufzüge, die jeweils zehn Etagen abdeckten: eins bis zehn, elf bis zwanzig, einundzwanzig bis dreißig und so weiter, die sämtlich zum Ein- und Ausstieg auf der Lobby-Ebene hielten. Die Fahrstühle kamen und gingen. Die Leute, zwischen denen er stand, stiegen ein und fuhren davon – er wartete weiter. Nach einigen Minuten hielt ein leerer Fahrstuhl, und außer Simon wartete niemand mehr. Er stieg ein, wohl wissend, dass die Wartezeit verschenkt war, weil sich ein leerer Fahrstuhl sowieso füllen würde, bis er die Lobby erreichte. Doch die Hoffnung stirbt zuletzt.

Der Fahrstuhl hielt im siebzehnten Stock und nahm zwei Frauen mit.

Er drehte sich der Fahrstuhlecke aus gebürstetem Edelstahl zu und schloss die Augen. Sie brannten, und er kniff sie fester zusammen. Es schien ihm die Brust zusammenzuschnüren. Er legte den Kopf in den Nacken, zum Neonlicht an der Decke, und aus dem schwarzen Schatten seiner Augenlider wurde ein roter Vorhang.

»... und dann sagt Vince: ›Was kümmert es mich, mit wem du schläfst?‹«

»Unglaublich.«

»Ja, oder?«

»Wie hast du reagiert?«

»Ich habe ihm gesagt, dass ich mit seinem Bruder geschlafen habe.«

»Und, hast du?«

»Nein. Vince' Bruder stinkt wie ein Müllcontainer. Ich wollte nur wissen, wie er reagiert.«

»Und?«

Im fünfzehnten Stock gesellten sich weitere Personen zu ihnen – ebenso im zwölften und elften.

Als Simon die Lobby erreichte, war er schweißnass. Ihm war heiß und leicht übel. Der Fahrstuhl war inzwischen voll besetzt.

Er bahnte sich eilig einen Weg nach draußen, stieß dabei ein paar trödelnde Leute zur Seite – wobei er sich »He, Freundchen« und »Arschloch« anhören musste – und hastete durch die mit Marmor ausgelegte Lobby hinaus ins Freie, in die nicht recycelte Luft und das Tageslicht. Er rang nach Atem. Er kam sich albern vor, wegen eines voll besetzten Fahrstuhls in Panik zu geraten, aber er wusste auch nicht, wie er es verhindern sollte. Zwanzig Stockwerke zu Fuß waren eine ganze Menge. Also nahm er einfach den Fahrstuhl und ertrug dafür viermal am Tag die Übelkeit – einmal morgens, zweimal zur Mittagspause und einmal, wenn der Arbeitstag vorüber war.

Er blinzelte ins Mittagslicht. Seine Pupillen verengten sich zu Nadelspitzen. Robert und Chris standen vor dem Gebäude und rauchten.

Robert war groß und dünn, trug Anzüge, die wie Müllsäcke über seinen spindeldürren Gliedmaßen hingen, und schmückte sich mit einem Zopf, der wie ein Pferdeschweif an seinem Hinterkopf baumelte. Er hatte ein fliehendes Kinn und eine hohe Stirn, was ihn früher wohl als degeneriert hätte gelten lassen. Seine Hände waren für einen Mann seiner Körpergröße verblüffend klein und feingliedrig.

Chris war knapp eins sechzig groß, ein sehniger kleiner Texaner mit Zähnen wie rottende Zaunpfähle und dünnem blondem Haar, das er sich in die Stirn kämmte. Sein Gesicht wirkte zu groß für den Kopf, auf den man es geklatscht hatte, die Augen waren riesig wie die eines Lemuren, und sein Mund war ein breites Fischmaul. Seine Muskeln zuckten oft, scheinbar grundlos und besonders dann, wenn er sich ereiferte, was häufig geschah.

Simon hatte keine Ahnung, wie alt die beiden sein mochten – vielleicht fünfunddreißig, vielleicht vierzig.

Robert sah auf die Uhr. »Hast du doch endlich aufgegeben und beschlossen, die Treppe zu nehmen?«

Das eigene Lächeln kam Simon aufgesetzt und falsch vor. Seine Augen trübten sich in ihren Höhlen.

Obwohl er Robert und Chris als Freunde betrachtete – eigentlich sogar als seine einzigen Freunde –, wusste er nicht, wie er auf sie reagieren sollte. In der Welt der zwischenmenschlichen Beziehungen fühlte er sich verloren. Nach vierunddreißig Lebensjahren meinte er, manchmal zu wissen, was in gesellschaftlichen Situationen von ihm erwartet wurde – mit einigem Herumprobieren hatte er die korrekten Reaktionen erlernt –, aber es fühlte sich nie wie natürliches Verhalten an, sondern wie ein einstudierter Auftritt. Es wurde ein Lächeln von ihm erwartet, also lächelte er. Es wurde erwartet, dass er über einen Witz lachte, also lachte er. Es wurde erwartet, dass er sich mit seinen Freunden über Fernsehsendungen unterhielt, also sah er fern, um mitreden zu können. Aber er fühlte sich von alledem ausgeschlossen – abgetrennt durch eine unsichtbare Membran, gefangen sogar außerhalb seiner selbst, an einem Nicht-Ort, sodass er sich aus der Distanz dabei beobachten konnte, wie er mit der Welt interagierte – nicht imstande, sich zu beteiligen, auch wenn er den Anschein erweckte, es zu tun.

Sie machten sich auf den Weg zu Wally's am Broadway und schnappten sich einen Tisch. Robert und Chris bestellten. Simon saß da und wartete, dass ihre Sandwichs gebracht wurden, bevor er sein eigenes auspackte. Als er hier zum ersten Mal mit Robert und Chris zu Mittag aß – vor vier Monaten, drei Monate nachdem er zusammen mit ihnen im selben Gebäude zu arbeiten begonnen hatte, auch wenn es ihm so vorkam, als arbeite er schon eine Ewigkeit hier: Ein Tag war wie der andere, und aneinandergereiht schienen sie unendlich weit in die Vergangenheit zurückzureichen, wie eine Reihe Dominosteine –, damals also hatte es Ärger mit dem Geschäftsführer des Restaurants gegeben. Er befinde sich hier in einem Restaurant, nicht im Park. Er dürfe nicht einfach seine Speisen mitbringen und sich hier ausbreiten. Aber dann hatten sie sich geeinigt, und seither drückte der Geschäftsführer ein Auge zu.

Als Babette Simon wie jeden Tag sein 7-Up servierte, lächelte sie und sagte Hallo. Simon erwiderte das Lächeln, zog die Papierhülle von seinem Strohhalm und trank. Die Limonade war kalt und süß und half, seinen Magen zu beruhigen.

Er ließ sich in seinen Wagen fallen, der Arbeitstag war vorbei. Auf der Motorhaube des Wagens, eines grauen 1987er Volvos, blätterte die Farbe ab, wo sie durch die Motorhitze Blasen geworfen hatte, und genauso auf der Kofferraumklappe, wo diverse frühere Besitzer den Tankdeckel abgelegt hatten, wenn sie Benzin nachfüllten. Er ließ den Motor an, drückte den Knopf links vom Ganghebel und zog diesen in die »Drive«-Position nach hinten. Dann fädelte er sich langsam in den träge fließenden Verkehr ein, tastete sich mit dem rechten Kotflügel vor – er befand sich in einer Einbahnstraße – und zwang den Wagen hinter sich, entweder anzuhalten oder ihn zu rammen. Such's dir aus, Kumpel. Nach fünf Minuten war er wieder auf dem Wilshire und auf dem Weg nach Hause. Aber dann fuhr er einfach an den Filboyd Apartments vorbei und am Ambassador Hotel, in dem Robert Kennedy vor vierzig Jahre einem Attentat zum Opfer gefallen war. Und weiter geradeaus. Das Ambassador wurde gerade zu einer Schule umgebaut, und zusammen mit den Mauern tilgte man auch die Geschichte. Lebwohl Coconut-Grove-Nachtclub, willkommen Zuchtanstalt, und vom Hotel war nichts übrig als ein Stahlskelett, umsäumt von tiefen Ausschachtungen und abgegrenzt durch einen Maschendrahtzaun. Los Angeles war eine Stadt, die ihre Vergangenheit kontinuierlich ausradierte. Geschichte war nur etwas für die Menschen, die es noch nicht hierher geschafft hatten. Das hier war der äußerste Rand der neuen Welt, und er würde es auch bleiben. Bis hierher und nicht weiter, aber wer würde auch weiter wollen? Man achte einfach nicht auf die

Slums und den Dreck und die Armen und vermeide es, über einen der zerbrochenen Träume zu stolpern, wenn man den Hollywood Boulevard entlanggeht.

Nach wenigen Meilen erreichte er sein Ziel. Auf der Fassade des Gebäudes stand:

ADULT BOOKS & VIDEO ARCADE

und auch wenn er in dem Laden noch nie ein richtiges Buch gesehen hatte, wurden hier doch massenhaft Magazine angeboten.

Er parkte seinen Wagen in einer Nebenstraße des Wilshire, prüfte die Parkuhr und stellte fest, dass, wer auch immer vor ihm hier geparkt hatte, so nett gewesen war, ihm ein Guthaben von dreiundzwanzig Minuten Parkzeit zu hinterlassen. Er legte noch einen Quarter nach und ging dann über den rissigen Gehsteig zu dem Laden.

Das Metalltor, das als Eingangstür diente, war verschlossen. Wie immer. Simon drückte auf einen Knopf rechts an der Wand und hörte drinnen eine Glocke läuten. Er sah hinauf in die Kamera, die über der Tür angebracht war. Kurz darauf ertönte ein Summen. Er zog an der Tür. Sie öffnete sich.

Die Luft im Innern war stickig, und es roch nach salzigem Ozeanwasser und modernder Unterwasservegetation oder – eher noch – nach etwas, das einer Mischung dieser Gerüche ähnelte; der nächstgelegene Strand war fünfzehn Meilen entfernt, in Santa Monica, wo sich das Riesenrad träge drehte und Frauen in Bikinis sich auf grellfarbigen Handtüchern rekelten. Und die einzigen Seevögel, die sich so weit landeinwärts getraut hatten, waren Möwen, die hinter dem Fischrestaurant an der Fourth und Vermont lungerten und sich durch die Garnelenschalen und Hummerschwänze in der Abfalltonne pickten.

Am Tresen, hinter dem ein gelangweilter Typ im burgunderroten Trainingsanzug stand und in einem Wrestling-Magazin blätterte, wechselte Simon einen Zwanzigdollarschein in zwanzig Eindollarscheine und durchquerte dann den vorderen Raum, in dem die Umschlagseiten zahlloser Magazine irgendwelche Fetische präsentierten – Großaufnahmen hübsch pedikürter Füße mit polierten roten und blauen Zehennägeln; die winzigen Brüste, geschwollenen Nippel und rasierten Vulven von Frauen, die vorgaben, vorpubertäre Mädchen zu sein; devote Frauen, deren Taillen von Korsetts eingeschnürt waren und auf deren Hintern rote Striemen prangten, die sie offenbar zahlreichen Rohrstockhieben verdankten; Krankenschwestern, die Klistiere schwenkten; Frauen mit Mädchenzöpfen, in Windeln und an Schnullern saugend. Simon ging durch eine Türöffnung und stieg eine Stufe hinauf in den hinteren Raum, über dessen Tür ein Schild mit der Aufschrift VIDEO ARCADE angebracht war.

Ein paar einsame Männer mittleren Alters mit glitzernden schwarzen Augen drückten sich vor den Kabinen herum. Offenbar waren sie auf der Suche nach jemandem, der ein wenig Zeit da drinnen mit ihnen teilen wollte, bevor sie sich wieder auf den Heimweg zu ihrer

Ehefrau machten (Simon waren mehrere Eheringe aufgefallen). Er vermied jeden Blickkontakt, weil er nicht wollte, dass jemand auf falsche Gedanken kam, und steuerte auf eine Kabine zu, über deren Eingang ein grünes Licht schimmerte. Bei rotem Licht waren die Kabinen besetzt und abgeschlossen. Durch die Ritzen unter den Türen drangen leise Videosexgeräusche.

Im Innern der Kabine war in einer der Wände ein Fernsehschirm eingelassen, und rechts davon befand sich ein Schlitz für Dollarscheine. An der Wand gegenüber dem Bildschirm war eine Holzbank eingebaut. Auf dem Boden daneben stand ein Mülleimer, der schon halb mit zusammengeknüllten Kleenex und Papierhandtüchern und Imbissservietten gefüllt war. Der Geruch nach faulendem Sperma war betäubend.

Simon fädelte einen Dollarschein in den Schlitz neben dem Bildschirm, und die Mattscheibe leuchtete auf. Sie erfüllte den kleinen Raum mit unangenehm fahlem Licht.

Das Gerät bot sechs verschiedene Pornokanäle für sechs deutlich unterschiedliche Vorlieben. Simon wählte Kanal drei – eine Frau mit schwarzer Ledermaske peitschte einen splitternackten Mann aus, der sich ihr auf dem rauen Betonfußboden in irgendeinem anonymen Lagerhaus auf Händen und Knien präsentierte. (Wahrscheinlich war es ein Lagerhaus auf der anderen Seite des Berges in Sherman Oaks oder Encino.) Während sie ihn peitschte, beschimpfte sie ihn mit den übelsten Ausdrücken.

Simon setzte sich nicht, aber er hatte wacklige Knie.

Als er zu den Filboyd Apartments zurückkam, fand er auf dem Wilshire keinen Parkplatz. Also bog er nach links in eine Seitenstraße ein, die von Apartmenthäusern gesäumt war, und fuhr in Richtung Sixth Street. Kurz vor dem Ende des Blocks fand er einen Parkplatz unter einer kaputten Straßenlaterne – in diesem Block funktionierte nicht eine einzige Lampe, während auf der anderen Seite der Sixth alle Laternen im abendlichen Dämmerlicht aufflammten. Es gelang ihm mit Mühe, seinen Wagen in die Lücke hineinzuquetschen. Lediglich sein rechter vorderer Kotflügel ragte ein ganz klein wenig in die rote Zone hinein. In einem braunen Rasenstück gut drei Meter entfernt von ihm stand ein Hydrant.

Er stieg aus dem Volvo aus, knallte die Tür zu, steckte den Schlüssel in das zerkratzte Schlüsselloch und drehte ihn von zwölf auf drei Uhr. Zufrieden spürte er den Widerstand, alle vier Türen wurden auf einen Schlag verriegelt. Er drehte sich um, steckte die Schlüssel in die Tasche und machte sich auf den Nachhauseweg.

Die Sonne und der Mond waren zu sehen, bei ihrem Schichtwechsel am Himmel: Der Mond stieg auf, und die Sonne sank hinter den Horizont. Die Wolken glichen zerrupfter Watte. Die besonders nahen Sterne – oder vielleicht waren es auch Planeten – blitzten am langsam dunkel werdenden Himmel wie Taschenlampen in einem fernen Wald.

Einige Schritte von seinem Wagen entfernt blieb er stehen, um sich eine Zigarette anzuzünden. Als sie brannte, ließ er den Deckel seines silbernen Zippos zuschnappen und steckte das noch warme Feuerzeug in die Hosentasche. Er spürte die Hitze an seinem Oberschenkel. Er nahm einen Zug von der Zigarette und merkte, wie der Rauch in seinen Lungen zirkulierte, schwer und heiß und irgendwie beruhigend. Er stieß den Rauch durch die Nase aus. Sein Vater – genauer gesagt, sein Adoptivvater: Simon wusste nicht, wer seine leiblichen Eltern waren, auch wenn er sich als Jugendlicher immer wieder neue Geschichten über sie ausgedacht hatte, besonders dazu, warum sie ihn im Alter von drei Monaten einfach an einem Polizeirevier in Austin, Texas, zurückgelassen hatten –, sein Adoptivvater hatte immer Camel Filter geraucht und den Rauch oft durch die Nase ausgeatmet. Als kleiner Junge hielt er es für die coolste Sache der Welt, wenn jemand Rauch durch den Mund einatmen und durch die Nase wieder ausströmen lassen konnte. Das grenzte an Zauberei.

Er ging weiter Richtung Apartment, kam aber nur sieben Schritte weit, bevor etwas Fürchterliches geschah.

Es fing damit an, dass jemand fragte: »Wissen Sie, wie spät es ist?« Aber nicht an ihn gerichtet. Die Stimme kam von der anderen Straßenseite. Simon blickte hinüber und sah einen großen Kerl mit einer Tätowierung am Hals, nicht mehr als einen halben Meter von einem alten Mann in einer gelben, mottenzerfressenen Strickjacke entfernt.

»Lassen Sie mich nachsehen«, sagte der alte Mann. Er hatte einen deutschen Akzent, und seine Stimme klang dünn und quäkend.

Er schob den linken Ärmel seiner Strickjacke hoch, sodass eine silberne Uhr zum Vorschein kam, die im letzten Tageslicht glänzte. Mit zusammengekniffenen Augen schaute er auf die Uhr, streckte den Arm aus und legte den Kopf in den Nacken. Offenbar war er weitsichtig und hatte keine Brille dabei.

»Ich glaube, es ist ungefähr ...«

Zwei weitere Männer traten aus dem Schatten eines Backsteinwohnhauses hervor – einer mit Dodgers-Kappe auf dem Kopf, der andere mit einem kahlen Schädel, der glänzte wie eine Bowlingkugel –, packten von hinten die Arme des Alten und schlugen trommelnd auf seine Nieren ein. Er stieß ein, zwei Schmerzensschreie aus, aber dann bekam er kaum mehr Luft und brachte nur noch leise Jammerlaute heraus. Seine Beine gaben nach, die Knie knickten ein, aber die dazugekommenen Männer hielten ihn aufrecht und schlugen noch eine Weile auf ihn ein. Seine Füße schleiften über den Beton, während er geprügelt und gestoßen wurde, und machten schlurfende Geräusche, die wie ein Flüstern klangen. Dann leerten die Männer seine Taschen, fanden eine Brieftasche und nahmen ihm die Uhr ab. Schließlich ließen sie ihn auf dem Gehsteig in sich zusammensacken. Der Mann mit der Tätowierung versetzte ihm noch drei Tritte in den Magen und sagte dann zu einem der anderen: »Bring mir seine Schuhe. Die zieh ich zur Kirche an.«

»Hol sie dir doch selbst. Mir passen die nicht.«

Der Typ mit der Tätowierung fluchte. »Faule Sau.« Er zog dem alten Mann die Schuhe von den Füßen, und gelb karierte Socken kamen zum Vorschein, die zur Strickjacke passten.

»He«, sagte Simon, aus entsetzter Starre aufgeschreckt. »Was macht ihr da?«

Aber sie machten nichts mehr. Sie waren jetzt fertig.

»Willst du auch was abhaben?«, fragte die Glatze.

»Nein, danke.«

»Vergiss den Kerl«, sagte der Tätowierte.

»Zwei auf einen Streich wär doch auch nicht übel.«

»Scheiß auf den. Ich bin hungrig. Gönnen wir uns 'n Taco.«

»Hast dieses Mal noch Schwein gehabt, Arschloch.«

Sie drehten sich um und gingen weg. Simon blieb noch einen Augenblick reglos stehen, um sich zu vergewissern, dass sie nicht wiederkamen, dann überquerte er im Laufschritt die Straße, hinüber zu der Stelle, wo der alte Mann bewegungslos am Boden lag.

Er kniete nieder – von der Zigarette zwischen seinen trockenen Lippen stieg ihm beißender Rauch in die Augen – und tastete nach dem Puls. Nichts zu spüren. Wenn es da je einen Pulsschlag gegeben hatte, war er verklungen. Der alte Mann lebte nicht mehr.

Am Wilshire fand er ein Telefon, einen kleinen Metallkasten an einer Backsteinmauer, und rief die Polizei. Er wollte nicht von seinem Apparat zu Hause anrufen, denn ihm war nicht danach, die Polizei zu empfangen und stundenlang über einen Vorfall befragt zu werden, der gerade mal dreißig Sekunden gedauert hatte. Er sagte der Frau, die das Gespräch entgegennahm, er sei Zeuge eines Straßenraubs geworden. Drei Männer seien über einen alten Mann mit deutschem Akzent hergefallen. Er sagte, wo es geschehen war, und beschrieb die drei Männer so gut er sie auf die Entfernung und bei dem schwachen Licht hatte erkennen können. Er sagte ihr, der alte Mann sei tot. Als ihn die Frau nach seinem Namen fragte, hängte er auf und ging davon.

Er durchquerte die leere Eingangshalle, stieg die knarrenden Stufen hinauf und ging über den leopardenfleckigen Bodenbelag des Korridors zu seiner Wohnung. Er hörte, wie sich die koreanischen Eheleute vier Türen weiter gegenseitig anschrien (konnte sie aber nicht verstehen), und irgendwo in der Nähe sah sich jemand eine Fernsehkomödie an. Das Stakkatogelächter vom Band, das in Abständen aufbrauste, klang wie ein Rasenmäher, der sich weigerte anzuspringen. Er schloss die Wohnungstür auf und trat ein. Bevor er die Tür wieder hinter sich zuzog und so das Vierzigwattlicht der nackten Glühbirnen an der Flurdecke aussperrte, tastete er im Dunkeln nach dem Schalter an der Zimmerwand und betätigte ihn. Mit einem Klicken erwachte die alte gelbe Lampe mit dem fleckigen Papierschirm zum Leben und beleuchtete den Raum und die Hochglanzeinbände einiger Taschenbuchromane, die auf dem Beistelltisch unter ihr lagen. Simon schloss die Tür und schob die Kette vor.

Das Wohnzimmer war ungefähr doppelt so groß wie das Schlafzimmer. Die Tapeten an den Wänden waren vergilbt, und noch immer waren weiße Flecken zu erkennen, wo der Vormieter Bilder aufgehängt hatte, rechteckige Beweise dafür, dass hier einmal jemand anders gewohnt hatte. Immer wenn jemand im Haus seine Toilette spülte oder sein Geschirr abwusch, schüttelten sich die rostigen Rohre hinter den Wänden, schepperten und wehklagten mit Gespensterstimmen. Das braunrot gestreifte Sofa war in der Mitte durchgesessen, und durch die Löcher im Bezug quoll das Rosshaarpolster hervor. Der Couchtisch vor dem Sofa war mit Holzimitat beschichtet, das sich an den Ecken löste und hier und da abgesprungen war, sodass der Pressspan darunter zum Vorschein kam. Auf dem Tisch stand ein mit Wasser gefülltes Einmachglas, in dem ein Goldfisch schwamm.

»Hallo, Francine. Wie geht es dir?«

Er streute Futterflocken ins Wasser, die sich auf der Oberfläche zu einem hauchdünnen Schleier webten. Francine öffnete ihr winziges schwarzes Maul und nippte kleine Häppchen. Er stand ein paar Minuten schweigend daneben und sah ihr beim Fressen zu, dann ging er in die Küche, um sich das Abendessen zuzubereiten.

Der Whiskey war gut und stark und kalt auf den Eiswürfeln im Tumbler. Simon leerte es und schenkte sich ein weiteres ein, bevor er ins Wohnzimmer zurückging, das Glas in der einen Hand und die halb volle Flasche in der anderen.

Im Schein der Lampe setzte er sich auf das Sofa, schlürfte seinen kalten Whiskey und lauschte einer welligen Schallplatte von Skip Jones. Die Musik tönte durch den rostigen Trichter eines alten Victrola-Phonographen, den er drei Monate zuvor in einer Seitengasse gefunden, mit nach oben gebracht und repariert hatte. Er trank noch zwei weitere Gläser Whiskey, während die Schallplatte lief. Als sie zu Ende war, trank er in aller Stille den Rest Whiskey aus.

Im Schlafzimmer zog er sich bis auf Unterwäsche und T-Shirt aus. Er schlüpfte in seine grünen Pyjamahosen und kroch unter seine braune Decke. Es war ein schönes Gefühl, im Bett zu liegen. Er stellte den Wecker, schluckte trocken eine Tablette, setzte seine Brille ab und legte sie auf den Fußboden. Er berührte die wunde Stelle hinter dem Ohr und spürte den stechenden Schmerz, den die Berührung auslöste. Die Arme neben sich ausgestreckt, starrte er an die von Rissen überzogene Decke. Die gelegentlichen leichten Erdbeben hatten sie brüchig gemacht. Bei geschlossenem Schlafzimmerfenster waren die Geräusche vom Wilshire nur gedämpft wahrzunehmen, und wenn man nicht genau hinhörte, ergaben sie zusammen nur ein leises elektrisches Summen, wie man es von einem Eisschrank kennt. Aber Simon hörte hin. Er lauschte auf die Gespräche der Menschen, die unten auf dem graffitibedeckten Gehsteig vorübergingen. Der Klang ihrer Stimmen wirkte beruhigend. Sie machten ihm bewusst, dass er zwar irgendwie ausgegrenzt, der Rest der Welt aber immer noch nahe war. Es war eigenartig: Gewöhnlich fühlte er sich unter Menschen nicht wohl, aber ihm gefiel die Gewissheit, dass sie da waren.

»... schwirrten umher wie Radiowellen und ...«

»... was ich nicht verstehe, ist ...«

»... und sie bringen dir bei, es für ganz normal zu halten. Das nenn ich Gehirnwäsche, und das ist ...«

Simon schloss die Augen. Er hörte das Herz in seiner Brust schlagen. Er war mit einem Herzgeräusch zur Welt gekommen. Die Aortenklappe schloss sich nicht vollständig, nachdem das Blut hindurchgeströmt war, sodass etwas davon mit hörbarem Geräusch zurückfloss und drohte, das ganze System lahmzulegen. Simon war noch ein Teenager gewesen, als man seine angestammte Herzklappe durch eine künstliche ersetzte, eine sogenannte Kugelkäfigprothese. Er nahm täglich Gerinnungshemmer; sie befanden sich in der orangefarbenen Flasche, die auf dem Boden neben seinem Bett stand. Eine Narbe lief mitten über seine Brust – dick wie ein Seil und knorpelig.

Allmählich verwandelte sich der Ton seines Herzschlags in den Klang einer Trommel, und Simon fand sich auf dem Gehsteig wieder, als Beobachter einer Umzugsparade. Die Kapelle marschierte vorüber, angeführt von einem Mann, der eine große Basstrommel vor der Brust trug: Bumm-Bumm, Bumm-Bumm. Er sah sich um, ließ den Blick über die anderen Zuschauer schweifen und stellte fest, dass oben auf ihren Hälsen kegelförmige Trichter saßen, die, wie er irgendwie wusste, in andere Universen führten. Alle Trichter waren auf ihn gerichtet, sahen ihn an, drohten, ihn in ihre wirbelnde Leere zu saugen. Ihre Körper waren normal. Sie trugen Anzüge und Krawatten und Shorts und Kleider, aber alle waren sie gekrönt von diesem wirbelnden Vakuum. Sie kamen auf ihn zu, Simon wandte sich von der Parade ab und sah sich nach einem Fluchtweg um, aber ...

Eine Erschütterung ließ die Wohnung erbeben und riss ihn aus den Anfängen des Traums. Er öffnete die Augen und sah die Decke des Raums und hörte Holzsplitter wie Schrapnell über den Fußboden des Wohnzimmers prasseln.

Dann war es wieder still.

Er setzte sich auf, wobei seine Bettdecke verrutschte, und lauschte.

In seinem Hirn schwappte der Whiskey, er sah die Welt wie durch ein Weichzeichnerobjektiv, an den Rändern mit Vaseline zugekleistert.

»Ich weiß, dass du da bist«, sagte eine Stimme. »Ich hab gesehen, wie du gekommen bist.«

Simon hörte Schritte, ein dumpfes Geräusch, als etwas zu Boden fiel. Im Wohnzimmer? In der Küche? Dann wieder Stille.

Er streckte die Hand aus und tastete über die schmutzigen Fußbodenbretter hin und her, bis seine Finger die Brille fanden. Er hob sie auf und setzte sie sich auf die Nase. Unwillkürlich sog er zischend die Luft ein, als er den Schmerz hinter seinem Ohr spürte. Er stand auf und bewegte sich so leise wie möglich zum Lichtschalter an der Wand. Er legte ihn um, aber es ertönte nur ein Klicken, während das Zimmer dunkel blieb.

Wusste der Eindringling, wo sich der Sicherungskasten befand? Hatte er ...

Er ging zur Kommode hinüber. Er meinte, dort eine Taschenlampe zu haben, inmitten der vielen anderen Dinge, die keinen eigenen Platz besaßen. Er tastete über die dunkle Oberfläche, bemüht, die Taschenlampe zu finden, ohne etwas anderes umzustoßen oder ein Geräusch zu machen. Er spürte Schweißtropfen auf der Stirn, und der kürzlich noch beruhigende Klang seines Herzschlags hatte sich in das Stampfen und Toben eines wilden Tieres verwandelt, das sich aus seinem Käfig zu befreien versucht. In seinen Ohren klang jeder Laut, den er verursachte, wie kolossales Getöse. Er war sicher, dass der Eindringling alles hörte – seinen Herzschlag und den schweren Atem und das Geräusch seiner Finger, die über die diversen vermeintlichen Taschenlampen auf der Ablagefläche seiner Kommode tasteten.

Schließlich berührten seine Finger einen Gegenstand mit glatter Plastikoberfläche – das, was er suchte. Er nahm ihn auf, drückte mit dem Daumen auf einen schwarzen Plastikknopf, und aus der Taschenlampe schoss ein greller Lichtstrahl durch die Dunkelheit. Panisch – Scheiße, das sieht er doch – schaltete er die Lampe sofort wieder aus.

Gleich darauf klickte er sie wieder an.

Er drehte sich um und ließ den Strahl durch die Dunkelheit streifen, sodass die wandernden Lichtkreise das Schlafzimmer allmählich sichtbar machten – leere Ecke, Wandschrank, kahle weiße Wand, Matratze, bedeckt von zerknüllter Decke, rissige Tür zum schmalen Wohnungsflur, der in der einen Richtung zum Bad führte und in der anderen zum Wohnzimmer.

Auf der anderen Seite der Schlafzimmertür herrschte stumme Dunkelheit.

Er fürchtete fast, wenn er die Tür öffnete, würde sich vor ihm eine unendliche Leere auftun, gesprenkelt von stecknadelkopfkleinen Sternen und übersät von grauen Planeten, die gespenstergleich in giftigen Nebelwolken dahintrieben.

Er schluckte.

Warum war von dem Eindringling nicht das geringste Geräusch zu hören? Was trieb er da draußen?

Simon ging zur Schlafzimmertür und zog sie vorsichtig auf. Die Scharniere quietschten. Auf der anderen Seite befand sich nur der Flur – keine unendliche Leere, keine stecknadelkopfkleinen Sterne und keine Gespensterplaneten –, nur ein schmaler Streifen Fußboden, der von einem Raum zum anderen führte.

Er trat in den Flur hinaus und wandte sich nach rechts, zum Bad, wo die Wohnung an einer Backsteinwand endete. Er würde von dort aus das Apartment systematisch durchkämmen.

Er probierte den Schalter an der Tür, und wieder geschah nichts.

Im Dunkeln bestätigte er sich selbst mit einem Nicken: Der Eindringling hatte sich tatsächlich am Sicherungskasten zu schaffen gemacht. Nur durch das Badfenster drang jedoch ein wenig Licht herein, und man konnte draußen die Wand eines weiteren Apartmenthauses sehen.

Vor dem Fenster wand sich eine rostige Feuertreppe, auf der ein Topf mit einem toten Ficus stand, der aussah wie Charlie Browns Weihnachtsbaum und bereits dort gestanden hatte, als er eingezogen war, wahrscheinlich hatte ihn der letzte Mieter oder gar der vorletzte dort zurückgelassen. Im Frühling, als Simon in die Filboyd Apartments eingezogen war, hatte eine Trauertaube ihre Eier in den Topf gelegt, und Simon hatte verfolgt, wie sie sie ausbrütete und die jungen Vögel schließlich flügge wurden. Seltsam, dass sich sogar in einer Millionenstadt, die nur noch aus Beton und Glas und unmenschlicher Technik bestand, kleine Nischen fanden, in denen der Lauf der Dinge weiterhin von der Natur bestimmt wurde.

In der Wohnung direkt gegenüber brannte noch Licht, und hinter dem geschlossenen weißen Rollo erkannte Simon eine Silhouette, die sich wie ein Mensch bewegte. Es war die Silhouette eines Mannes. Sie tat etwas, wozu sie anscheinend häufig mit dem Arm wedeln musste. Simon wandte sich vom Fenster ab. Er führte den Lichtkegel der Taschenlampe über die Wände seines Badezimmers, schaute in alle Ecken, schaute in die Badewanne und stellte fest, dass der Raum leer war. Bis auf ihn selbst.

Er verließ das Bad und schloss behutsam die Tür hinter sich. Er schluckte und ging den Flur hinunter zum Wohnzimmer. Im Vorübergehen überzeugte er sich noch davon, dass sein Schlafzimmer immer noch leer war. Jeder Schritt auf den knarrenden Fußbodendielen verriet dem Eindringling, wo er sich gerade befand, während er selbst nicht den geringsten Laut von dem Mann vernahm, der in seiner Wohnung war.

Er fürchtete, in eine Falle zu laufen, aber es gab nur die Alternative, im Schlafzimmer zu hocken und darauf zu warten, dass der Eindringling hereinkam. Keine Alternative.

Am Ende des Flurs schwenkte er den Lichtstrahl links und rechts über die Wohnzimmerwände, richtete ihn in die Ecken, erblickte niemanden und nichts. Die Eingangstür stand offen, und die Vierzigwattbirne aus dem Korridor warf Licht ins Zimmer, schälte das Sofa aus der Dunkelheit und den Beistelltisch und Francine, den Goldfisch, in ihrem Einmachglas, dem litergroßen Lebensraum, der ihre gesamte Welt ausmachte.

Er ging zur Eingangstür und sah hinaus in den Korridor, erst links, dann rechts – niemand da, keine Gefahr –, und stieß dann die Tür zu. Sie fiel nicht ins Schloss. Sondern schwang wieder zurück, bis sie eine Handbreit offen stand und Licht vom Korridor hereinließ.

Wer auch immer in seine Wohnung eingebrochen war, überlegte er, musste sich wohl umgesehen und festgestellt haben, dass er hier falsch war – so ein Scheiß aber auch –, und war dann wieder verschwunden. Simon wandte sich von der Tür ab. Er könnte einen Stuhl davorstellen, damit sie für den Rest der Nacht nicht wieder aufging. Morgen würde er Leonard anrufen und berichten, was geschehen war. Es brachte nichts, die Polizei zu rufen, wenn der Mann bereits fort war; soweit er es beurteilen konnte, war nichts gestohlen worden. Außer seiner Schallplattensammlung besaß er nichts, was sich zu stehlen lohnte.

Aber dann schnellte ein schwarzer Schatten aus dem Dunkel der Küche hervor und legte seine Hände um Simons Kehle, und diese Hände waren ganz gewiss keine Schatten. Sie fühlten sich an wie Fleisch und Knochen. Sie fühlten sich an wie Mord.

»Stirb, du Dreckskerl.«

Die Hände waren stark, und ihr Griff war fest. Simon schaffte es nicht, an ihnen vorbei Luft in die Lungen zu saugen. Der Schatten schleuderte ihn mit dem Rücken gegen die Tür. Auch Simons Kopf prallte dagegen, und ihm wurde schwarz vor Augen. Der Schatten stieß ihn ein zweites Mal mit aller Kraft gegen die Tür, und Simon fiel die Taschenlampe aus der Hand. Sie landete auf dem Boden, und ein Fuß trat sie beiseite. Er griff nach den Händen, die sich um seinen Hals gelegt hatten, und wollte sie wegziehen, aber das erwies sich als unmöglich. Der Mann wollte nicht loslassen. Simon würde sterben – wie verlangt.

Er holte blind nach dem Schatten vor ihm aus und spürte, wie seine Hand seitlich gegen einen Kopf prallte – ein Ohr, eine Kinnlade –, aber der Schlag richtete so gut wie keinen Schaden an, da war er sich sicher. Doch jetzt wusste er, wo der Kopf des anderen war. Er holte nochmals aus, diesmal erheblich schwungvoller, mit einem kräftigen Haken, der dorthin zielte, wo er den Kopf vermutete. Er spürte, wie seine Faust auf eine Nase krachte und sie zur Seite quetschte, und dann brach etwas in der Nase, und der Schatten grunzte, und sein

Griff lockerte sich. Simon setzte nach und traf erneut den Kopf.

Er atmete ein, und in seiner Kehle brannte es vor Schmerzen, aber es tat gut. Er erinnerte sich, als Junge in einem öffentlichen Bad geschwommen zu sein und beim Tauchen an einem Ende in fünfzehn Metern Tiefe den Grund berührt zu haben. Er war so lange unten geblieben, wie es nur ging, bis er Schleier vor Augen hatte und sein Kopf sich anfühlte, als könne er jeden Moment vom Druck zerquetscht werden – seine Ohren taten fürchterlich weh. Und er erinnerte sich, wie er aufgetaucht war und die Lungen mit heißer Sommerluft gefüllt hatte, und es war ihm vorgekommen, als sei dies sein allererster Atemzug gewesen. Das hier fühlte sich genauso an – schmerzhaft und gut und sauber und neu wie eine Blüte, die sich noch nicht geöffnet hat.

Aber dann krallten die Schattenfinger wieder nach seiner Kehle, und er setzte sich erneut gegen den Mann zur Wehr, der es auf sein Leben abgesehen hatte. Ihre Beine verfingen sich. Er fiel zu Boden und landete mitten auf seinem Angreifer. Mit der linken Hand packte er den Mann am Hals und drückte fest zu. Mit der rechten Hand ergriff er die Taschenlampe, die auf dem Boden lag, und richtete sie auf das Schattengesicht, das jetzt menschliche Züge gewann.

»Wer bist du und …«

Aber in dem Moment hielt er inne und verstummte verblüfft. Er kannte diesen Mann: Er hatte sein Abbild in Spiegeln erblickt, als Reflexion auf der gekräuselten Oberfläche eines Sees, im Vorübergehen als Gespenst auf Schaufensterscheiben. Simons Haar war grau – fast weiß –, das Haar des Mannes jedoch kräftig braun. Simons Haut war fahl wie der Mond, die des Mannes hingegen gebräunt. Simon hatte keine Narben im Gesicht, nur einige kleine Aknekrater aus der Jugendzeit, während diesem Mann eine weiße Narbe wie ein gewundenes Tau in die rechte Wange gekerbt war. Simon trug eine Brille, vor den blassgrünen Augen des anderen Mannes saß keine – doch ansonsten kam es Simon vor, als habe er einen Zwillingsbruder vor Augen.

»Großer Gott«, sagte er.

Und dann zuckte die Hand des Mannes hoch, flink wie ein Springteufel aus seinem Kasten, und die Finger umklammerten Simons lädierten Hals zum dritten Mal.

»Stirb jetzt, verdammt«, sagte der Mann. Simon sah Krusten von angetrocknetem Speichel in seinen Mundwinkeln, und Venen in seinen blutunterlaufenen Augen verkündeten Wut und Wahn.

Simon tat das Einzige, was ihm in den Sinn kam: Er schmetterte dem Mann seine Taschenlampe über den Kopf. Blut spritzte auf Simons Brust und in sein Gesicht, befleckte sein T-Shirt und besprenkelte seine Brillengläser, aber die fremde Hand gab seine Kehle nicht frei. Nein, sie griff sogar noch fester zu. Entschlossener. Simon schlug wieder zu. Geruch von Kupfer und Schweiß breitete sich aus, penetrant und klebrig wie Honig, der einen zu ersticken droht. Der Würgegriff lockerte sich, aber er schlug weiter zu – wieder und wieder und wieder. Seine Schulter schmerzte. Sein Handgelenk schmerzte. Irgendwann löste sich die Kappe vom unteren Ende der Taschenlampe, und die Batterien flogen heraus und verteilten sich polternd über den Holzfußboden, und alles wurde dunkel. Aber er schlug noch immer. Und dann hörte er auf. Endlich war es vorbei.

Eine ganze Zeit lang saß er rittlings auf der Brust des Fremden.

Er atmete ein, atmete aus.

Es hatte in seinem Leben Augenblicke gegeben, in denen er sich fragte, wie es wohl wäre, einen Menschen zu töten. Er nahm an, dass wahrscheinlich jeder solche Augenblicke erlebte. Sie waren das, was er als das Innenleben des Menschen betrachtete – ein verrohtes Leben, das man führte, aber niemandem offenbarte. Gedanken, die einem kurz in den Kopf kamen, dabei aber niemals Wellen schlugen auf der Oberfläche der Realität. Der Augenblick, wenn eine erschöpfte Mutter am Rande des Nervenzusammenbruchs dachte, sie würde das Geschrei nicht mehr ertragen können, und erwog, den Kopf des Babys unter Wasser zu drücken. Der Augenblick, wenn ein verschmähter Liebhaber entschied, dass seine Liebste außer ihm keinem anderen Mann gehören durfte. Der Augenblick, wenn ein Mann aus dem Fenster schaute, die Fallhöhe von zehn Stockwerken erkannte und sich fragte, wie es wohl wäre, den endgültigen Schritt zu tun. Aber dann beruhigte sich das Baby mit einem Schnuller im Mund, die Gefühlswirren des verschmähten Liebhabers legten sich, und der Mann wandte sich vom Fenster ab und fuhr fort mit dem, womit er beschäftigt gewesen war, bevor er den Blick in die Tiefe gerichtet hatte. Natürlich durchbrach das Innenleben einer Person manchmal die Oberfläche wie ein springender Wal, dessen Schwung niemand aufhalten kann. Aber meistens schien der Gedanke, jemanden zu töten, abwegig. Meistens war der Gedanke einfach nur widerwärtig. Es hatte Augenblicke in seinem Leben gegeben, in denen er sich fragte, wie es wohl wäre, einen Menschen zu töten – aber bis heute Abend war es nicht dazu gekommen.

Blut tropfte von der Taschenlampe in seine Faust.

Er schluckte seinen Brechreiz hinunter.

Er ließ die Taschenlampe los. Sie fiel zu Boden und rollte in einem trägen Halbkreis aus. Er stand auf. Er nahm die Brille ab, rieb die Blutflecken mit seinem T-Shirt weg – es war von winzigen Löchern übersät, verursacht von den Schraubverschlüssen der Bierflaschen, die er meist mit seiner Hilfe abdrehte – und setzte sie wieder auf die Nase. Er ging zur Wand und betätigte den Schalter. Ein hohles Klicken. Ein befremdliches Lachen krächzte aus seiner Kehle, und er tastete sich in die Küche und weiter zum Sicherungskasten, der in die rückwärtige Wand eingelassen war und dessen graue Metalltür offen stand. Er legte alle Schalter um, und die Lampen in der Wohnung flammten nacheinander auf, einschließlich der Stehlampe auf dem Beistelltisch im Wohnzimmer. Der Kühlschrank summte wieder. Simon ging ins Wohnzimmer. Er schaute zum Telefon.

Es stand auf dem Fußboden. Eine dünne graue Schnur schlängelte sich von dem Apparat hinter das Sofa. Der Mann, der in seine Wohnung eingebrochen war, lag rücklings ausgestreckt mitten auf dem Parkettboden. Unter seinem Kopf hatte sich eine Blutlache gebildet. Er trug einen teuren grauen Anzug und einen schwarzen Mantel. Bis auf die abgestoßenen Spitzen sahen seine Schuhe neu aus, waren aber nur oberflächlich geputzt, um sie älter wirken zu lassen. Simon fiel auf, dass die Absätze kaum abgelaufen waren und das Leder nur oberflächliche Falten zeigte. Ein grüner Schal schlang sich um den toten Hals. Darunter war eine grüne Krawatte unter einem Hemdkragen zum Windsorknoten gebunden. Simon ging ein paar Schritte auf das Telefon zu – oder auf den Leichnam. Er war sich da selbst nicht sicher. Er roch den Schweiß auf der Haut des Mannes und die Bierfahne aus seinem Mund. Aber darunter waberte noch ein unbestimmbarer penetranter Gestank, vielleicht das Miasma des Irrsinns. Noch vor weniger als einer Minute hatte dieser Mann versucht, Simon umzubringen.

»Warum?«

Die eigene Stimme klang fremd in seinen Ohren.

Das Telefon stand auf dem Boden. Simon sah die braune Brieftasche des Mannes aus dem Innenfach seines Mantels lugen.

»Warum?«

Er blickte erneut zum Telefon. Dann langte er hinunter und zog die Brieftasche aus dem Mantel des Mannes. Sie war noch warm, und das glatte Leder schmeichelte seiner Hand. Er klappte sie auf und betrachtete den Führerschein. Der Name des Toten war Jeremy Shackleford. Er hatte in Pasadena gewohnt. In der Brieftasche befanden sich druckfrische Hundertdollarscheine, diverse

Kreditkarten, eine Clubkarte von Ralphs, eine Rabattkarte von Borders und ein Mitgliedsausweis von Arclight Cinemas.

Simon warf die Brieftasche auf den Couchtisch und sah dann wieder Jeremy Shackleford an.

»Warum bist du hergekommen?«

Die Leiche antwortete nicht. Aber das brauchte sie auch nicht. Er war hergekommen, um Simon umzubringen. So viel war klar. Doch aus welchem Grund er Simons Tod gewollt hatte, war unerfindlich.

Eine gründliche Durchsuchung förderte einen Schlüsselbund zutage, sonst nichts. Seine Taschen waren leer bis auf die Fusseln, die in den Falten nisteten.

Simon legte die Schlüssel neben die Brieftasche auf den Couchtisch.

»Warum?«, wiederholte er.

Er stülpte eine Plastiktüte über den Kopf der Leiche und wickelte Klebeband um den Hals – einmal, zweimal, dreimal, bis die Tüte fest saß. Er riss das Band mit den Zähnen ab und legte die Rolle beiseite. Wenn weiterhin Blut aus der Kopfwunde quoll, würde es sich in der Plastiktüte sammeln. Außerdem wollte er dem Toten nicht mehr ins Gesicht blicken und den geöffneten Mund sehen müssen, der wirkte, als wollte er etwas sagen. *Was denkst du dir eigentlich bei dem, was du hier tust, Simon? Findest du nicht, du solltest die Polizei rufen?* Genauso wenig wollte er auf die geschlossenen Augenlider blicken müssen, die aussahen, als könnten sie sich jeden

Moment wieder öffnen. *Ich kann dich sehen, Simon. Ich weiß, was du getan hast – und ich werde es nie vergessen. Ich habe alles gesehen, und ich werde es allen berichten.*

Er zerrte die Leiche aus dem Weg und breitete Papierhandtücher über die Blutlache, in der der Kopf gelegen hatte. Er sah stumm zu, wie das Papier rot und röter wurde. Als das meiste Blut aufgesogen war und die durchtränkten Tücher in einem schwarzen Müllsack verschwunden waren, kniete er sich mit Reinigungsspray und einem Scheuerschwamm auf den Fußboden und versuchte, die roten Flecken zu beseitigen. Weil die Kunstharzversiegelung im Lauf der Jahre gelitten hatte, war Blut in das Holz gesickert, und Simon bekam es nicht heraus. Er schrubbte minutenlang mit aller Kraft. Als er den Fußboden so sauber hatte, wie es ging, warf er den Schwamm zu den Papierhandtüchern in den Müllsack. Dann zog er sich das blutbespritzte T-Shirt aus und stopfte es ebenfalls hinein. Anschließend schnürte er den Sack zu.

Er benutzte einen Kaffeebecher, um vor seiner Wohnung links der Eingangstür einen Nagel in die Wand zu schlagen. Dann band er das eine Ende eines Schnürsenkels an der Türklinke fest und das andere am Nagel. Er hatte den Senkel in einer Küchenschublade gefunden, wusste aber nicht, woher er stammte. Nachdem er fertig war, nickte er zufrieden. Jetzt konnte die Tür in seiner Abwesenheit nicht mehr aufschwingen. Und wenn er zu Hause war, konnte er einen Stuhl vor die Tür stellen, um sie geschlossen zu halten. Morgen würde er ein Vorhängeschloss kaufen. Er wollte nicht, dass Leonard oder überhaupt einer von dessen Handwerkern die Wohnung betrat. Daher würde er die Tür selbst reparieren müssen.

Um zu prüfen, ob er mit dem nächtlichen Tumult Nachbarn aufgestört hatte, sah er sich im Flur um. Es war niemand da. Bis auf ihn selbst.

Er griff sich den Müllsack und ging zur Treppe.

Er parkte vor einem 7-Eleven, dessen Neonlicht durch die schmutzigen Fensterscheiben drang und sich über den verblichenen Asphalt des Parkplatzes ergoss. Er stieg aus dem Wagen und trug den Müllsack auf die Rückseite des Supermarkts, wo ein stinkender Müllcontainer stand. Dort warf er den Müllsack hinein.

Fast eine Minute lang stand er blinzelnd im Eingang, bevor sich seine Augen an das grelle Licht im Supermarkt gewöhnt hatten und er die Regalreihen mit Chips und Schweinekrüstchen und Schokoriegeln und Zeitschriften erkennen konnte, die allesamt in gleißend blaue und grüne und gelbe Folienverpackungen gehüllt waren.

Sobald er wieder richtig sehen konnte, machte er sich auf den Weg zum hinteren Teil des Marktes, wo ein weißer Gefrierschrank mit Stahltüren stand. Auf den Türen prangte das Bild eines Eisbären, der einen Beutel mit Eis in die Höhe hielt. Er öffnete die Türen und sah hinein. Insgesamt zählte er achtzehn Siebenpfundbeutel mit Eis. Seine Badewanne fasste vermutlich sechzig Gallonen, hier befand sich also ein Drittel dessen, was er brauchte, um sie zu füllen, jedenfalls ungefähr. Jeder Beutel enthielt etwas weniger als eine Gallone, und er war sich nicht sicher, wie sich die Eiswürfel verteilen würden. In jedem Fall musste er noch das Volumen des Leichnams abziehen.

Wenn man für eine Gallone Wasser abgerundet acht Pfund veranschlagte und dann davon ausging, dass eine Gallone Menschenfleisch ebenfalls acht Pfund wog, dann würde Shackleford bei einem Gewicht von, sagen wir mal, hundertachtzig Pfund ein Volumen von zweiundzwanzigeinhalb Gallonen einnehmen.

Um die Badewanne zu füllen, brauchte Simon also zusätzlich zu dem, was sich in dieser Gefriertruhe befand, noch um die zwanzig weitere Beutel mit Eis.

»Haben Sie nicht mehr Eis als das hier?«, fragte er den Mann hinter dem Tresen.

»Denken Sie, ich hab den Rest vor Ihnen versteckt?«

»Weiß ich nicht.«

»Na ja, jedenfalls ist da drin unser Eis.«

»Ihr gesamter Vorrat?«

»Wir haben rumexperimentiert und auch Eis auf dem Dach gelagert, aber das ist immer gleich geschmolzen.«

Nachdem er die achtzehn Beutel Eis bezahlt hatte, lud er sie auf den Rücksitz seines Wagens und fuhr zum nächsten 7-Eleven. Dort erstand er weitere vierzehn Beutel. Und in einem Schnapsladen in der Nähe seines

Apartments kaufte er noch mal sechs, um sicherzugehen, dass er genug hatte. Dazu noch eine Flasche Whiskey, denn der Vorrat war ihm ausgegangen. Dann machte er sich auf den Heimweg.

Die Plastiktüte hatte ein Loch, das ihm nicht aufgefallen war, und als er die Leiche ins Badezimmer trug – mit größter Mühe: neunzig Kilo waren eine ganze Menge, und in diesem Fall waren es neunzig Kilo totes Fleisch –, bewegte sich der Kopf nach rechts, als wolle die Leiche ihm bedeuten, wo entlang er gehen musste – pass bloß auf, Kumpel, dass du meinen Kopf nicht gegen die Wand rammst –, und das Blut, das sich im Beutel gesammelt hatte, tröpfelte auf den Wohnungsflur.

Simon legte die Leiche in der Badewanne ab und beseitigte die Blutspur. Die blutigen Papierhandtücher versenkte er in seinem Mülleimer. Er dachte noch, er hätte sie am besten auf die gleiche Weise wie die anderen loswerden, sie in einen beliebigen städtischen Müllcontainer werfen sollen, aber es war spät, er war müde, und das Risiko, dass jemand etwas fand, war gering. Um ganz sicher zu sein, sorgte er dafür, dass im Mülleimer nichts war, das seinen Namen trug, weder eine Rechnung noch ein an ihn adressierter Brief. Alles sauber.

Danach schleppte er in mehreren Gängen so viel Eis die Treppe hoch, wie er konnte, bis seine Arme feucht und kalt und schließlich taub wurden. Sobald er die Beutel nach oben geschafft hatte, riss er sie auf und schüttete das Eis über die Leiche.

Als er fertig war, wölbte sich das Eis hügelförmig über den Wannenrand wie dunkle Erde über einem frischen Grab, und nur der Kopf des Leichnams war noch zu sehen. Oder vielmehr der blutige Beutel, der über den Kopf des Leichnams gestülpt und mit Klebeband am Hals befestigt war.

Er sammelte die leeren Plastikbeutel ein, in denen sich das Eis befunden hatte, und warf sie auf die blutigen Papierhandtücher in seinem Mülleimer.

Dann schlüpfte er wieder in seinen Pyjama, schenkte sich einen Whiskey ein, baute einen Stuhl vor seiner Wohnungstür auf, damit sie über Nacht nicht aufschlug, und ging zurück ins Badezimmer. Er setzte sich auf den Wannenrand und nippte an seinem Drink.

Das Eis schmolz. Dabei verschob es sich und fügte sich neu ineinander. Bei dem Geräusch fuhr Simon zusammen und musste dann über seine Schreckhaftigkeit lachen. Er nahm noch einen Schluck Whiskey.

Ihn fröstelte. Er hatte einen Mann umgebracht, den Mann, der jetzt in seiner Badewanne lag. Und er empfand dabei so gut wie nichts. Er empfand keinen Verlust. Er fragte sich beiläufig, ob Shacklefords Mutter wohl noch lebte, und wenn, ob sie seine Abwesenheit bemerken würde – würden Telefonanrufe unbeantwortet bleiben? Er fragte sich, ob Shackleford wohl eine Ehefrau hatte – und ob sie gut miteinander ausgekommen waren. Er fasste ins Eis, nahm Shacklefords linke Hand und zog sie hervor, um sie zu betrachten. Auf dem dritten Finger saß ein Goldring. Er fragte sich, ob Shackleford und seine Frau Kinder hatten. Würde sie ihrem

Sohn in die grünen Augen sehen und darin den verschwundenen Ehemann erblicken? Hatten Shackleford und sie abends zusammen im Bett gesessen und Krimis von Mickey Spillane oder Audrey Hepburns Biografie gelesen, einander unter den Decken und Laken mit den Füßen berührt und hier und da einen Absatz laut vorgelesen? Er fragte sich, wie lange sie wohl verheiratet waren. Er fragte sich, ob Shackleford je einen Anlass gehabt hatte, seinen Ehering abzulegen. Er fragte sich, wie seine Ehefrau schmecken mochte, wenn sie sich küssten. War ihr Atem süß? Schmeckte ihr Lippenstift nach Wachs? Er fragte sich, wie es sein mochte, eine Ehefrau zu haben, was für ein Gefühl es wohl war, jede Nacht neben jemandem zu liegen und dessen Wärme zu spüren.

Doch hauptsächlich fragte er sich, warum dieser Mann in sein Apartment eingebrochen war, warum dieser Mann ihn hatte umbringen wollen. Denn deshalb war er ja hergekommen. Es war kein einfacher Einbruch gewesen. Sondern ein Mordversuch – ein versuchter vorsätzlicher Mord: Dieser Mann, der tot in Simons Badewanne lag, war hergefahren, hatte seinen Wagen geparkt, war die Treppen heraufgestiegen und durch Simons Wohnungstür eingebrochen mit der Absicht, einen Menschen zu töten.

Warum?

Simon konnte es nicht verstehen. Er führte ein ruhiges Leben. Er hatte nie einer Seele etwas zuleide getan – bis jetzt, aber das hier war Notwehr gewesen. Er konnte sich nicht vorstellen, warum ihn jemand töten wollte.

Wie jemand so vor Wut entbrennen und all diese Wut gegen ihn richten konnte.

Er schlürfte seinen Whiskey, und es fröstelte ihn.

Das Eis verschob sich wieder. Ein Geräusch kam aus der Plastiktüte. Simon stellte seinen Drink auf der kleinen Waschtischplatte ab. Er beugte sich näher an die Plastiktüte und meinte, eine Bewegung wahrzunehmen – eine leichte Bewegung, die vielleicht durch flaches Atmen hervorgerufen wurde. Lebte Shackleford womöglich noch, bewusstlos, aber atmend? Der Gedanke schlug Simon auf den Magen.

Wäre er in der Lage, diesen bewusstlosen Mann in der Badewanne zu erschlagen? Würde er es fertigbringen, diesem Mann kaltblütig den Schädel zu zertrümmern, einfach nur so, damit es getan war? Und wenn er es nicht schaffte, was sollte er dann mit ihm machen? Ihn davonkommen lassen?

Simon beugte sich weiter vor. In der Hoffnung, sich zu irren – vielleicht kam das Geräusch wieder nur von dem schmelzenden Eis, das in sich zusammensackte. Aber so war es nicht. Er irrte sich nicht.

Shacklefords kalte linke Hand schoss hervor, packte einen Büschel von Simons grauem Haar und riss so kräftig daran, dass Simons Kopf gegen die blauen Art-déco-Fliesen prallte, mit denen die Wand um die Badewanne gekachelt war. Der plötzliche Schmerz ließ ihn Sterne sehen. Er rutschte vom Wannenrand und schlug dumpf auf dem Boden auf. Ihm klapperten die Zähne. Er hörte das Eis verrutschen, spürte, wie Würfel aus der Wanne fielen, um ihn herum und auf seinen Körper, und dann lag etwas Schweres – etwas, das gut neunzig Kilo wiegen musste – auf ihm. Es war kalt wie eine Leiche, nass und glitschig wie ein Fisch.

Simon öffnete blinzelnd die Augen und sah über sich eine weiße Plastiktüte schweben. Aus einem Loch an ihrer Vorderseite tropfte Blut auf sein Gesicht, in seinen Mund – salzig und zähflüssig und metallisch –, und durch das Loch konnte er ein blassgrünes Auge erkennen, das ihn anstarrte. Funkelnd und lebendig und voller Wut und Wahnsinn.

Er griff hinter sich, um irgendeine Waffe zu fassen zu bekommen – ich werde niemals für nichts und wieder nichts auf dem Fußboden meines Badezimmers sterben –, und stieß dabei einen Zeitschriftenständer um, worauf die Hochglanzmagazine über die Fliesen rutschten. Als Nächstes fielen eine Saugglocke und anschließend eine Toilettenbürste um. Aus dem Bürstenhalter lief Wasser aus, abgestanden und stinkig.

Simons Sicht schwand und verschwamm an den Rändern. Die Farben veränderten sich, wurden gleißend und grotesk. Alles wurde blau und grün und körnig wie ein alter Film.

Und dann ertastete er ihn.

Den Porzellantopf, in dem eine kleine Bambuspflanze wuchs. Sie war die einzige Pflanze in Simons Wohnung, und er war sorgsam darum bemüht, dass sie nicht einging. Der Porzellantopf war mit Wasser und kleinen Steinen gefüllt und ziemlich schwer.

Simon umschloss ihn mit der Hand, schwang seinen Arm nach vorne wie ein Katapult und ließ den Topf in das Gesicht seines Angreifers krachen. Einen Augenblick später schoss Blut aus dem Loch in der Tüte hervor, die von der Last des Bluts, das sich darin gesammelt hatte, nach unten sackte. Simon legte die Hände um Shacklefords Kehle und drückte, so fest er konnte, zu. Er knirschte vor Anstrengung mit den Zähnen, spürte die Adern in den Schläfen pulsieren, spürte, wie sich die Sehnen in seinem Hals strafften.

Shackleford erschlaffte, aber Simon wollte sich nicht noch einmal überlisten lassen. Er ließ den Körper auf die kalten Fliesen rutschen, kletterte auf ihn und fuhr fort, dem Mann die Kehle abzuschnüren. Und dann nahm er wieder den Porzellantopf, der inzwischen glitschig und blutbeschmiert war, und schlug ihn mit Wucht auf Shacklefords Kopf. Es fiel ihm nicht schwer, weil es kein Gesicht gab, in das er schauen musste. Es war, als müsse er nur eine Walnuss knacken. Schwer atmend ließ er den Topf ein Dutzend Mal auf den Kopf hinuntersausen. Mit jedem Schlag wurde das, was sich unter der Plastikfolie befand, weicher und weicher, weil der Schädelknochen in immer kleinere Stücke zerbrach. Der Porzellantopf brachte zu Ende, was die Taschenlampe aus Plastik begonnen hatte.

Simon kam auf die Beine, schwach und schwindlig, und schwankte wie ein kopflastiger Baum in starkem Wind. Er holte mit dem Fuß aus und trat Shackleford in die Rippen, aber als er nochmals zutreten wollte, rutschte er aus und landete mit dem Hintern im stinkenden Wasser, das sich in den Fugen verteilte.

Da saß er, alle viere von sich gestreckt, die Hände hinter sich gegen die Kacheln gepresst, um sich aufrecht zu halten, und starrte einen Moment ins Leere. Sein Brustkorb schmerzte vom schweren Atmen. Sein Rachen war wund, die Kehle gequetscht, und das Luftholen schmerzte.

»Großer Gott«, sagte er und betrachtete Shackleford. »Diesmal bleibst du aber tot.«

Er kroch zur Waschtischplatte, griff sich sein Glas und stürzte den Whiskey hinunter. Er brannte im Hals.

Er setzte sich aufs Sofa, das Telefon auf dem Schoß. Er wählte Dr. Zuraskys Nummer. Er hatte seit April oder Mai letzten Jahres nicht mehr mit ihm gesprochen, aber irgendwie war er die erste Person, die Simon einfiel. Er wusste nicht, warum. Er konnte ihm nicht berichten, was geschehen war. Er brauchte einfach nur jemanden zum Reden. Nach viermaligem Läuten nahm dieser Jemand ab und sagte: »'lo?«

»Doktor Zurasky, hier ist Simon Johnson.«

»Wer?«

»Simon Johnson.«

»Ich habe keine ... egal. Es ist spät.«

»Ich weiß. Es tut mir auch leid. Es ist nur ...«

»Handelt es sich um einen Notfall?«

»Ich wollte nicht ...«

»Das hier ist die Nummer für Notfälle. So steht es ausdrücklich auf meiner Karte. Handelt es sich um einen Notfall?«

»Nein, ich glaube nicht.«

»Spielen Sie mit dem Gedanken, sich etwas anzutun?«

»Nein.«

»Spielen Sie mit dem Gedanken, einer anderen Person etwas anzutun?«

Simon hielt inne. Dann: »Nein.«

»Okay«, sagte Dr. Zurasky. »Rufen Sie morgen früh um neun Uhr in meiner Praxis an. Richten Sie meiner Assistentin Ashley aus, sie soll für Sie einen Termin dazwischenquetschen. Wie war noch Ihr Name?«

»Simon Johnson.«

»Stimmt.«

Das Klicken, wenn eine Verbindung abgebrochen wird.

»Ja«, sagte Simon. »Okay.«

Er legte den Hörer zurück auf die Gabel und stellte den Apparat auf den Boden. Kurz überlegte er, Robert oder Chris anzurufen, entschied sich aber dann dagegen. Davon war nichts Gutes zu erwarten. Er stand auf und trottete ins Schlafzimmer.

Leicht verkatert wachte er auf. Seine Kehle brannte. Er wankte ins Bad, machte einen Waschlappen nass und rieb sich damit ab – die Badewanne war ja schon belegt –, putzte sich die Zähne und kämmte sich das Haar. Zwei dunkelblaugrüne Daumenabdrücke zeichneten sich vorn auf seinem Hals ab, und acht kaum erkennbare Fingerabdrücke zogen sich hinten bis hinauf zu seinem Haaransatz. Es überraschte ihn, dass die Druckstellen nicht deutlicher zu sehen waren. Er blickte zur Leiche in der Wanne. Im Laufe der Nacht war eine Menge Eis geschmolzen und durchsichtig geworden, und jetzt konnte er den menschlichen Körper darunter erkennen. Er sah merkwürdig aus, wie ein Insekt in Bernstein.

Simon verließ das Bad und ging durch den Flur in die Küche.

Auf dem Fußboden lag ein Schraubendreher, teilweise verdeckt von der Kante des Küchentresens. Es war ein Kreuzschlitzschraubendreher mit einem schwarz-gelben Plastikgriff.

Er hob ihn auf und legte ihn in die Krimskramsschublade.

Dann machte er sich sein Lunchpaket.

Er nahm Shacklefords Brieftasche und Schlüssel und eilte zur Vordertür hinaus.

Er stieß die Türen zu den Filboyd Apartments auf und ging den Wilshire entlang zu seinem Wagen. Auf dem Weg sah er eine Packung Camel Filter auf dem Gehsteig liegen. Da es seine Marke war, hob er sie auf, schüttelte sie, stellte fest, dass sie leer war, und ließ sie wieder fallen. Dann sah er den Hund, gleich links von sich. Er lag im Rinnstein, den Kopf auf dem blutverschmierten Bordstein. Simon erkannte ihn an seinem angeknabberten Ohr. Der tote Hund lag hinter einem schwarzen Saab. Sein Mund war geöffnet, die Zunge hing heraus. Der Wagen war nicht älter als zwei Jahre, und Blutspuren verunzierten sein ansonsten weißes hinteres Nummernschild.

Armes Vieh.

Simon dachte kurz daran, mit seinem Schlüssel etwas Fieses in die Tür des Saabs zu ritzen, entschied sich dann aber dagegen.

Er ging weiter zu seinem Volvo.

Er saß an seinem Schreibtisch und wählte die Telefonnummer.

Ashley meldete sich am anderen Ende: »Praxis Doktor Zurasky.«

»Hallo. Ich bin Simon Johnson. Doktor Zurasky geht davon aus, dass ich einen Termin für heute mache und ...«

»Er sagte, Sie würden anrufen. Sind Sie schon einmal bei Doktor Zurasky gewesen? Er war sich nicht ...«

»Ich fühle mich heute viel besser, und deshalb möchte ich noch abwarten.«

Eine Pause und dann: »Schön. Ich werde es ihm ausrichten.«

»Vielen Dank.«

Er legte auf.

Dann sah er etwas aus dem Augenwinkel. Er schaute nach rechts, und da stand sein Boss Bernard Thames, ein Mann in den Fünfzigern, der mit seinen schmalen Schultern und der ausladenden Leibesmitte einer Birne glich. Die breite Stirn war wie ein Streifen Strand, über den sich eine Woge aus Strähnen ergoss, die Augenbrauen wie Fragezeichen, die Finger lang und schmal mit Knotenknöcheln und mit Fingernägeln, die er so kurz geschnitten hatte, dass einige von ihnen blutig waren. Er trug graue Anzüge und sprach ermüdend monoton.

Aber Simon hielt es für möglich, dass mehr in ihm steckte, als man auf den ersten Blick erkennen konnte – Mr. Thames trug oft rote Socken.

Er hatte keine Ahnung, wie lange sein Boss schon dort gestanden hatte.

»Ja, Sir?«

»Was ist eigentlich mit Samonek?«

»Wenn Sie die Abweichung zwischen dem Scheck und der Zeiterfassung für Fran Lewis meinen, der Fehler liegt bei der Lohnkarte. Ich hatte Mittwoch kurz vor Feierabend einen Anruf von Sheryl. Da muss ich vergessen haben, die Lohnkarte auf den letzten Stand zu bringen und sie abzuzeichnen.«

Mr. Thames nickte zustimmend und tippte sich kurz ans Kinn.

»Okay«, sagte er. »Damit wäre das geklärt.«

Er wandte sich ab, um davonzugehen, kam aber nur drei Schritte weit, ehe er sich noch einmal umdrehte.

»Was ich Sie noch fragen wollte«, sagte er, »haben Sie vorgestern Abend im Büro angerufen?«

»Nein, Sir.«

»Bestimmt nicht?«

»Nein, Sir. Ich kann mich nicht erinnern, jemals nach Büroschluss hier angerufen zu haben.«

»Das habe ich mir gedacht. Seltsam.«

»Jemand hat angerufen?«

»Jemand, der sich für Sie ausgab, hat am Telefon eine Nachricht hinterlassen. Hat sich entschuldigt, so viel Arbeit versäumt zu haben, und darum gebeten, seinen Job zurückzubekommen. Es ergab keinen Sinn.«

»Nein, Sir. Ich habe bisher keinen einzigen Tag versäumt.«

»Ich weiß. Ich habe mir Ihre Personalakte angesehen.«

»Oh.«

»Sie haben keine Ahnung, worum es da gehen könnte?«

»Keinen Schimmer.«

Mr. Thames nickte und runzelte die Stirn, als habe er nichts anderes erwartet, aber auf mehr gehofft. Dann stand er einfach da und blickte für einen Moment ins Leere.

»Ist noch was?«, fragte Simon.

Mr. Thames blinzelte und sah sich um, als habe er nicht die geringste Ahnung, wie er an diesen Ort gekommen war, dann lächelte er ein Lächeln, das alles und nichts bedeuten konnte, und sagte: »Nein, das war's.«

Mr. Thames drehte sich um und ging davon. Bei jedem seiner Schritte blitzte der schmale Streifen einer roten Socke auf, bevor die grauen Hosenbeine ihn wieder verdeckten.

Als Simon aus dem Bürogebäude in die Mittagssonne trat, waren Robert und Chris nirgends zu sehen. Er nahm an, sie hatten nicht länger auf ihn warten wollen – es hatte heute besonders lange gedauert, bis sich der zwanzigste Stock geleert hatte – und waren ohne ihn ins Wally's gegangen. Das taten sie inzwischen immer häufiger.

Er zündete sich eine Zigarette an und machte sich auf den Weg zum Broadway.

Als er das Restaurant erreichte, fand er seine beiden Freunde in einer Nische an der rückwärtigen Wand. Sie saßen nebeneinander.

Die Wände des Restaurants waren mit Holz vertäfelt, und die Tische, die verstreut im Raum standen, waren weiß mit blauen Pünktchen und auf den Oberflächen zerkratzt und fleckig. Die Stühle waren bunt zusammengewürfelt, teils aus Metall, teils aus Holz, teils aus Plastik, kein einziger glich einem zweiten. Die Gaststätte fiel unter die Kategorie »B« – vielleicht hatte man in der Küche Kakerlaken gefunden, oder das Kühlsystem entsprach nicht ganz den Vorschriften –, und zum Scherz hatte jemand an das Fenster mit dem »B« ein Graffito gesprayt, das es zum Anfangsbuchstaben einer Qualitätsbehauptung machte.

ESTES ESSEN DER STADT

stand da. Simon konnte diese Aussage weder bestätigen noch abstreiten, denn er hatte hier noch nie ein Gericht bestellt.

Er ging über den zerkratzten PVC-Fußboden zu der Nische, in der Robert und Chris saßen.

»Hey, Simon«, sagte Chris.

»Hey.«

»Wie geht's?«, fragte Robert.

Simon setzte sich ihm gegenüber und zuckte die Achseln.

»Alles gut. Habt ihr schon bestellt?«

»Ja, muss gleich kommen«, sagte Chris. »Hast du gestern Abend das UFO-Special gesehen?«

»Welches UFO-Special?«

»Das über UFOs.«

»Nein«, sagte Simon. »Ich hatte Besuch. Und, war es gut?«

»War es gut? Scheiße, du willst mich wohl auf den Arm nehmen. Es ging um UFOs. Natürlich war es gut. Diese Mistkerle kriegen dich, Mann. Ich hab dir doch gesagt, du sollst es dir ansehen. Unglaublich, dass du's vergessen hast.«

»Du hast es nie erwähnt.«

»Als wir neulich abends telefoniert haben. Mann, du hast ja 'n Gedächtnis wie 'n Sieb.«

»Als wir neulich abends telefoniert haben?«

»Als du mich angerufen hast.«

»Ich hab dich nicht angerufen.«

»'türlich hast du mich angerufen.«

»Du hattest Besuch?«, sagte Robert.

»Na ja – nicht so ganz. Jemand ist in meine Wohnung eingebrochen.«

»*Verdammt*, Mann«, sagte Chris, »ich hab dir doch gesagt, du solltest aus der Bruchbude ausziehen und dir eine vernünftige Wohnung suchen. Warst du zu Hause, als es passiert ist?«

»Ja«, sagte Simon. »Ich lag im Bett.«

»Sind das blaue Flecken da an deinem Hals?«, fragte Robert. »Was ist passiert?«

»Er ist durch die Vordertür gekommen.«

»Ich meine, danach.«

Simon öffnete den Mund, aber es kam kein Laut heraus.

Babette kam mit einem braunen Tablett herüber. Sie kaute auf ihrem Kaugummi wie ein Pferd an seinem Futter, stellte angeschlagene weiße Teller mit Sandwichs und Fritten vor Robert und Chris auf den Tisch und servierte Simons 7-Up.

»Hey, Simon«, sagte sie lächelnd.

Babette war beinahe hübsch. Sie war Mitte dreißig, und ihr glattes, ovales Gesicht wurde von jungenhaft kurzem brünettem Haar umrahmt. Ihre Lippen waren breit und rot und wirkten sehr weich. Ihr Hintern war ausladend, und sie hatte eine schmale Taille, über der sich ihr Körper leicht nach vorne neigte, vielleicht vom Gewicht ihrer großen Brüste. Irgendwie kam sie Simon immer wie ein ziemlich scharfer Straußenvogel vor.

»Hey, Babette«, antwortete er mit einem Lächeln. »Mir gefällt Ihr Lippenstift.«

»Das ist sehr süß von Ihnen. *Danke.*«

»Gern.«

Dann drehte sie sich auf der Spitze eines schmutzigen weißen Turnschuhs und hüpfte davon wie ein Wasserball.

Simon zog die Papierhülle von seinem Strohhalm und sog einen Schluck 7-Up ein. Auf der Oberfläche der Flüssigkeit schwamm etwas Schwarzes. Simon nahm an, es handle sich um ein kleines Stück gemahlenen Pfeffer. Er tauchte einen Finger ein, erwischte, was immer es war, mit der Fingerkuppe und rieb es an seiner Hose ab. Wenn er Babette nicht gemocht hätte, hätte er sich womöglich beschwert. Aber er mochte sie.

Er packte sein Mittagessen aus, baute es vor sich auf und begann mit einem Sandwich.

Chris grinste ihn an. »Babette hat sich wohl in dich verguckt, was?«

»Nein«, sagte Simon. »Sie will sich nur ihr Trinkgeld verdienen.«

»Aber was war denn nun mit dem Einbruch?«, fragte Robert.

Simon leckte sich über die Lippen, schluckte und blickte zur Wand, die mit Ketchup bekleckert war. An der Fuge zwischen zwei Holzpaneelen klebte ein getrockneter Brocken wie blutiger Popel.

»Darüber möchte ich lieber nicht sprechen.«

»Ein Typ war da zu sehen«, sagte Chris, »den hat so 'n UFO einen ganzen Monat lang verschleppt, aber ihm kam es vor wie ein paar Stunden, okay? Dann kommt er wieder nach Hause und hat seinen Job verloren, und seine Frau bumst mit irgend 'nem Nachbarn, und sein Hund hat sich davongemacht. Klingt wie ein Countrysong, was? Bis auf die Sache mit dem UFO. Aber es stimmt. Und es passiert öfter, als man denkt. Die Außerirdischen sind mitten unter uns, und erkennen kann man sie nur an den Augen. Sie haben irre Augen. Sie sehen aus wie ...«

»Hältst du bitte mal die Klappe!«, sagte Robert.

»Wieso?«

»Weil ich nichts von UFOs hören will.«

»Die sind doch interessant.«

»Mich interessieren sie aber ganz und gar nicht.«

»Dir gefällt ja auch nur so 'n langweiliger Scheiß. Wahrscheinlich würdest du am liebsten über Dustonsky oder irgendeinen anderen dieser deutschen Schreiberlinge reden.«

»Dostojewski. Und er war Russe.«

»Na und. Leben tut er eh nicht mehr.«

Nachdem er nur ein paarmal von seinem Sandwich abgebissen hatte, stand Simon auf. Er hatte sich entschieden, nicht hungrig zu sein.

»Wohin willst du?«, fragte Robert.

»Ich bin nicht so gut drauf.«

»Bist du krank?«

Simon schüttelte den Kopf.

»Nein, ich bin nur ...«

Er sprach nicht weiter und ging zur Vordertür. Von ihrem Platz am Tresen lächelte Babette ihm zu. »Bye, Simon«, sagte sie. »Bis morgen dann.«

»Bis morgen, Babette.«

Er legte die Hand an den Türgriff.

»Oh, warten Sie mal«, sagte Babette.

»Was ist?«

»Haben Sie ...«, fing Babette an und nahm dann ihren Kaugummi aus dem Mund, weil sie wohl meinte, das Gespräch wäre zu bedeutungsvoll, um dabei weiterzukauen. »Haben Sie einen Bruder?«

Simon zuckte die Achseln. »Ich glaube nicht. Warum?«

»Gestern kam hier einer rein und erkundigte sich nach Ihnen. Hat sich echt komisch benommen.«

»Wie sah er aus?«

»Wie Sie. Irgendwie. Deswegen habe ich ja gefragt, ob Sie noch einen Bruder haben.«

»Ja – nein. Ich glaube nicht. Ich wurde adoptiert.«

»Das wusste ich nicht.«

»Ja.«

»Sie wissen also nichts über ...«

Simon schüttelte den Kopf. »Null.«

»Okay«, sagte sie. Sie biss sich auf die Lippe und schien unschlüssig zu sein, was sie noch sagen sollte. Schließlich: »Bis morgen dann.«

»Bis morgen, Babette.«

»Okay.«

»Okay.«

Nachdem sie den Kaugummi mit den Zähnen von der Fingerkuppe abgezogen hatte, schob sie ihn in den Mund zurück und wandte sich wieder ihrer Arbeit zu.

Den Rest seiner Mittagspause verbrachte Simon in seiner Bürozelle, blätterte in einer Zeitung und überflog die Schlagzeilen auf der Suche nach etwas Lesenswertem. Aber es war keine Schlagzeile, die ihm ins Auge fiel. Es war ein Foto. Das Bild zeigte einen alten Mann mit jeder Menge Falten um die Mundwinkel. Ein Hautlappen hing unter seinem Kinn, obwohl er sehr hager war, und unter den Augen wölbten sich riesige Tränensäcke. Die Überschrift lautete:

**DEUTSCHER REGISSEUR
HELMUT MÜLLER ERMORDET**

Und im Artikel hieß es:

LOS ANGELES – Der umstrittene deutsche Filmemacher Helmut Müller, der nationalsozialistische Propagandafilme wie *U-Boote westwärts* und *Kolberg* gedreht hatte, bevor er in die Vereinigten Staaten immigrierte und Klassiker des Antikriegsfilms wie *The Last Coffin* und *Gunmen Die Too* schuf, wurde gestern am frühen Abend vor seiner Wohnung in Koreatown tot aufgefunden. Offenbar war der 97-jährige Opfer eines Raubüberfalls geworden.

Müller hatte seit seinem an der Kasse und bei den Kritikern durchgefallenen Film *Hell's Mouth* von 1966 nicht mehr Regie geführt und in der Folge erklärt, dass Filme »von Natur aus weder rein noch ehrlich sein können«. In einem Essay für die inzwischen eingestellte *Los Angeles Free Press* behauptete er einmal, »der Traum des Künstlers ist immer ein reiner, aber wir verunreinigen ihn beim Schaffensprozess mit unseren Geisteskrankheiten. Ich stimme nicht mit Freud überein. Ich glaube nicht, dass Träume etwas aussagen; nur wie wir unsere Träume verraten, wenn wir sie zu verwirklichen suchen, besitzt Aussagekraft. Es ist aber schwierig zu erkennen, wo der Traum endet und die Verunreinigung beginnt. Die Träume kommen in ausgeformter Gestalt zu uns, als Geschenke der Götter. Und wir zerstören sie. Am besten sollten wir sie im Äther lassen, wo sie ihre Heiligkeit bewahren.« 1970 gab er nach über siebenundzwanzig Jahren und zweiundzwanzig Filmen das Filmemachen endgültig auf und eröffnete in Sherman Oaks ein Restaurant. »Die Menschen mit Nahrung zu versorgen ist zumindest ehrliche Arbeit«, kommentierte er seinen Entschluss. Das Restaurant schloss 1982, seither befand sich Müller im Ruhestand.

Die Academy of Motion Picture Arts and Sciences hatte geplant, den Filmemacher im Jahr 2002 mit einem Preis für sein Lebenswerk zu ehren, doch die Absicht wurde fallen gelassen, als Gegner der Auszeichnung seine kaum bekannte Vergangenheit als Nazi-Propagandist öffentlich machten. Danach befragt, wie er diese Entscheidung aufgenommen habe, sagte er: »Ich würde mich selbst nicht ehren. Was ich getan habe, ist unverzeihlich. Ich habe während der vergangenen siebenundfünfzig Jahre versucht, meine Schuld zu tilgen. Aber ich glaube nicht, dass es mir gelungen ist oder noch gelingen wird, bevor ich diese Erde verlasse. Aber ich bin erleichtert, dass alles ans Licht gekommen ist. Es war furchtbar, dieses Geheimnis zu hüten.«

2005 sprach Mr. Müller an der Los Angeles Film Academy über »den Wert, sich der Wahrheit zu stellen, ohne Rücksicht auf die Konsequenzen«. Allerdings bemerkte er dazu, dieser Rat komme »aus dem Munde eines berühmten Feiglings. Ich war schlimmer als nur stumm. Ich lieh meine Stimme Unterdrückern und Mördern. Das ist eine unverzeihliche Sünde – zu gestatten, dass etwas so Heiliges wie die Kunst in die Hände des Bösen gerät. Unverzeihlich.« Das war seine letzte öffentliche Rede.

Mr. Müllers drei Kinder sind verstorben. Er hinterlässt vier Enkelkinder und sechs Urenkel.

Simon las den Artikel zweimal, faltete die Zeitung zusammen und warf sie in den Papierkorb unter seinem Schreibtisch. Er sah auf die Uhr. Seine Mittagspause war vorbei.

Die Straße in Pasadena, in der Jeremy Shackleford gewohnt hatte, lag nicht weit entfernt vom Colorado Boulevard, ein ruhiger, von Bäumen gesäumter Streifen schlaglochfreien Asphalts, gesprenkelt mit den neuesten Automodellen und alten, aber bestens instand gehaltenen Häusern mit drei oder vier Schlafzimmern und grünen Gärten. Die Gehsteige waren mit verblichenen Kreidestrichen für Hüpfspiele verziert und mit den Narben, die Springseile auf ihnen hinterlassen hatten. An manchen Stellen waren sie von Baumwurzeln aufgebrochen, die größer geworden waren als erwartet. Aber in den Rinnsteinen lag kein Unrat, weder Pappbecher noch leere Kondomhüllen, die Auffahrten waren frei von Ölflecken, und in den Gärten wuchs kein Unkraut. Trotz des Verkehrslärms, der vom Colorado herüberdrang, wirkte die Straße wie eine Oase der Ruhe.

Simon lenkte seinen alten klapprigen Volvo über den Asphalt und ließ den Blick von dem Führerschein, den er in der linken Hand zwischen Daumen und Zeigefinger geklemmt hielt, über die Bordsteinkante mit den aufgemalten Hausnummern schweifen. Er fand direkt vor Shacklefords Haus einen Parkplatz, lenkte den Wagen an den Straßenrand und stellte den Motor ab.

Über ihm schoss die orangefarbene Sonne ihre Lichtpfeile durch das Geäst eines der vielen Eukalyptusbäume am Straßenrand und malte ein eigentümliches Schattenmuster auf den Wagen, eine mit Licht gemalte Schablone.

Er blickte nach rechts und sah das Shackleford-Haus durch die Regentropfen auf der Scheibe der Beifahrerseite. Es war ein Gebäude im Craftsman-Stil, zu dem fünf grün angestrichene Betonstufen hinaufführten und das sich fast völlig hinter einer pflanzenüberwucherten Vorderveranda versteckte. Buschbasilikum, Rosmarin und Aloe wuchsen dort ebenso wie Ficus, und aus drei Ampeltöpfen ergossen sich lange, von großen lila Blüten gesprenkelte Rankenarme auf die Veranda.

Er warf Shacklefords Führerschein auf den Beifahrersitz neben die Brieftasche, aus der er ihn hervorgezogen hatte, und stieg aus seinem Volvo. Er schloss ihn nicht ab. In dieser Gegend würde niemand seinen ramponierten Wagen auch nur eines Blickes würdigen, und wenn doch, würde er zweifellos annehmen, er gehöre dem Dienstmädchen eines Anwohners. Oder eventuell auch einem Studenten an der USC oder der UCLA, der zu Hause aufgetaucht war, damit seine Mutter ihm die Wäsche machte.

Er ging den Betonpfad entlang, der den Garten teilte, stieg die gestrichenen Stufen hinauf und atmete tief durch, als er vor der Tür stand. Er war nervös und hatte Angst. Sein Körper zitterte leicht. Er glaubte nicht, dass man es ihm ansehen konnte, aber er spürte es deutlich.

Er drückte mit dem Daumen auf den Klingelknopf und hörte das gedämpfte Läuten im Haus.

Nichts regte sich. Er klingelte erneut, und wieder kam keine Reaktion, kein Geräusch von Schritten, die auf die Tür zustrebten, keine Bitte, einen Moment zu warten – Ich komme gleich, ich bin in der Küche und habe gerade keine Hand frei. Nichts als Stille.

Er blickte über die linke Schulter und sah einen Mann im Rentenalter, der seinen Hund ausführte. Oder eher: der von seinem Hund ausgeführt wurde, denn der stemmte sich nach vorn und zerrte den alten Mann an der Leine hinter sich her. Der Alte schenkte Simon keine Beachtung. Im nächsten Moment war er auch schon vorbei, fortgezerrt von seinem rastlosen Hund, obwohl er sich doch gegen dessen Kraft stemmte wie ein Mann, der versucht, im Sturm das Gleichgewicht zu halten. Über seiner rechten Schulter erblickte Simon ein Stück weiter zwei blonde Mädchen in identischen Kleidern mit Blumenmuster und mit roten Bändern im Haar. Sie beugten sich über etwas auf dem Rasen und wandten ihm den Rücken zu. Bis auf sie schien die gesamte Nachbarschaft menschenleer zu sein.

Und noch immer öffnete niemand die Haustür.

Er klingelte ein drittes Mal, um sicherzugehen.

Dann, einen Augenblick später, zog er Shacklefords Schlüsselbund aus der Tasche. Er probierte es mit drei oder vier Schlüsseln, bevor er den richtigen fand. Er öffnete die Eingangstür, stieß sie auf, trat einen Schritt hinein und schloss sie wieder hinter sich. Er steckte die Schlüssel zurück in die Tasche und schob den Riegel vor.

Das Haus wirkte wie ausgestorben, aber ein Summen erfüllte die Luft: Die statische Elektrizität kitzelte seine Haut und spielte mit seinem Haar. Der Holzfußboden im Wohnzimmer war gebohnert. Die Wände waren in warmem Orange gestrichen, die Decke etwas dunkler. Ein Flachbildschirm hing im Wohnzimmer an der Wand über dem offenen Kamin: schwarzes Plastik um einen schwarzen Bildschirm, in der unteren rechten Ecke des Rahmens glomm ein kleines rotes Licht. Der Kamin war inzwischen nur noch Zierde, und das ungefähr zwei Zentimeter lange Ende des Gasrohrs, das aus der Wand ragte, war wohl schon vor langer Zeit mit einer Kappe verschlossen worden. Auf dem Backsteinsims davor waren mehrere Kerzen aufgereiht. Ein elegantes braunes Plüschsofa stand auf einem dicken, fest gewebten Läufer. An den Wänden hing wertvoll wirkende Kunst. Das Wohnzimmer war so groß wie Simons gesamtes Apartment.

Shackleford: Hier wohnte er also.

Warum hatte er Simon töten wollen?

Die orangefarbenen Wände konnten darauf keine Antwort geben, auch der Fernseher nicht oder der Boden unter seinen Füßen.

Auf seiner Besichtigungstour durch das Haus fand Simon ein Bild von Shackleford und einer brünetten Frau, von der er annahm, es handle sich um Shacklefords Ehefrau. Sie war ungefähr fünfzehn Zentimeter kleiner als er, also wohl eins sechzig groß. Die Haare trug sie schulterlang, ihre Augen waren blau wie ein klarer Sommerhimmel. Ihre Haut war glatt und weiß, ihre rosa Lippen wirkten weich, ihr Hals war anmutig, schmal und lang. Sie trug eine graue Bluse, deren obere beide Knöpfe geöffnet waren und das flache Dekolleté einer Frau enthüllten, die ihre kleinen Brüste durch einen Push-up-BH betonen wollte. Nur an einem Mundwinkel deutete sich ein Lächeln an, aber in ihren Augen funkelte die Lebensfreude. Sie und Shackleford standen Arm in Arm.

Das Bild steckte in einem Rahmen von zehn mal fünfzehn Zentimetern Größe, und Simon ließ es in die Außentasche seines braunen Cordsakkos gleiten.

Das Esszimmer war in ein Büro verwandelt worden. An einer Wand stand ein Schreibtisch mit einem Computer. Der Bildschirm war schwarz. Zu beiden Seiten der Tastatur türmten sich Stapel von Papier. An der gegenüberliegenden Wand standen drei hüfthohe Bücherregale, die mit Büchern über Mathematik gefüllt waren. Die Bücher schienen nach Schwierigkeitsgrad geordnet zu sein und nicht alphabetisch. Einige waren Lehrbücher.

Simon ging zu dem Schreibtisch und setzte sich auf den schwarzen Lederstuhl. Er nahm einen Stapel Papiere vom Schreibtisch, legte ihn sich auf den Schoß und blätterte darin. Er fand Gasrechnungen, Stromrechnungen, Wegbeschreibungen zu diversen Orten, abgerissene Papierfetzen, auf die Telefonnummern gekritzelt waren, mit Bleistift notierte Namen von Autoren und Zeichnungen von Penissen und Brüsten und Augen, manchmal in eigenartigen Kombinationen. Und ganz unten im Stapel fand er einen Hefter mit Mathematikarbeiten für einen Anfängerkurs in Algebra, einen Kurs am Pasadena College of the Arts, den offenbar Dr. Jeremy Shackleford gegeben hatte. Sie stammten aus dem Sommersemester, das inzwischen sicher vorüber war.

Ein Mathematikdozent. Pasadena College of the Arts.

Simon setzte den Papierstapel wieder auf dem Schreibtisch ab, als er hörte, dass ein Schlüssel in das Schloss der Vordertür geschoben wurde. Er wandte sich zu dem Geräusch um und hörte, wie der Schlüssel sich drehte.

Er sprang auf und schaute sich hektisch nach einem Versteck um.

Der Türknauf drehte sich.

Auf der anderen Seite des Zimmers stand ein Kleiderschrank. Dorthin rannte er.

»Jeremy?«, sagte die Frau.

Simon erkannte sie von dem Foto. Ihre Stimme klang rauchig, aber auch feminin und sehr melodisch, es hörte sich fast an, als sänge sie. Sie stand beim Sofa, die Handtasche noch über der Schulter, die Schlüssel in der Hand. Von da, wo er sich befand, konnte er sie riechen: ein Hauch von sauberem Schweiß, Seife, Pflegemilch und Shampoo mit einer fruchtigen Note.

Er spürte, wie sich ihm Bügel in den Rücken bohrten und die Ärmel von Leder- und Wolljacken über seine Handgelenke strichen. Es fühlte sich unheimlich an, als stünden Leute hinter ihm. Er bemerkte diesen speziellen stickigen Geruch, den das Innere aller Schränke zu haben schien, trotz der Lamellen in der Tür. Zwischen diesen Lamellen hindurch betrachtete er die Frau auf der anderen Seite. Er wartete und fragte sich, ob sie seine Anwesenheit ahnte.

Sie sah sich im Wohnzimmer um, und einen Moment lang schien sie ihn durch die Tür hindurch direkt anzusehen. Ihm stockte der Atem. Er schluckte, und es brannte. Sein Hals war noch immer geschwollen.

Sie nahm die Handtasche vom Arm und warf sie aufs Sofa. Dann nahm sie die Fernbedienung von der Armlehne des Sofas und schaltete den Fernseher ein – eine lokale Nachrichtensendung. Eine Frau mit kurzem blondem Haar berichtete, dass das Los Angeles Department of Water and Power Plastikbälle in das Ivanhoe Reservoir werfe, um es vor Sonneneinstrahlung zu schützen und um Vögel daran zu hindern hineinzuscheißen.

Wie heißt du?, fragte sich Simon.

Die Frau schaltete den Fernsehton aus und sah sich um.

»Jeremy?«

Hatte er laut gesprochen? Er glaubte, nicht. Sie konnte ihn nicht gehört haben.

Aber vielleicht hatte er laut gesprochen.

»Du verlierst noch den Verstand, Samantha«, sagte sie zu sich selbst. Sie schaltete den Ton des Fernsehers wieder ein, sah sich noch ein paar Augenblicke die Nachrichten an, legte dann die Fernbedienung wieder auf die Sofalehne, verließ das Zimmer und verschwand im Flur.

Ihr Name war Samantha.

Simon fragte sich, wie es wohl sein mochte, mit ihr zusammenzuleben. Er fragte sich, wie es wohl sein würde, einer solchen Frau in die Augen zu sehen und sie dazu zu bringen, einem ihre Liebe zu gestehen; er fragte sich, wie es wohl sein mochte, ihr ebenfalls zu sagen, dass man sie liebte.

Er stieß die Schranktür auf und trat ins Wohnzimmer. Und schloss die Schranktür hinter sich.

Leise überquerte er den Holzfußboden, und kurz bevor er den Flur erreicht hatte, blieb er stehen. Er beugte sich vor und spähte um die Ecke. Am Flurende stand eine Tür offen, dahinter war Samantha zu sehen. Sie saß auf der Toilette. Ihr Rock war um die Taille gerafft, und ihr Höschen spannte sich zwischen den Knien wie ein Gummiband. Sie las eine Zeitschrift, auf deren Hochglanzumschlag eine Schauspielerin abgebildet war.

»Samantha«, flüsterte er ganz leise. »Du heißt Samantha.«

Er ging zur Eingangstür, griff nach der Klinke. Er drückte sie behutsam herunter und zog die Tür auf – hielt ganz kurz inne, als sie quietschte, blickte über die Schulter zurück, sah nichts und ging weiter –, und dann trat er hinaus in den frühabendlichen Sonnenschein.

Er ging zur Straße, sah sich um und spürte, wie Paranoia ihm das Blut in den Adern gefrieren ließ und in seinen Schläfen pochte wie ein Kopfschmerz.

Samanthas Wagen stand in der Auffahrt, rechts geparkt, ein dunkelblauer Mercedes, vielleicht vom selben Baujahr wie Simons Volvo, wenn auch in weitaus besserem Zustand, frisch lackiert und mit gepflegten Lederbezügen, die nirgends vom Sonnenschein brüchig geworden waren.

Er ging daran vorbei zur Straße, zu seinem Wagen, rutschte auf den zerschlissenen Fahrersitz und versuchte, die Tür hinter sich zuzuschlagen. Aber sie schlug gegen das Metallschloss des Sicherheitsgurts und sprang wieder auf. Er nahm das Schloss, zog den Gurt über Brustkorb und Taille und ließ die Gurtzunge einschnappen.

Dann versuchte er es ein zweites Mal, und jetzt blieb die Tür geschlossen. Er startete den Motor, wendete und fuhr die Straße auf demselben Weg zurück, den er gekommen war.

Die beiden blonden Mädchen in ihren Kleidern mit Blumenmuster und den roten Bändern im Haar hockten noch immer im Garten. Simon warf ihnen einen Blick zu, als er vorbeifuhr, und er mochte sich getäuscht haben, aber er hätte schwören können, dass die beiden abwechselnd eine tote Katze mit dem Stock traktierten.

Er stieß die verschmierten Glastüren auf und betrat die Lobby der Filboyd Apartments. Er trug einen Plastiksack bei sich, den er auf dem Nachhauseweg in einem Haushaltswarengeschäft gekauft hatte. Im dunklen, nach Urin stinkenden Treppenhaus stieg er die Stufen zu seinem Apartment hinauf. Oben sah er, dass sein Hauswirt noch niemanden beauftragt hatte, das Graffito an der Wand zu entfernen.

WELL, TAKE HIM

sagte es noch immer, fast ein wenig ungeduldig.

Als er oben angekommen sich nach links wandte, sah er Robert auf dem Korridor vor seiner Wohnungstür stehen. Er hatte die Arme vor der Brust verschränkt und lehnte an der Wand.

Simon traf es wie ein Faustschlag in den Magen. Was hatte Robert hier zu suchen?

Einen Augenblick herrschte Stille, dann sagte Simon: »Hallo.«

»Ich hab einen Platten. Dachte, ich könnte vielleicht dein Telefon benutzen.«

»Einen Platten?«

»Ja, drüben auf der Normandie.«

»Normandie? Wohnst du nicht in der Nähe der Western?«

»Man kann sich nicht aussuchen, wo man einen Platten kriegt.«

»Hast du denn kein Handy?«

Obwohl Simon selber auch keins hatte, kam es ihm seltsam vor; heutzutage hatten doch alle ein Handy.

»Ich hab eins«, sagte Robert, zog es aus der Tasche und hielt es in die Höhe, »aber im Büro ist es in die Toilette gefallen, als ich mir die Hosen hochgezogen habe. Das war's dann.«

»Oh.«

»Hättest du was dagegen?«

Simon bemühte sich zu lächeln, aber es kam ihm vor, als schnitte er eine Grimasse. Er konnte an nichts anderes denken als an die Leiche in seiner Badewanne.

»Nein, natürlich nicht«, sagte er.

Er ging zur Wohnungstür und löste den Schnürsenkel vom Nagel in der Wand. Die Tür schwang von allein auf. Ihm ging auf, wie dämlich es gewesen war, das Apartment so ungesichert zu lassen. Er hätte heute Morgen etwas unternehmen müssen, um es sicher zu verschließen. Nun, es ließ sich nicht mehr ändern. Und es hatte keinen Sinn, sich nachträglich Sorgen zu machen ...

»Komm doch rein.«

Sie stiegen über die Holzsplitter, die noch auf dem Boden verstreut lagen.

Simon stieß die Tür hinter ihnen zu und schob dann die Rückenlehne eines Stuhls unter den Türknauf, um sie geschlossen zu halten.

»Nur zu, ruf an, wen du willst. Möchtest du einen Drink?«

»Klar.«

Simon nickte und steuerte auf die Küche zu.

Die beiden Männer saßen mit ihrem Whiskey auf der Couch. Innerhalb der nächsten halben Stunde würde jemand vom Autoclub kommen. Simon beobachtete Francine, die sich Futterflocken aus dem Biofilm an der Wasseroberfläche schnappte und in ihrem schwarzen Maul verschwinden ließ. Er wollte, dass Robert das Apartment verließ.

Er hatte ihm vor ein paar Monaten einen Gefallen getan, einen großen Gefallen, und dadurch waren sie Freunde geworden. Aber er war nicht groß genug, um ihm die Leiche in seiner Badewanne zeigen zu können. Robert wäre vielleicht zu Brei geschlagen worden und/oder hätte ein paar Monate in einer Gefängniszelle in Tijuana schmachten müssen, wenn Simon ihm nicht geholfen hätte, aber Monate waren keine Jahre.

Er wollte, dass Robert sein Apartment verließ.

Robert trank einen Schluck Whiskey.

»Du hast noch gar nicht erzählt, was gestern Nacht passiert ist.«

»Stimmt«, sagte er, weil ihm nichts anderes einfiel.

»Also?«

»Ist nicht der Rede wert.«

»Worüber sollen wir denn sonst reden? Über Politik?« Das letzte Wort klang verächtlich.

Simon atmete seufzend aus und nippte an seinem Whiskey.

»Ein Kerl ist in mein Apartment eingebrochen. Ich hab den Lärm gehört und bin ins Wohnzimmer gegangen. Ich hatte schon im Bett gelegen. Er stöberte in meiner Plattensammlung. Ich hab eine Menge alter Platten. Vielleicht hat er mich am Samstag vom Plattenladen auf der La Brea hierher verfolgt. Ich weiß es nicht. Jedenfalls ist er auf mich losgegangen, als er mich sah. Ich hab mich gewehrt, aber ... er muss mich ausgeknockt haben.« Er schüttelte den Kopf, um seine Ratlosigkeit zu unterstreichen. »Als ich aufwachte, war er fort.«

Robert betrachtete die Plattensammlung.

»Sieht nicht so aus, als hätte er was mitgehen lassen.«

»Er muss nach dem Angriff Panik gekriegt haben.«

»Kann sein«, sagte Robert.

Simon griff in die Innentasche seines Cordsakkos und zog seine Camel Filters und das Zippo-Feuerzeug hervor. Gewöhnlich rauchte er nur im Freien. Er hasste es, wenn der Geruch von kaltem Zigarettenrauch im Zimmer hing. Normalerweise kletterte er durchs Badezimmerfenster und rauchte auf der Feuerleiter, wenn er nicht den ganzen Weg nach unten vor die Haustür gehen wollte.

Doch jetzt war er nervös und musste etwas tun. Aber das Bad stand nicht zur Verfügung. Er nahm einen tiefen Zug.

»Alles in Ordnung?«, fragte Robert.

Simon sah ihn an. Lag da etwa Argwohn in seinem Blick? Simon war sich nicht sicher. Etwas an der Art, wie er seine Augenbrauen hochgezogen hielt, wie sein Mundwinkel zuckte, wie sein Kopf geneigt war, einer Katze gleich, die im Begriff ist, einer Maus einen Tatzenschlag zu versetzen.

»Ja«, sagte Simon. »Ich schätze, mir setzt der Einbruch doch mehr zu, als ich gedacht hätte.«

Robert nickte. Dann leerte er sein Whiskeyglas, setzte es auf dem Couchtisch ab und stand auf. Er verdrehte den Hals und ließ dabei mehrere Male seine Wirbelsäule hörbar knacken.

»Ich geh mal austreten.«

Er steuerte aufs Bad zu.

»Nein, warte!«

Robert blieb am Kopfende des Flurs stehen.

»Was?«

»Die Toilette ist kaputt. Man kann nicht spülen.«

»Ist wahrscheinlich nur die Kette. Ich greif in den Wasserkasten und zieh den Stopper hoch. Wenn ich was reparieren kann, mach ich's.«

Dann ging er weiter.

Simon sprang auf. Er machte zwei Schritte in den Flur und blieb stehen. Er wusste nicht, was er tun sollte. Er durfte seinen Freund doch nicht angreifen. Er könnte es tun, aber das wäre genauso schlimm, wie wenn er die

Leiche finden würde. Nein, wäre es nicht. Er musste ihn davon abhalten, das Bad zu betreten.

»Robert, nein«, sagte er, als er den Flur entlangstürmte. »Es ist nicht die ...«

Aber es war zu spät.

»Ach, du Scheiße!«, sagte Robert aus dem Bad.

Simon verharrte. Er sah Robert an, der in der offenen Tür stand und in die Badewanne schaute.

Er füllte seine Lunge mit Zigarettenrauch. Er schluckte.

»Robert«, sagte er.

Robert sah ihn an.

»Was ist das denn für eine Scheiße?«

»Was?«, sagte er, als er das Badezimmer betrat.

»Da liegt ein scheiß Toter in deiner Wanne, Mann.«

»Ich weiß ... Ich hab ihn ja da reingelegt.«

»Wieso?«, fragte Robert.

»Er ist in meine Wohnung eingebrochen.«

»Und wenn er deinen Goldfisch vergewaltigt hätte, das ist mir egal. Man lässt keine Leiche in der Wohnung liegen. Du musst die Polizei anrufen.«

Simon hatte das Gefühl, als würde ihm jemand ganz langsam eine Holzschraube in die Stirn drehen, direkt über dem linken Auge, das deshalb anfing zu tränen. Die Flüssigkeit lief ihm über die Wange, und er wischte sie mit dem Handrücken ab.

»Du musst die Polizei anrufen«, sagte Robert noch mal.

Simon setzte die Brille ab, zog sein Hemd aus dem Hosenbund, putzte mit dem T-Shirt die Gläser, trocknete erneut sein Auge und setzte die Brille wieder auf.

»Ich kann nicht«, sagte er schließlich. »Ich kann die Polizei nicht anrufen.«

»Und warum nicht?«

»Weil da ein toter Mann in meiner Badewanne ist, Robert. Ein toter Mann, der schon fast einen ganz Tag auf Eis liegt. Die Polizei wird das nicht so einfach schlucken.«

»Scheiße, warum hast du ihn denn überhaupt erst auf Eis gelegt?«

»Ich wollte nicht die Polizei anrufen. Ich wollte mir Zeit verschaffen.«

»Wozu?«

Simon schloss die Augen. In seinem Kopf pochte der Schmerz. Er seufzte und versuchte zu verdrängen, was ihm sein Verstand als den leichtesten Weg empfahl, um das Problem zu lösen: nämlich Robert umzubringen. Aber Robert war sein Freund, sein einziger enger Freund, enger als er je einen gehabt hatte. Er konnte ihn nicht einfach so umbringen. Er konnte ihm nicht kurzerhand die vierzig oder fünfzig Lebensjahre rauben, weil er zum Problem geworden war. Besonders deshalb nicht, weil er das Problem ja selbst verursacht hatte. Er hätte einen Grund finden können, Robert nicht hereinzulassen. Und doch beharrte eine hartnäckige Stimme in seinem Kopf – die Stimme, die für sein Innenleben sprach – darauf, dass Mord die einfachste Lösung war: Bring ihn doch um, Simon. Du hast schon einmal getötet. Das war doch gar nicht schlimm, oder? Es hat dich nicht mal eine Nacht Schlaf gekostet. Also tu es. Bring es hinter dich und tu es. Klar, es ist deine Schuld. Du hast Scheiße gebaut. Also mach den Fehler wieder gut. Entweder bezahlst du dafür oder Robert. Töte ihn. Bring es hinter dich und töte ihn. Es dauert nur ein paar Minuten, dann ist es vorbei.

Simon öffnete die Augen.

»Was?«, sagte er.

»Du wolltest dir Zeit verschaffen. Wofür?«

»Er ist bei mir eingebrochen, um mich umzubringen«, sagte er. »Und ich muss den Grund dafür herausfinden.«

»Du hast doch gesagt, er hat dich angegriffen, weil du ihn erwischt hast, wie er sich an deiner Plattensammlung zu schaffen machte?«

»Ich hab ihn bei nichts erwischt. Er ist eingebrochen und hat versucht, mich umzubringen. Das ist alles, was er versucht hat. Ich muss wissen, wieso. Und sieh mal.«

Simon langte nach unten und machte sich daran, das Klebeband am Hals des Toten zu entfernen.

»Scheiße, was machst du da?«, sagte Robert. »Ich will das nicht sehen!«

»Warte. Vielleicht kannst du es dann besser verstehen.«

»Ich verstehe jetzt schon. Du hast einen Menschen umgebracht, und jetzt ...«

Simon zog den Plastikbeutel weg, und Robert verstummte. Blut tropfte aus dem Beutel, und Simon dachte an die Momente, in denen er sich einen Hamburger gekauft hatte und die Verpackung undicht gewesen war.

»Großer Gott«, sagte Robert. »Du hast ja nicht gesagt …« Er hielt sich die Hand vor den Mund. »Ich … wer ist das?«

»Jeremy Shackleford. Er war Mathematikdozent am Pasadena College of the Arts.«

»Warum ist er in deine Wohnung eingebrochen?«

»Ich sagte es doch«, antwortete Simon. »Er wollte mich ermorden. Er ist eingebrochen, um mich zu töten.«

»Und warum wollte er dich töten?«

Simon schüttelte den Kopf.

»Ich weiß es nicht.«

Er griff nach dem Beutel und zog ihn dem Toten wieder über den Kopf.

Und dann sagte Robert: »Ich hab … ich hab ihn schon mal gesehen.«

»Wann?«

»Keine Ahnung«, sagte Robert. »Vielleicht Montag. Ist heute Donnerstag?«

»Weiß nicht. Was ist passiert?«

»Erinnerst du dich noch, wie ich dir erzählt hab, dass mich so 'n Typ auf der Straße angequatscht hat?«

Simon nickte. Er erinnerte sich. Robert hatte sogar erwähnt, dass der Typ eine gewisse Ähnlichkeit mit ihm hatte. Er konnte gar nicht glauben, dass es ihm erst jetzt wieder eingefallen war.

»Der hier ist es. Ich war auf dem Weg zum Schnapsladen an der Fourth Street, um mir Zigaretten zu kaufen. Da kam er an, packte mich am Hemd, stieß mich hart gegen eine Mauer und fragte mich, ob ich derjenige sei, der es genommen hat.«

»Was genommen?«

»Weiß ich nicht.«

»Was hast du ihm gesagt?«

»Ich hab ihm gesagt, dass ich's nicht war.«

»Was hast du jetzt vor?«

»Ich weiß nicht«, sagte Simon. »Jetzt, wo du davon weißt, hab ich … vielleicht kannst du mir helfen, aus der Sache schlau zu werden.«

Robert schüttelte schon den Kopf, bevor Simon den Satz zu Ende gesprochen hatte.

»Nein«, sagte er. »Auf keinen Fall. Kommt nicht in die … nie und nimmer. Nein. Nein.«

Simon und Robert hatten auf dem Sofa gesessen, aber jetzt stand Robert auf.

»Ich werde draußen auf den Autoclub warten.«

»Möchtest du nicht noch einen Drink?«

Robert schüttelte den Kopf.

»Wirklich nicht?«

»Nein«, sagte Robert. »Ich bin …« Er leckte sich über die Lippen und schluckte. »Ich hab genug. Ich muss noch fahren. Und ich muss jetzt los.«

Simon spürte den verzweifelten Wunsch, dass Robert bleiben möge. Zum Teil, weil er nicht wusste, was Robert tun würde, wenn er ging – vermutlich würde er schnurstracks zur Polizei laufen –, aber hauptsächlich, weil er im Augenblick nicht allein sein wollte. Bei dem Gedanken daran, wie Shackleford mit seiner Frau gelebt hatte, mit seinen Studenten und seinen Universitätskollegen, kam Simon sein eigenes Leben banal vor. Was besaß er eigentlich? Seine Plattensammlung und seinen Whiskey. Und Francine, natürlich. Aber das reichte nicht.

»Bist du ganz sicher?«, fragte er.

»Ja. Ich warte unten.«

»Bitte. Bleib doch noch auf einen Drink.«

»Wir sehen uns morgen.«

Robert ging an die Wohnungstür und zog den Stuhl zur Seite.

»Wir sehen uns morgen«, sagte er noch mal und öffnete dann die Tür.

»Robert.«

Robert blieb stehen. Er wandte sich um und sah Simon an.

»Geh nicht zur Polizei. Bitte. Ich muss herausfinden, warum er mich töten wollte.«

Robert biss sich auf die Unterlippe, blickte in den Korridor hinaus – dachte vielleicht an Tijuana und den Ärger dort – und sah wieder zu Simon.

»Ich hab nichts gesehen«, sagte er schließlich. Er schluckte. »Jetzt sind wir quitt.«

Simon starrte lange auf das Eis in seinem Drink.

»Simon?«

Er sah zu Robert auf.

»Wenn ich den Mund halte«, sagte der, »sind wir quitt. Ich bin dir nichts mehr schuldig.«

Simon nickte.

»Okay.«

Robert trat zur Tür hinaus und zog sie hinter sich zu. Aber sie schwang gleich wieder auf. Simon hörte ihn durch den Korridor gehen, die Treppen hinunter bis in die Lobby. Seine Schritte dröhnten auf dem Holzboden. Dann war er fort.

Simon schenkte sich noch einen Drink ein und nippte daran.

Als er sich zurücklehnte, spürte er etwas Großes und Schweres in der Tasche. Er griff hinein und zog es hervor. Es war das Bild von Jeremy Shackleford und Samantha, das er aus deren Haus mitgenommen hatte. Er schaute es sich lange an, betrachtete Samanthas Lächeln, sah, wie schön sie war. Es musste wundervoll sein, so eine Frau an seiner Seite zu haben, eine solche Frau sein Eigen nennen zu können. Simon stellte sich vor, neben ihr zu schlafen, sich in der Löffelchenstellung an sie zu schmiegen, einen Arm um sie geschlungen, mit einer Hand ihre feste Brust zu halten. Er stellte sich vor, ihr Herz langsam in ihrem Brustkorb schlagen zu hören.

Er stellte das Bild auf den Couchtisch.

Dann erhob er sich, fand einen Schraubendreher – den mit dem schwarz-gelben Plastikgriff – und schraubte auf beiden Seiten der Tür Beschläge an, sodass er die Wohnung von außen und von innen sichern konnte.

Während er damit beschäftigt war, leerte er die Whiskeyflasche.

In dieser Nacht konnte er nicht schlafen. Er lag im Bett, drehte sich nach links, drehte sich nach rechts, schob das Deckbett von sich und zog es wieder zurück, wendete immer wieder sein Kissen. Er verrenkte sich den Hals, seine Knöchel knackten, sein rechter Arm schlief ein, als er ihn unter dem Gewicht seines Körpers begrub, später der linke. Gedanken kreisten ihm im Kopf umher und wollten keine Ruhe geben.

Nach einer gefühlten Ewigkeit – wann würde diese verdammte nichtsnutzige Nacht enden? – stahl sich allmählich der graue Schimmer eines neuen Morgens um die Ränder der blauen Decke, die er vor das Fenster genagelt hatte.

Der Wecker bekam nicht die Chance zu klingeln. Simon stellte ihn vorher ab, stand auf und trottete ins Bad. Er putzte sich die Zähne und spuckte Zahnpasta mit Blut ins Waschbecken. Er spülte das Gemisch in den Abfluss, hielt seine hohle Hand unter den Wasserstrahl, hob sie gefüllt an den Mund, spülte ihn aus und spuckte abermals ins Becken. Dann drehte er das Wasser ab und sah sich im Spiegel an, das Gesicht nur wenige Zentimeter vom Glas entfernt. Er blickte in die eigenen grünen Augen – grün mit kleinen braunen Flecken. Er hatte winzige weiße Stellen unter den Augen, direkt über den Wangenknochen. Sie waren ungefähr so groß wie eine Bleistiftspitze. Als sie juckten, hatte er unbedacht ein paar von ihnen abgekratzt, und trotz ihrer geringen Größe hatten sie ziemlich stark geblutet. Er drückte auf das graue Säckchen unter seinem linken Auge. Es war weich und feucht, und als sich der Druck auf seinen Augapfel übertrug, quietschte das Auge, weil Luft aus irgendeinem Kanal gedrückt wurde. Seine Sicht verschwamm. Er kratzte sich den Schlafsand mit dem Fingernagel aus den Augenwinkeln, warf einen Blick darauf und wischte sich die Finger am Pyjama ab.

Dann drehte er sich vom Spiegel weg und blickte auf die Leiche, die in der inzwischen fast ganz eisfreien Badewanne lag. Er hätte gestern mehr Eis kaufen sollen. Das würde er heute Morgen nachholen, selbst wenn er dadurch zu spät zur Arbeit kam. Er ging zur Wanne und setzte sich auf den Rand. Durch seinen Pyjama hindurch spürte er die Kälte des Porzellans.

»Du hattest eine sehr schöne Frau«, sagte er. »Ich hoffe, du warst dir dessen bewusst.«

Er griff nach der kalten bläulichen Hand des Leichnams. Die Haut war weich und lag lose auf den Knochen wie bei einem noch nicht durchgegarten Huhn. Er zog den Ring vom dritten Finger, und etwas Haut schälte sich ab, kehrte sich von innen nach außen. Simon spülte den Goldring unterm Wasserhahn ab, bevor er sich ihn über den eigenen Finger schob. Dann setzte er sich wieder neben die Leiche. Allmählich fing sie an zu riechen. Ein schwerer und leicht süßlicher Geruch. Man nahm ihn wahr wie Meerrettich hinter dem Gaumen und auf der Rückseite der Augen.

»Ich«, sagte er. »Ich war noch nie verliebt. Ich hab mich oft gefragt, wie es sich wohl anfühlen mag. So viele Gedichte und Lieder versuchen es zu beschreiben, es muss ...« Er hielt inne, leckte sich die Lippen. Er wusste einfach nicht, wie er den Satz beenden sollte.

Da das meiste Eis geschmolzen war, konnte er nun auch die rechte Hand des Leichnams sehen. Sie war blau-weiß, von der Farbe einer Quetschung, die eine Woche alt war, und bedeckt von einem Netz verschorfter Schnitte.

Seltsam.

Er stand auf und verließ das Badezimmer.

Er kam nur eine Viertelstunde zu spät im Büro an, und an diesem Morgen unterbrach er seine Arbeit nur dreimal, um den Goldreif am dritten Finger seiner linken Hand zu betrachten. Wenn er innehielt, kehrte er die Handfläche nach oben und sah auf ihn hinunter, wobei er den Ring mit der rechten Hand an seinem Finger drehte und drehte und darüber nachdachte, was es wohl bedeutete, durch einen solchen Gegenstand verbunden zu sein. Er sehnte sich danach. Aber jeder dieser Augenblicke war sofort wieder vergangen. Er riss sich aus seinen Gedanken und machte sich wieder an die Arbeit.

Er betrat das Restaurant, und an seiner Hand baumelte der fettfleckige Lunchbeutel. Robert und Chris waren wieder ohne ihn losgegangen. Er stand auf dem verschrammten PVC-Boden und hielt Ausschau nach seinen Freunden. Das Restaurant war gut besucht, alle redeten durcheinander, Gabeln und Messer kratzten über die Teller, Stühle wurden an die Tische gerückt oder unter ihnen hervorgezogen. Blonde und braune und schwarze und rote Haare schoben sich in Simons Blickfeld. Aber schon im nächsten Moment sah er Roberts Pferdeschwanz über dessen Rücken hängen. Robert und Chris saßen nebeneinander in einer Nische in der hinteren Ecke, den Rücken zur Tür gewandt. Es machte fast den Eindruck, als wollten sie von Simon nicht entdeckt werden.

Simon schlängelte sich zwischen den voll besetzten Tischen hindurch und setzte sich den beiden gegenüber. Die Bestellung war bereits serviert worden, und sie aßen.

»Hallo, Jungs.«

»Hallo«, sagte Chris.

Robert sah nicht von seinem Teller auf. Er zog nur zwei Fritten durch eine Ketchuppfütze und schob sie sich in den Mund.

»Wie geht's, Robert?«

»Alles okay«, sagte Robert kühl. »Ich hab nur gerade meinen Appetit verloren.« Er sah nicht auf zu Simon, als er das sagte, sondern starrte nur auf seinen Teller.

Simon blinzelte. Dann verstand er, was Robert am Abend zuvor mit dem Spruch gemeint hatte, dass er ihm nichts mehr schulde, was er gemeint hatte, als er davon sprach, sie seien quitt.

»Oh«, sagte er eine Weile später. »Okay.«

Chris schien verwirrt. »Okay, was?«, fragte er mit vollem Mund.

Simon antwortete nicht. Er stand auf und ging zu einem leeren Tisch. Die Frage von Chris an Robert, was denn los sei, ging im allgemeinen Lärm unter. Simon setzte sich. Er packte seinen Lunch aus und aß, ohne etwas zu schmecken. Er versorgte nur die Maschine, die sein Körper war, mit Treibstoff, tat einfach das Notwendige. Er hatte Magenbeschwerden. Ein paarmal schaute er zu Robert und Chris, aber die aßen und unterhielten sich und erwiderten seine Blicke nicht. Nicht einmal Chris.

Vielleicht war es so am besten. Wahrscheinlich sogar, zumindest solange Robert nichts ausplauderte.

Als er mit dem Essen fertig war, faltete er die Frischhaltefolien, in die sein Lunch verpackt gewesen war, sorgfältig zu mehreren durchsichtigen kleinen Quadraten und stapelte sie auf dem Tisch. Dann schlug er den fettfleckigen Lunchbeutel zweimal zusammen und steckte ihn in die Innentasche seines Cordsakkos.

Er stand auf.

Allein auf seinem Sofa mit einem Whiskey in der Hand, das Glas kalt und feucht von Kondenswasser. Skip James sang »Hard Time Killin' Floor Blues«, und Simon konnte den Blick nicht von seinem grauen Spiegelbild auf dem kaputten Fernsehapparat in der Ecke lösen. Er hatte ihn angeschaltet, als er nach Hause gekommen war, aber es gab kein Bild mehr, nur der Ton funktionierte noch. Also hatte er ihn wieder ausgeschaltet.

Er trank den Whiskey aus und stellte das Glas auf den Couchtisch. Er betrachtete das Foto von Samantha und Jeremy Shackleford und drehte währenddessen den Ehering an seinem Finger. Ihm gefiel, wie er gegen die Haut zwischen seinen Fingern drückte. Ihm gefiel sein Gewicht. Er stellte sich vor, er sei es, der auf dem Foto zu sehen war. Er stellte sich vor, Samanthas Körper zu streicheln, stellte sich vor, mit ihr Liebe zu machen und ihre brennenden Atemzüge an seiner Halsbeuge zu spüren.

Er schenkte sich noch einen Drink ein.

Als er sich entschieden hatte, was er tun wollte, fühlte er sich gut. Er schlief fest. Wenn er überhaupt träumte, waren die Träume friedvoll, und als er am nächsten Morgen erwachte, fühlte er sich so gut wie schon lange nicht mehr, trotz der Katerstimmung, die seinen Kopf wie eine dunkle Wolke umwaberte, trotz seines übersäuerten Magens.

In Büro herrschte samstägliche Ruhe, von der Belegschaft war nur ein Zehntel anwesend, und in dieser Atmosphäre konnte Simon an nichts anderes denken als daran, was er tun würde, sobald er Feierabend hatte. Zum ersten Mal bereute er, sich auf eine Sechstagearbeitswoche eingelassen zu haben, und es war das erste Mal, dass er diesen Tag lieber frei gehabt hätte. Bisher hatte er bedauert, nicht auch sonntags arbeiten zu können.

Irgendwann wurde es dann doch Zeit zu gehen.

Statt auf dem Wilshire weiterzufahren bis zu den Filboyd Apartments, bog Simon nach rechts in die Vermont, fuhr über die Sixth und dann links auf den Parkplatz von Walgreens. Er fand eine Lücke, öffnete die Fahrertür und trat beim Aussteigen direkt in einen rosa Klumpen Bubble Gum, der auf dem Asphalt lag. Beim Gehen ließ er seinen rechten Fuß über den Boden schleifen, um den Kaugummi von der Schuhsohle zu kratzen. Als er den Eingang mit den automatischen Glastüren erreicht hatte, war der Kaugummi so gut wie abgeschabt.

Er ging an einem Jungen vorbei, der vor der Tür Süßigkeiten aus einem Pappkarton verkaufte, schüttelte den Kopf, nein, ich will nichts Süßes, und tauchte ein in das gleißende Neonlicht der riesigen Drogerie. Ein Wachmann saß gleich rechts von der Tür auf einem Klappstuhl aus Metall und musterte ihn misstrauisch.

Simon hasste Wachleute. Allein schon ihre Anwesenheit weckte das schlechte Gewissen in ihm. Auch wenn die Warnsirene eines Polizeiwagens ertönte, spürte er ein Schuldbewusstsein in sich aufkommen und glaubte für einen Augenblick, die Polizei komme seinetwegen, komme, um ihn mitzunehmen. Sein Herz begann zu rasen, sein Mund wurde trocken, und er versuchte herauszufinden, was er wohl getan hatte. Im Geiste ging er hastig all die hässlichen und grässlichen Gedanken durch, die ihm in letzter Zeit durch den Kopf gegangen waren (dumme Kuh, dich sollte jemand ...), blätterte sie auf wie Karteikarten (hätte ich jetzt ein Messer, würde ich dich ...) und versuchte sich zu erinnern, ob er je einem dieser Impulse nachgegangen war. Es musste wohl so sein: Die Polizei war da, um ihn zu holen. Selbstverständlich raste der Polizeiwagen vorüber, vielleicht war es auch die Feuerwehr oder ein Krankenwagen. Niemand blickte auch nur in seine Richtung. Aber das Schuldbewusstsein blieb – und lastete schwer auf ihm.

Vielleicht war es nur die schwere Bürde all seiner jugendlichen Missetaten. Damals hatte er ziemlich viel geklaut. Er war in Armut aufgewachsen, und die einzige Möglichkeit, die Dinge zu bekommen, die er haben wollte, bestand darin, sie zu stehlen. Er wusste noch, wie er mit zehn oder elf in einen Laden in der Nachbarschaft gegangen war – in Austin, Texas, wo er seine Jugend verbracht hatte – und ganz hinten einen Karton mit lauter Drachen entdeckt hatte. Minutenlang hatte er darin herumgestöbert und die kleinen Bilder auf den Verpackungen studiert, Bilder, die wohl zeigen sollten, wie die Drachen in der Luft aussahen – wie Adler und Düsenjäger und Feuer speiende Raketen.

»Willst du einen davon kaufen oder einfach nur gaffen?«

»Entschuldigung«, sagte er und verließ den Laden.

Aber am nächsten Morgen auf dem Weg zur Schule war er wieder in dem Laden aufgetaucht, diesmal stark hinkend. Er tat so, als hätte er sich das Knie verletzt und könnte es nicht mehr beugen. Er wusste genau, was zu tun war, und als der Typ hinterm Tresen nicht hinschaute, hatte er einen der Drachen in seinem Hosenbein verschwinden lassen und war davongehinkt. Er schwitzte vor schlimmer innerer Aufregung – Schuldbewusstsein –, aber schon damals war ihm klar, dass es beim Stehlen darauf ankam, eben nicht schuldbewusst zu wirken. Also achtete er darauf, dass seine Miene entspannt war – fast gelangweilt –, bis er sich in Sicherheit befand.

Zwei Monate lang hatte er den Drachen jedes Wochenende steigen lassen, bis er sich schließlich im Big Stacy Park in einem Baum verfing und nicht mehr zu befreien war.

Vielleicht war es bis dahin nur das gesammelte Schuldbewusstsein aus Jugendtagen gewesen – aber diesmal war das schlechte Gewissen wirklich verdient, oder? Der Grund dafür verweste in seiner Badewanne.

Er nahm sich einen Einkaufskorb von dem Stapel, der zwischen dem Wachmann und der Zeitungsauslage stand, und ging damit durch den Laden. Er suchte sich braunes Haarfärbemittel, eine Packung Rasierklingen, Pflaster, ein Fläschchen Alkohol, eine Flasche Peroxid und einen Beutel Wattebäuschchen zusammen.

Bevor er sich in die Schlange an der Kasse stellte, warf er noch einen Blick auf die Taschenbücher. Er blätterte einige von ihnen durch, steckte seinen Kopf in eines davon und atmete den Geruch genussvoll ein, bevor er es zurückstellte. Er kaufte keines der Bücher, denn er las nicht mehr viel. Aber in seiner Jugend waren die Romane das einzige Mittel gewesen, um seinem Adoptivvater zu entfliehen, der ständig betrunken war und bei dem er immer damit rechnen musste, wegen irgendeiner eingebildeten Aufsässigkeit einen Schlag ins Genick zu bekommen. Aber manchmal drückte er ihm auch eine Flasche Bier in die Hand und erlaubte ihm, bis spät in die Nacht mit ihm fernzusehen. Ihn überkam eine eigentümliche, bittersüße Nostalgie, wann immer er diesen ganz bestimmten Klebstoff roch, der für manche Taschenbuchromane verwendet wurde – oder vielleicht war es auch das Papier oder die Druckerfarbe –, und dann konnte er nicht anders und musste sein Gesicht zwischen den Seiten vergraben und tief einatmen. Manchmal kaufte er allein aus diesem Grund ein Buch, egal, ob der Inhalt ihn interessierte oder nicht. Aber heute nicht. Heute hatte er anderes im Kopf.

Mit einer Plastiktüte, die an der Faust baumelte, betrat er sein Apartment. Er legte sie auf dem Sofa ab und sicherte seine Wohnungstür mit einem Vorhängeschloss. Dann zog er sein Jackett und sein Oberhemd aus, bis er nur noch sein T-Shirt mit den gelben Deoflecken anhatte. Er nahm die Plastiktüte und ging den Flur hinunter zum Bad.

Er blies in die gepuderten Latexhandschuhe und schob dann die Hände eine nach der anderen hinein. Dann verschränkte er die Finger und drückte so lange zu, bis die Handschuhe eng anlagen. Sein Magen war übersäuert, und seine Leber schmerzte. Er schüttelte die kleine Plastikflasche mit dem Haarfärbemittel und spritzte sich die Flüssigkeit durch eine Düse auf sein graues Kopfhaar. Mit Gummihandschuhfingern massierte er sie bis in die Kopfhaut ein und wischte sie mit Toilettenpapier weg, wenn sie ihm über die Stirn lief, hinter die Ohren oder in den Nacken. Nach zehn Minuten war sein Kopf von einer braunen Schicht Haarfärbemittel bedeckt, das die Konsistenz von warmer Mayonnaise hatte.

Er saß auf der Toilette und wartete. Er bedauerte es nun, kein Buch gekauft zu haben. Einige lagen ja in der Wohnung herum, aber die hatte er alle gelesen, die meisten sogar mehrmals. Er spürte, wie die Feuchtigkeit in seinem Nacken kitzelte, und wischte sie blindlings mit einem Stoß Toilettenpapier weg. Die Magensäure, die in Schüben bis in seinen Rachen aufstieg, schluckte er sofort wieder runter.

Eine halbe Stunde verging.

Er spülte sein Haar im Waschbecken unter dampfend heißem Wasser aus, wohl wissend, wie dumm dies alles war, wohl wissend, dass er unmöglich Jeremy Shackleford so ähnlich sehen konnte, wie es auf den ersten Blick den Anschein haben mochte, wohl wissend, dass er, selbst wenn er ihm noch so ähnlich sah, niemals als dieser andere Mann durchgehen würde.

Aber dann fragte er sich: Warum denn eigentlich nicht – warum sollte ich das nicht schaffen?

Sich Zugang zum Leben des Mannes zu verschaffen war vielleicht der beste Weg herauszufinden, warum Shackleford in sein Apartment eingebrochen war und versucht hatte, ihn umzubringen.

Er dachte an die Risse in seiner Decke.

Er stellte sich vor, dass er durch den Raum schwebte – richtungslos.

Nun ja, jetzt hatte er eine Richtung gefunden, oder? Ein Ziel, einen Grund, morgens aufzuwachen. Es gab da ein Geheimnis in seinem Leben, und was auch immer dahinterstecken mochte, musste besser sein als acht Stunden im Büro, besser als in einer kleinen Kabine in einem Pornobuchladen zu masturbieren, besser als auf einer kleinen Matratze zu schlafen, während der Lärm der Stadt im Apartment widerhallte und kleine Insekten an ihm knabberten. Es musste besser sein als tagaus, tagein derselbe Trott, während die Monatsblätter vom Wandkalender rieselten wie welkes Laub.

Alles wäre besser als das – absolut alles.

Simon hob den Kopf aus dem Waschbecken und trocknete sich mit einem zerschlissenen braunen Handtuch ab. Er setzte seine Brille wieder auf und betrachtete sich im Spiegel. Er sah aus wie ein anderer Mensch. Er fühlte sich wie ein anderer Mensch.

»Gar nicht so schlecht.«

Er schälte die Latexhandschuhe von seinen mittlerweile schweißnassen Händen – die Fingerkuppen weiß und verschrumpelt – und warf sie in den Mülleimer.

Doch er war noch nicht fertig.

Er griff in die Plastiktüte und zog eine weiß-blaue Packung hervor. Er öffnete den Papierdeckel, und zum Vorschein kamen zweihundert blitzende Rasierklingen. Er ließ eine davon aus der Packung gleiten und hielt sie sich dicht vors Auge. Er blickte an der Klinge vorbei auf sein Abbild im abblätternden Spiegel des Medizinschranks.

Bringst du es fertig, Simon?

Er schluckte.

»Ja«, sagte er.

Er führte die Klinge an seinen rechten Wangenknochen. Sie war kalt und scharf. Er atmete aus, presste die Klinge langsam in die pockennarbige Haut – und hielt inne. Er wollte es richtig machen.

Er legte die Klinge auf die Ablage neben dem Waschbecken und ging hinüber zur Badewanne.

Er zog der Leiche die Einkaufstüte vom Kopf und wandte sich augenblicklich ab. Er musste würgen. Es waren nur drei Tage vergangen, und er hatte versucht, den toten Körper zu kühlen, aber schon jetzt hatte sich Leben in der Leiche angesiedelt. Beunruhigende subkutane Bewegungen waren zu erkennen, als hätten sich unter dem

Fleisch Millionen krabbelnder Beine aufgemacht, die Vorderseite des Schädels hinunterzumarschieren.

Simon konnte das, worum es ihm ging, nicht sehen, ohne den Kopf zu sich herüberzudrehen, aber er wollte ihn auch nicht berühren. Er ging hinüber zum Mülleimer, fischte einen der Latexhandschuhe heraus und zog ihn sich über. Als er wieder vor dem Leichnam stand, schluckte er, hielt den Atem an und beugte sich vor, um den Kopf so zu drehen, dass er die Narbe sehen konnte. Sie war zehn Zentimeter lang und verlief unregelmäßig gezackt vom Wangenknochen bis zum Unterkiefer. Sie war weiß, und trotz des Fünfuhrbartschattens, der Shacklefords restliches Gesicht färbte, war sie glatt und unbehaart.

Er studierte die Narbe eingehend, ignorierte die feuchten Löcher, zu denen die Augen inzwischen geworden waren, und als er meinte, sich alles eingeprägt zu haben, nickte er sich aufmunternd zu und sah wieder in den Spiegel. Er würde es fertigbringen, ja.

Erneut führte er die Klinge an seinen Wangenknochen. Er atmete schwer, ein und aus und ein und aus, bis er fast hyperventilierte. Und dann hörte er plötzlich ganz auf zu atmen. Er stieß die Klinge kräftig in die Wange und drückte die Haut dadurch nach unten – erstaunlich, welchem Druck Haut standzuhalten vermag –, und dann war ein leises Geräusch zu hören, als die Haut riss. Ein Blutstropfen quoll an der Klingenecke auf. Er drückte weiter, spürte, wie sich die Haut teilte. Aus dem Tropfen wurde ein Strom. Die warme Flüssigkeit lief ihm das Gesicht hinunter. Der Schmerz war brennend und unerträglich, aber er versuchte, nicht daran zu denken, und zog die Rasierklinge entschlossen über die Wange nach unten. Dabei richtete er sich nach der Narbe des Leichnams, deren Form er sich eingeprägt hatte.

Als er die Wangenmitte erreicht hatte, durchstieß die Klinge das Fleisch und verletzte auf der anderen Seite noch das Zahnfleisch. Er fluchte und stampfte mit dem Fuß auf und musste innehalten. Er legte das braune Handtuch gegen die Wange und beugte sich stöhnend vor. Er tastete mit der Zunge an der Innenseite des Mundes über die Wunde. Seine Zungenspitze berührte das Handtuch auf der anderen Seite. Er atmete durch die Nasenlöcher wie ein wütender Stier kurz vor dem Angriff. Er ging im Kreis. Das Blut floss weiter und füllte ihm den Mund. Er ließ es zwischen den Lippen hervorrinnen, übers Kinn und auf den Boden tropfen.

»Scheiße«, stieß er zwischen zusammengebissenen Zähnen hervor, als sich der metallische Geschmack in seinem Mund ausbreitete, warm und dickflüssig und salzig. Er hatte zu tief geschnitten, viel zu tief.

Das Handtuch immer noch ans Gesicht gepresst, blickte er nach einer Weile wieder in den Spiegel. Seine Augen waren gerötet und von Tränen verquollen. Er zog das Handtuch weg. Blut strömte hervor und tropfte auf sein T-Shirt, spritzte auf den gefliesten Boden und verteilte sich in den Fugen, die wie ein verzweigtes Netz kleiner roter Flüsse wirkten. Er legte das Handtuch wieder an. Wenn er diese Sache durchziehen wollte, hatte er noch fünf Zentimeter aufzuschneiden. Noch war er nicht fertig.

Er sah sich nach der Rasierklinge um. Er hatte sie fallen lassen oder fortgeworfen. Sobald der Schmerz eingesetzt hatte – als er die Wange durchschnitten und auch noch das Zahnfleisch verletzt hatte –, war er nicht mehr Herr seiner selbst gewesen. Er ließ den Blick über die Ablage schweifen und sah nichts als rote Spritzer und Tropfen. Dann erblickte er die Klinge auf dem Fußboden, in der Ecke, in einem Haarbüschel und dem Staub, der sich unter der Badewanne gesammelt hatte.

Er hob sie auf und warf sie in den Mülleimer. Es klirrte leise, als sie auf den Rand prallte, um dann unter dem Papiermüll zu verschwinden.

Es gab noch hundertneunundneunzig saubere Klingen; unsinnig, eine Infektion zu riskieren.

Nachdem er eine neue Klinge aus der Packung geschoben hatte, zog er das Handtuch von seiner Wange. Wieder sickerte Blut aus der Wunde, doch es floss nicht mehr so stark. Er berührte die Wunde mit der Zunge, die er durch die offene Wange einen Moment lang sehen konnte. Die Säure in seinem Magen meldete sich.

Er schloss die Augen, bemüht, sich nicht zu übergeben (und sich auch nicht vorzustellen, welche Schmerzen das in seiner neuen Wunde hervorrufen würde), und erst als die Übelkeit vergangen war – sie schwappte durch seinen Magen, und er rülpste, schmeckte die Säure und schluckte sie herunter –, öffnete er sie wieder. Beim ersten Mal war es schwierig gewesen; diesmal schien es ihm unmöglich. Er wusste, welcher Schmerz ihm bevorstand – der schlimmste war ihm noch gegenwärtig, es waren nur Momente vergangen. Vorher war es nur ein Gedanke gewesen. Jetzt war es Realität. Er kannte den Schmerz. Er wollte nicht noch mehr davon erleiden. Aber er wusste auch, dass er seinen Entschluss nicht mehr rückgängig machen konnte. Er war fürs Leben entstellt. Da konnte er ebenso gut zu Ende bringen, was er begonnen hatte. Er setzte die Klinge an den Rand der Wunde. Der stechende Schmerz setzte ein, noch bevor er sich an die Arbeit machte. Sein Magen verkrampfte sich. Schwindel überfiel ihn. Als er sich im Spiegel sah, hatte er das Gefühl, einem Fremden gegenüberzustehen.

Er schloss die Augen, biss die Zähne zusammen – mit solcher Kraft, dass sich seine Kiefer verkrampften – und sägte mit der Klinge in Richtung Kinn. Bei der Abwärtsbewegung schien sein Kopf aus dem Bewusstsein zu rollen, als wäre er ein Ball auf einem sanften Hang – und dann fiel er über den Rand und stürzte in die volkommene Finsternis.

Er wachte auf dem Boden des Badezimmers auf. Sein Mund war voller geronnenem und flüssigem Blut. Er setzte sich auf, berührte mit der Zunge seine Wange, spürte den brennenden Schmerz und lächelte. Als er seine Gesichtsmuskeln bewegte, durchzuckten elektrische Schmerzblitze seinen Kopf und seinen Hals. Noch immer tröpfelte Blut aus der Wunde an seiner Wange. Er sah hinunter auf sein zerknittertes weißes T-Shirt. Es war von einer dicken burgunderroten Kruste überzogen, die schon etwas angetrocknet war. Seine Brille – ebenfalls blutbespritzt – lag auf dem Boden an der Ecke der Ablage. Er hob sie auf und setzte sie wieder auf die Nase. Undeutliche rote Flecken sprenkelten die Gläser. Er stemmte sich vom kalten Fliesenboden auf und kam auf die Füße. Das Spiegelbild, das er vor sich sah, musste einem Horrorfilm entstammen. Er sah aus, als habe er die vergangene Stunde damit verbracht, sich auf dem Boden eines Schlachthauses zu wälzen.

Er fand einen Waschlappen in einer der Schubladen, befeuchtete ihn mit warmem Wasser und wischte sich behutsam über Gesicht und Hals. Obwohl er weit entfernt von der Wunde begann, war es äußerst schmerzhaft, das Blut zu beseitigen. Seine Nervenenden lagen bloß. Dennoch fuhr er fort zu wischen und sich abzuspülen, immer vorsichtig darauf bedacht, nur nicht die Schnittwunde in seinem Gesicht zu berühren.

Nachdem er das meiste Blut entfernt hatte, begann er, die Wunde zu behandeln. Er betupfte sie mit in Peroxid getränkten Wattebäuschchen und sah zu, wie die Chemikalie weiß wurde und Bläschen warf. Es brannte, aber nicht so schlimm, wie es bei Alkohol gebrannt hätte, den er anschließend verwenden würde.

Er hatte ein Dutzend Heftpflaster vorbereitet und klebte sie nun über die Wunde, wobei er dachte, dass er vielleicht doch lieber Verbandsmull und medizinisches Klebeband hätte kaufen sollen. Er hatte die Schwere der Verletzung, zu der es kommen musste – und jetzt gekommen war –, nicht richtig eingeschätzt. Die erste Lage

Pflaster war bereits rot gefärbt, und er klebte eine zweite Schicht darüber und dann eine dritte.

Hinten im Medizinschrank fand er eine Flasche mit Vicodin, dessen Verfallsdatum bereits überschritten war. Er konnte sich nicht erinnern, jemals Vicodin verschrieben bekommen zu haben. Vielleicht hatte sein Vormieter die Pillen zurückgelassen. Das war nicht mehr festzustellen: Der Name war vom Etikett entfernt worden. Aber es hatten einige Pullover im Schlafzimmerschrank gelegen und ein paar Bratpfannen in der Küche, und dann war da natürlich noch der tote Ficus auf der Feuertreppe. Also mochte es tatsächlich möglich sein. Es war ihm auch egal. Selbst wenn die Packung abgelaufen war und die Wirksamkeit des Vicodins mit den Jahren schwand, müsste es die Schmerzen besser betäuben als Acetaminophen. Er schluckte zwei Pillen und zog sich aus. Seine blutigen Kleidungsstücke ließ er in einem Haufen auf dem Fußboden liegen – er würde morgen alles gründlich sauber machen; im Moment pochte die gesamte rechte Seite seines Kopfes wie von einem entzündeten Zahn – und trottete in sein Schlafzimmer. Er kroch unter seine Bettdecke und sah hinauf zur rissigen Zimmerdecke.

Er fragte sich, ob das hier wohl ein Fehler gewesen war.

Fast die ganze Nacht über fand er vor Schmerzen keinen Schlaf. Als der Morgen kam, schlief er mit offenen Augen kurz ein und träumte, dass sich sein Schlafzimmer mit Wasser füllte. Er träumte zu ertrinken. Dann war der Traum, oder die Halluzination oder was immer es war, vorüber, und er lag einfach nur wieder im Bett. Er war schweißüberströmt und fröstelte in der Nachtluft.

Er schloss die Augen, aber schlafen konnte er nicht.

Früh am nächsten Morgen torkelte er ins Wohnzimmer. Es war Sonntag. Er hatte sich und das Bad gesäubert und trug ein Paar karierte braune Hosen, ein T-Shirt und sein Cordsakko. Er ging zum Sofa und setzte sich. Er beugte sich hinunter, hob das Telefon vom Boden auf und nahm es auf den Schoß. Er wählte eine Nummer mit sieben Ziffern. Nachdem es dreimal geklingelt hatte, übernahm der automatische Anrufbeantworter, und er wählte eine dreistellige Durchwahlnummer. Anschließend drückte er die Rautetaste. Da Sonntag war, brauchte er nur eine Nachricht zu hinterlassen, aber zu seiner Überraschung nahm jemand ab.

»Hallo?«

»Hallo ... Mr. Thames?«

»Am Apparat.«

»Hier ist Simon Johnson.«

»Ja?«

»Ja.«

»Gibt es ein Problem, Simon?«

»Oh. Ich rufe nur an, um Sie wissen zu lassen, dass ich nächste Woche nicht im Büro sein kann. Ich habe einen Todesfall in der Familie. Meine Mutter. Das heißt, meine

Adoptivmutter. Ich wurde adoptiert. Ich weiß nicht, ob Ihnen das bekannt war. Jedenfalls fliege ich zum Begräbnis runter nach Austin zu meiner Familie.«

»Mein aufrichtiges Beileid«, sagte Mr. Thames.

»Danke.«

Simon nahm den Hörer vom Ohr.

»Simon?«

Fast hätte ihn der blecherne Klang der Stimme nicht mehr erreicht, aber er vernahm ihn und hob den Hörer noch mal ans Ohr.

»Ja, Sir?«

»Ich weiß, es ist jetzt eine harte Zeit für Sie, aber gibt es eine Nummer, unter der wir Sie erreichen können, falls es Fragen zu Ihren Abrechnungen gibt?«

»Sie können mich zu Hause anrufen. Ich höre täglich meine Nachrichten ab.«

»Okay, Simon.«

»Okay.«

Er legte den Hörer wieder auf die Gabel und stellte das Telefon auf den Boden zurück. Er besaß gar keinen Anrufbeantworter.

Später am Nachmittag fuhr er ins Zentrum zur Los Angeles Central Library an der Kreuzung Fifth und Grand. Er parkte an der Fifth Street gegenüber dem Edison-Gebäude, stieg aus, zog ein letztes Mal an seiner Zigarette und ließ sie dann auf die Metallablage fallen, die oben auf dem Abfalleimer vor der Tür angebracht war. Die Ablage stand voll nikotingelbem Wasser, in dem Zigarettenkippen, Trinkhalmhüllen, Kaugummiklumpen und Kaugummipapier lagen. Die Zigarette zischte kurz auf, als Simon sie dazu warf. Seine Wange war bedeckt von diversen Lagen Heftpflaster. Aus der Wunde in seinem Mund sickerte noch immer ein träges Rinnsal Blut, sobald er die Miene auch nur im Geringsten verzog, und wenn er rauchte, spürte er einen brennenden Schmerz. Aber er würde nicht aufhören zu rauchen. Hätte er nur ein Quäntchen Willenskraft, wäre schon vor langer Zeit damit Schluss gewesen. Er spuckte einen Klumpen geronnenes Blut in den Abfalleimer und ging in Richtung Eingangstür, vorbei an einem obdachlosen Mann ohne Schuhe, dessen schwarze Zehen verfault aussahen.

Er betrat die Lobby, in der sich vor dem Ausgabetresen eine Menschenschlange gebildet hatte. Die Leute hielten Antragsformulare für Bibliotheksausweise, ihre Ausweise oder Stapel von Büchern, die sie zurückgeben oder ausleihen wollten, in den Händen.

Nachdem er den Lageplan der Bibliothek neben den Fahrstühlen studiert hatte – er war bisher nur im oberen Stockwerk gewesen, wo allgemeine Literatur und Belletristik standen –, fand er das, wonach er suchte, auf der zweiten Untergeschossebene in der Abteilung für Wissenschaft und Technik. Er ging am Informationsschalter vorbei und bog nach links ab, wo die Bücher zum Thema Mathematik standen.

Er suchte sich einen großen Stapel zusammen, fast beliebig, fand eine freie holzgetäfelte Nische und setzte sich. Er schlug eines der Bücher auf. Es informierte ihn darüber, dass bei konstanter und bekannter Geschwindigkeit der zurückgelegte Weg das Produkt aus Geschwindigkeit und Zeit war; kannte man die Zeit und den Weg, ließ sich die Geschwindigkeit berechnen. Kannte man jedoch nur eine der drei Variablen, war man am Arsch.

Er fragte sich, wie oft man im wahren Leben – und nicht in hypothetischen Situationen – tatsächlich genügend Informationen besaß, um irgendetwas mit nennenswerter Bestimmtheit zu wissen.

In demselben Buch fand sich ein ganzes Kapitel über Kugeln. Er besaß einige Erfahrung mit Kugeln. Zum Beispiel lebte er ja auf einer – einer, die zumindest annähernd eine Kugel war. Eine Tatsache, die in dem Buch nicht angesprochen wurde: Kugeln boten keinen Fluchtweg. Man konnte sich auf ihnen in alle erdenklichen Richtungen bewegen, über jede erdenkliche Entfernung und das für ewige Zeiten, und dennoch würde man niemals den Rand erreichen. Tausendmal könnte man denselben Weg nehmen – aber einen Rand würde man niemals finden.

Die Zeit verstrich.

Vier Tage nach seinem ersten Ausflug in die Bibliothek nahm Simon zum ersten Mal die Pflaster ab. Sie begannen allmählich zu riechen. Er hatte von Anfang an die Wunde innen mit der Zunge abgetastet und gespürt, wie sie langsam abgeschwollen war, seit die Wundränder wieder zusammenwuchsen. Jetzt wollte er sehen, welche Fortschritte die Außenseite machte. Er zog die Pflaster unter ziemlichen Schmerzen ab – sein Bart war gewachsen und haftete an dem Pflaster –, und nach einigen Minuten kam der sichelförmige Schorf zum Vorschein. Er war rotbraun, an seiner breitesten Stelle ungefähr drei Millimeter breit und insgesamt zehn Zentimeter lang. An den Wundrändern hatte sich die Haut zu eigenartigen kleinen Dehnungsstreifen verzogen, und an diesen Stellen war sie auch rot und wund, aber er hielt sie nicht für entzündet. Die Enden der Wunde, wo er am wenigsten tief geschnitten hatte, waren schon fast verheilt. Der Schorf hatte sich gelöst und eine rosa Narbe freigelegt. In der Mitte jedoch war die Wunde offen und tief. Wenn er das Gesicht verzog, die Stirn runzelte oder lächelte, blutete es noch durch kleine Risse im Schorf. Aber die Wunde sah gut aus. Sie heilte ordentlich. In ein bis zwei Wochen würde der gesamte Schorf abgefallen sein und eine Narbe sichtbar werden, die derjenigen auf dem Gesicht der mittlerweile ziemlich übel riechenden Leiche in seiner Badewanne ähnelte. Simon betrachtete die Leiche. Er musste sich um sie kümmern. Er war es satt, auf der Jagd nach Eis durch die Stadt zu fahren. Er musste sie loswerden.

Aber jetzt noch nicht. Er fürchtete, jemand könne sie finden, nachdem er sie weggeschafft hatte, und dann wäre die List aufgeflogen, noch bevor er sie richtig angewendet hatte. Wenn sich die Leiche hier befand, war sie sicher. Und er auch. Wenn sie sich draußen in der Welt befand, konnte alles Mögliche geschehen.

Er presste einen Wattebausch gegen die Öffnung der Peroxidflasche und neigte sie. Er wischte sich das Gesicht ab und beseitigte das eingetrocknete Blut.

Danach: Alkohol.

Und anschließend: ein Dutzend frische Heftpflaster.

Bald war die Zeit gekommen. Noch eine Woche – vielleicht zwei.

2

JEREMY

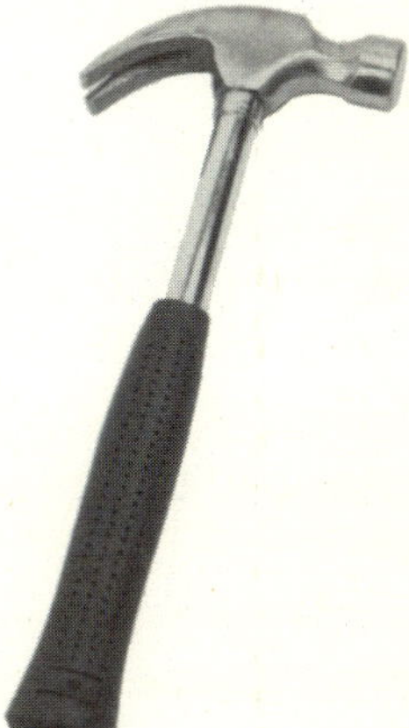

Obwohl er direkt vor dem Haus hätte parken können, fuhr Simon bis ans Ende des Blocks – ungefähr sechs Häuser weiter –, bevor er seinen Volvo an den Straßenrand lenkte und den Motor abstellte. Auf seiner rechten Wange klebten inzwischen keine Pflaster mehr. Sie wurde jetzt von einer fleischigen weißen Narbe geziert. Wo die Wunde nicht vollständig verheilt war, schimmerte es noch rosa, aber er hatte sich nicht überwinden können, noch länger zu warten. Er hatte bereits tagelang nur dagesessen und darüber nachgedacht.

Er wusste jetzt mehr über Mathematik als je zuvor.

Er fuhr mit der Zunge von innen über die Wange. Ungefähr ein Dutzend Haare wuchsen dort. Als die Wunde heilte, waren Haarfollikel ins rosa Innere seines Mundes gelangt, und allmählich waren Haare daraus gewachsen, die ihn nun juckten.

Er betastete die einen Zentimeter langen Haare mit der Zunge, während er ausstieg. Vor sechs Tagen schon hatte er bemerkt, dass in seinem Mund Haare wuchsen, aber auf der Herfahrt war das Spiel seiner Zunge mit ihnen zu einem Zwang geworden – trotz der Sache, die er heute Morgen hier vorhatte. Er griff sich mit der linken Hand in den Mund, erwischte eines der Haare zwischen Daumen und Zeigefinger, presste es mit dem Daumennagel gegen die andere Fingerkuppe und riss es aus.

Er spürte einen stechenden Schmerz, Tränen schossen ihm in die Augen, und er schmeckte Blut. Einen Augenblick lang betrachtete er das kleine graue Haar, studierte es genau – die Art, wie es sich krümmte und einen Halbkreis formte, die winzige weiße Stecknadelspitze aus Fleisch, die an der Basis hängen geblieben war – und warf es dann fort.

Wieder wanderte seine Zunge die Innenseite der Wange entlang, aber diesmal zwang er sich aufzuhören. Es beschäftigte ihn nicht, *obwohl* er das hier heute Morgen vorhatte; es beschäftigte ihn, *weil* er es heute Morgen vorhatte. Zur Ablenkung. Aber das führte zu nichts. Er würde keinen Nutzen daraus ziehen.

Er wandte sich von seinem Wagen ab und ging auf das Haus der Shacklefords zu. Er sah Samanthas Mercedes in der Auffahrt stehen.

Bald würde er wissen, ob sie ihm glaubte.

»Hey, Jeremy. Was ist mit dem Hammer, den ich dir geliehen hab?«

Simon hielt inne. Er befand sich auf der ersten Stufe der Treppe, die zur Vorderveranda führte. In der Morgenbrise konnte er Basilikum und Rosmarin riechen. Die

Pollen in den lila Blüten auf der Veranda trieben ihm die Tränen in die Augen und brachten seine Nase zum Laufen. Die Stimme kam von hinten – die Stimme eines Mannes, der mit Kieseln gurgelte.

Simon schluckte und drehte sich um.

Ungefähr drei Meter von ihm entfernt joggte ein schwergewichtiger Mann Ende vierzig auf der Stelle. Er trug fleckige graue Trainingshosen und ein T-Shirt, das seinen glühbirnenförmigen Bauch nicht ganz bedeckte. Zwischen seinen Trainingshosen und dem Shirt war ein weißer Streifen behaartes Fleisch zu sehen. Er hatte ein Gesicht wie aus feuchtem Pappmaschee, das von den Knochen troff, und sein Hals war von Rasierpickeln übersät. Ein paar weiße Schnipsel Toilettenpapier mit Flecken von trocknendem Blut klebten an seiner Haut. Simons Adoptivvater hatte diese blutbefleckten kleinen Fetzen Toilettenpapier japanische Flaggen genannt, zum Beispiel wenn er sagte: »Du hast da 'ne japanische Flagge am Hals, Kumpel.«

Sechs Jahre war er jetzt schon tot. Simon war nicht zur Beerdigung gegangen, aber nachdem seine Mutter ihm erzählt hatte, dass der alte Mann tot in seinem Wohnmobil in Nevada aufgefunden worden war (sie hatten sich scheiden lassen, als Simon fünfzehn war), war er zwei Wochen lang wie betäubt umhergelaufen. Geweint hatte er nicht. Auch besonders traurig war er nicht gewesen, aber er hatte etwas gespürt, das mit Trauer verwandt war, etwas, das gleich neben ihr wohnte, ein Echo, das in der Leere widerhallte. Einen Monat später weinte er zum ersten und zum letzten Mal über den Tod seines

Vaters. Es war seltsam. Er hatte den Mann nicht gemocht, ja, er hatte ihn gehasst, aber er war der einzige Vater, den Simon kannte, und er hatte ihn auch geliebt.

»Wie bitte?«, fragte er.

»Mein Hammer. Hast du ihn?«

»Aber ja«, sagte er. »In meiner Garage. Macht es dir was aus, wenn ich ihn später vorbeibringe? Ich hab im Moment viel zu tun.«

»Null Problemo. Ich kann ihn ohnehin jetzt nicht mitnehmen. Bin dabei, 'ne Runde zu joggen. Ich hab dich gesehen und dachte, da geb ich dir mal 'n kleinen Wink.«

»Oh«, sagte Simon. »Okay. Ich bring ihn später vorbei.«

»Hört sich gut an. Dann bis dahin.«

»Genau.«

Der Mann drehte sich um und joggte ein paar Schritte, bevor er stehen blieb und wieder zurückkam.

»Übrigens – was ist eigentlich mit deinem Gesicht passiert?«

»Mit meinem Gesicht?«

»Die Narbe.«

Simon berührte seine Wange.

»Ach das. Mein Friseur hatte einen Krampfanfall.«

Der Mann war einen Augenblick sprachlos.

»Tatsächlich?«

Simon nickte.

Der Typ pfiff, indem er Luft zwischen den Zähnen einsaugte. »So ein Pech aber auch.«

»Kann man wohl sagen.«

»Okay, bis später dann.«

»Bis später.«

Der Mann joggte davon.

Simon blickte ihm nach und seufzte erleichtert: Immerhin schon einer, der ihn für Jeremy Shackleford hielt.

Aber warum hatte er die Narbe angesprochen? Hatte Shackleford nicht genau so eine gehabt?

Er stieß leise die Eingangstür auf, trat ein und ging den Flur entlang. Ihm war übel. Obwohl er seine Zähne geputzt hatte, schmeckte der trockene Zungenkloß eklig. Er schluckte oder versuchte es zumindest, aber es fehlte an Speichel.

An der Schlafzimmertür blieb er stehen. Sie stand einen Spalt offen. Er hörte das Geräusch ihres flachen Atmens – des flachen Atmens im Schlaf, ein langer Seufzer nach dem anderen –, und er nahm den sauberen Geruch von Frauenschweiß wahr und das Muffige benutzter Bettlaken. Er hob die Hände, presste die Finger gegen die raue Maserung des Holzes, streckte sie aus und drückte. Die Tür öffnete sich problemlos, glitt sanft über den üppigen Schlafzimmerteppich und blieb stehen. Im Flor des Teppichs hinterließ sie einen plattgedrückten Halbkreis, der an den Flügel eines Schneeengels erinnerte.

Samantha schlief auf dem Bett. Sie lag unter einer weißen Bettdecke auf gestreiften burgunderroten Laken. Ihr Kopf ruhte auf einem Kissen, die Arme hatte sie um ein zweites geschlungen, wohl weil ihr die Nähe eines Menschen fehlte – des Menschen, dachte Simon, der bei ihm in der Badewanne lag. Nun, zumindest noch teilweise. Als der Geruch unerträglich geworden war und ein Nachbar sich über den Gestank beschwert hatte, als er es aufgegeben hatte, mit Räucherstäbchen und Eis dagegen anzukämpfen, war er losgefahren und hatte ein halbes Dutzend Flaschen Abflussreiniger gekauft. Er hatte ihn über der Leiche ausgegossen, damit er das Gewebe zerfraß, und anschließend mit warmem Wasser aus der Dusche nachgespült. Das hatte er vier Tage lang durchgezogen (wobei er jedes Mal in einem anderen Laden eingekauft hatte). Der Abfluss war mehrere Male verstopft gewesen, aber es war ihm gelungen, die Leitung mit der Saugglocke wieder frei zu bekommen. Jetzt waren fast nur noch Knochen und Zähne übrig und das Haar, das noch nicht weggespült worden war. Den Rest musste er natürlich auch noch entsorgen, aber er hatte Angst. Identifizierung durch zahnärztliche Unterlagen und dergleichen. Er würde die Zähne ausschlagen müssen und ...

Aber das musste warten.

Er ging ans Bett heran und stand nun über Samantha. Jetzt musste er sich um Samantha kümmern.

Sie war blass und ebenmäßig und schön.

Er musste sie davon überzeugen, dass er Jeremy Shackleford war.

Als er sich auf die Bettkante setzte, gab sie ein leises Stöhnen von sich. Er streckte einen Arm aus und strich mit dem Handrücken über ihre Wange. Dabei spürte er die blonden Härchen wie den Flaum auf einem Pfirsich. Er ließ eine Daumenspitze über ihre weichen Lippen gleiten. Er atmete schwerer. Er schluckte.

Ja, jetzt musste er sich um Samantha kümmern.

Er stellte sich vor, wie er bei ihr lag und sie liebte. Er stellte sich vor, wie sie seine Liebe erwiderte. Es kam ihm vor wie ein Traum. Würde sie merken, dass er nicht Jeremy war? Neben der äußeren Erscheinung gab es so vieles, das einen Mann charakterisierte – die Art, wie er die Augen schloss, wenn er zornig war und sich zwingen wollte, wieder ruhig zu sein; die Art, wie er sich auf die Unterlippe biss; die Art, wie er sich beim Gehen aufrecht hielt – und die Ehe, dachte Simon, führte zu einer solchen Intimität, dass es einem Partner wohl unmöglich war, nicht irgendwann sämtliche Eigenarten registriert zu haben. Zwillinge zum Beispiel mochten für einen Fremden identisch aussehen, aber Eltern und Ehepartner erkannten auf den ersten Blick die Unterschiede. Würde sie ebenso schnell erkennen, dass er nicht Jeremy war? Würde sie ihn ansehen und sofort Bescheid wissen? Würde sich all das hier als sinnlos erweisen?

Es gab nur eine Möglichkeit, es herauszufinden.

»Samantha.«

Sie drehte sich im Schlaf um und murmelte etwas vor sich hin.

Er streckte die Hand aus und ließ die Finger durch ihr Haar wandern.

»Samantha.«

Sie schob seine Hand beiseite.

»Jetzt nicht«, sagte sie noch im Schlaf. Aber kurz darauf öffnete sie die Augen. »Jeremy?«

Sie setzte sich auf, und etwas wie Furcht stand in ihrem Gesicht. Ihre Augen waren weit geöffnet und blau und wunderschön, und ihr Unterkiefer hing herab, und sie kroch nach hinten, weg von ihm, bis sie gegen das Kopfende aus dunklem Holz stieß.

»Jeremy?«

»Hallo.«

»Wo ... wo bist du gewesen?«

»Ich ... ich weiß nicht.«

»Du hattest doch nicht ... hattest du wieder einen?« Sie kniff die Augen fest zusammen und rieb sie, immer noch im Schlaf und offenbar nicht in der Lage, so ganz zu verstehen, was hier geschah, nachdem sie gerade noch unmögliche Träume geträumt hatte. Sie öffnete wieder die Augen. »Hattest du wieder einen ... Anfall?«

»Ich denke, das muss es gewesen sein.«

Hatte auch Shackleford unter Blackouts gelitten? Bei Simon waren sie immer seltener geworden (vor sechs Monaten hatten sie ihn regelmäßig überfallen, aber jetzt hatte er so gut wie keine mehr), aber ein paar Tage bevor all das hier seinen Anfang nahm – bevor Shackleford bei ihm eingebrochen war –, hatte er sich urplötzlich in dem Pornobuchladen wiedergefunden, ohne zu wissen, wie er dorthin gekommen war. Er konnte sich absolut nicht mehr erinnern. Er trug auch nur einen Schuh. Als er zurück in das Apartment kam, fand er den anderen Schuh auf seinem Couchtisch. Was hatte es zu bedeuten, dass ...

Plötzlich fing Samantha an zu weinen. Zuerst wusste Simon nicht, was los war – sie blickte nur hinunter auf ihren Schoß, und kurz darauf zitterte sie am ganzen Körper, und das Haar, das sie hinter ihre kleinen, abstehenden Ohren geschoben hatte, fiel ihr ins Gesicht, und sie stieß leise Seufzer aus – und selbst als er begriffen hatte, was geschah, wusste er nicht, was er tun sollte. Er saß einfach da und sah zu, wie sie zitterte und auf ihren Schoß blickte.

»Alles ist gut«, sagte er. »Ich bin zurück. Ich bin's ... Jeremy.«

Aus rot geränderten Augen sah sie zu ihm auf und wischte sich mit dem Handrücken über Wangen und Nase. Sie schob lose Haarsträhnen hinter die Ohren zurück. Die lebhaften Gefühle, die in ihren Blicken zu lesen waren, ließen ihre Augen nur noch schöner erscheinen. Aber als sie ihn forschend ansah, veränderte sich etwas in ihrem Ausdruck. Etwas trat in ihren Blick, das Simon ganz und gar nicht gefiel.

»Du bist nicht ... wer bist du?«

Simon schluckte. Blut stieg ihm zu Kopf, aber er versuchte, sich nichts anmerken zu lassen, versuchte, Samantha gegenüber absolut ungerührt zu wirken, während er sich überlegte, was er als Nächstes sagen sollte. Wie beim Drachenstehlen bestand die Kunst zur Hälfte darin, sich nicht zu verraten.

»Wer ich bin?«, sagte er mit gespielter Belustigung. »Jeremy.« Er sagte es in demselben Tonfall, in dem er jemandem erklären würde, dass der Himmel blau war: Es war doch so offenkundig, dass es keiner Erwähnung bedurfte.

»Nein«, sagte sie. »Das bist du nicht.«

»Mach dich nicht lächerlich.«

Sie schüttelte den Kopf.

Die Art, wie ein Mann sich in die Brust wirft, wie sein Mund aussieht, wenn er entspannt ist, wie oft er blinzelt, wenn er lügt oder die Wahrheit spricht, wie er seine Hände hält – ob er sie in die Hosentaschen steckt oder auf dem Schoß faltet oder an die Hüften presst –, die Art, wie er sich das Gesicht kratzt, ob er die Beine an den Knöcheln übereinanderschlägt, wenn er sich setzt, oder an den Knien oder überhaupt nicht: Ein Mann war mehr als seine äußere Erscheinung. Er hätte wissen sollen, dass er niemals damit durchkommen würde. Er hatte es auch gewusst, oder?

Er leckte sich die Lippen.

Er musste sie überzeugen. Sie hatte ihn seit Wochen nicht mehr gesehen. Ihre Erinnerung an ihn war nicht frisch. Er konnte sie in dem Glauben wiegen. Er musste es.

»Wieso?«, fragte er, räusperte sich und schluckte. Die Zunge klebte ihm am Gaumen. »Wieso sagst du so etwas?« Er lächelte. »Wer sollte ich denn sonst sein, mein Honigbärchen?«

Jetzt erwiderte sie sein Lächeln, und das ihre war ehrlich. War er zufällig auf das richtige Kosewort gekommen, als er sie Honigbärchen nannte? Er nahm an, dass es wohl so sein musste. Er schluckte und lächelte erneut. Jetzt war auch sein Lächeln ehrlich.

Sie streckte die Hand aus und berührte die Narbe, die im Bogen von seinem Wangenknochen bis zum Kinn hinunterführte. Sie folgte ihr mit der Fingerkuppe.

»Was ist passiert?«

»Was meinst du?«

»Dein Gesicht.«

»Der Unfall«, sagte er aufs Geratewohl. »Erinnerst du dich?«

Sie schüttelte den Kopf.

»Ich weiß nur, dass es fünfundzwanzigtausend Dollar gekostet hat, die Narbe chirurgisch zu entfernen«, sagte sie. »Was hast du denn jetzt mit dir angestellt?«

»Ich hab nichts ...«

Er schüttelte den Kopf.

»Verdammt noch mal«, sagte sie.

Sie schien wieder kurz davor zu sein, in Tränen auszubrechen, aber dann wandte sie den Blick ab, blinzelte mehrere Male und schluckte. Sie sah erschöpft und müde aus wie eine Frau, die seit Langem unter dem Wahnsinn ihres Mannes litt. Simon hatte sie bisher noch nicht so gesehen, aber jetzt fiel es ihm auf. Die matten Augen, das unbewegliche Gesicht.

Er war geisteskrank gewesen. Sie hatte Jeremy Shackleford geliebt, aber er war verrückt gewesen. Vielleicht war das alles, was hinter Shacklefords Wunsch gesteckt hatte, ihn zu töten. Vielleicht hatte Shackleford ihn auf der Straße gesehen, und dann hatte seine Ähnlichkeit zu ihm gereicht, ihm den Verstand zu rauben. So einfach könnte es doch sein, oder?

Es gab keine Regel, die verlangte, dass die Dinge kompliziert sein mussten. Behauptete nicht Ockhams Prinzip der Parsimonie das Gegenteil, dass nämlich die einfachste Antwort gewöhnlich die korrekte war – dass man daher alles Überflüssige auszuklammern habe?

Aber *war* das eine Antwort? Simon war nicht überzeugt.

»Warum trägst du überhaupt deine alte Brille?«, fragte Samantha.

»Ich weiß nicht«, sagte er.

Sie nahm sein Gesicht in beide Hände, sah ihn an und sagte wieder »Verdammt noch mal«. Dann zog sie sein Gesicht an ihres und küsste sein Haar und seine Wangen und sein Kinn und seinen Mund und seinen Hals.

»Verdammt noch mal.«

»Es tut mir leid.«

»Ich weiß«, sagte sie. »Es tut dir immer leid.«

»Auch das tut mir leid.«

»Ich weiß«, sagte sie erneut. »Stecken wir dich mal in die Wanne. Du riechst, als hättest du wochenlang nicht gebadet.«

Simon stand barfuß auf den kalten Fliesen. In die Badewanne lief heißes Wasser, und Samantha hatte auch Seife dazugetan, sodass sich direkt unter dem Wasserhahn ein Schaumberg aufgeworfen hatte, in den das Wasser rauschte wie in einen Vulkan, der schluckte, statt zu speien. Dampf stieg auf.

»Erinnerst du dich an irgendetwas?«

Simon schüttelte den Kopf. Er hielt es für das Beste, sich an nichts zu erinnern. Wenn er nichts zu sagen hatte, lief er auch weniger Gefahr, das Falsche zu sagen und sich zu verraten.

Samantha zog ihm das Cordsakko aus und hängte es an einen Haken an der Tür. Dann knöpfte sie sein Hemd auf und zog es ihm ebenfalls aus.

»Ich dachte, du hättest all diese Kleidungsstücke gespendet.«

»Ich ... ich hatte sie schon verpackt, aber dann noch nicht weggebracht.«

Samantha knöpfte seine Hosen auf und schob sie an seinen Beinen hinunter. Als sie sich um die Füße legten, stieg er aus ihnen heraus. Die weiße Haut seiner behaarten Beine glich der eines gerupften Huhns, Haarflaum überall bis auf die Knie, die von seinen Hosen kahl gerieben waren, und die mageren, von blauen Venen durchzogenen Waden.

»Steig in die Wanne«, sagte sie. »Ich schrubb dich ab.«

Er ging zur Badewanne und trat mit dem rechten Fuß ins Wasser. Anfangs konnte er nicht sagen, ob es heiß war oder kalt – der Schock hatte seinen Körper verwirrt –, aber kurz darauf hatten sich seine Nerven wieder erholt, und er zog den verbrühten Fuß mit einem Ruck aus dem Wasser, die Luft zischend zwischen den Zähnen einsaugend.

»Stell dich nicht so an. Rein mit dir.«

Simon versuchte es ein zweites Mal, vorsichtig, zuerst mit einem Fuß, dann mit dem anderen. Er blieb einen Augenblick still stehen, damit sein Körper sich gewöhnte, dann senkte er sich langsam ab, die Hände links und rechts an die Wannenränder geklammert. Alles war erträglich, bis sein Hodensack das Wasser berührte. Er stand wieder auf, versuchte es zumindest, aber bevor es ihm gelang, hatte Samantha ihn auch schon wieder ins Wasser gedrückt. Seine Haut färbte sich krebsrot.

Er wartete nur darauf, dass Samantha eine Narbe oder ein Muttermal auf seinem Körper entdeckte, die Jeremy nicht besaß, oder vielleicht das Fehlen einer Narbe oder eines Muttermals. Aber nichts dergleichen geschah.

Samantha nahm einen trockenen Luffaschwamm vom Wannenrand, ließ ihn sich vollsaugen, quetschte ihn wieder aus und schrubbte Simons Rücken.

»Wie bist du nach Hause gekommen?«

»Was meinst du?«

»Dein Wagen steht in der Garage.«

»Ach ja, stimmt.«

»Also?«

»Ich bin mit der Bahn gekommen«, sagte er, obwohl er noch nie das öffentliche Verkehrssystem der Stadt benutzt hatte. Er hatte zwar die Schienen bei der Union Station bemerkt und sah gelegentlich eine der Stadtbahnen, die nach Pasadena fuhren oder von dort kamen. Ab und zu lief er auch in Hollywood oder Koreatown auf dem Gehsteig über das Metallgitter eines U-Bahn-Lüftungsschachts, aber gefahren war er noch mit keiner einzigen der Stadtbahnen, geschweige denn mit einem der öffentlichen Busse. Und doch war ihm das als Erstes eingefallen, und es schien geklappt zu haben – jedenfalls stellte Samantha keine weiteren Fragen.

Ein paar Minuten lang schrubbte sie ihm stumm den Rücken.

»Heute Abend ist meine Show.«

»Deine Show?«

»Meine Ausstellung. Meine Gemälde.«

»Oh.«

»Ich muss dabei sein. Gil plant es schon seit Wochen.«

»Okay.«

»Was willst du machen?«

»Ich bleibe zu Hause, wenn du willst.«

»Mir ist nicht wohl dabei, dich allein zu Hause zu lassen.«

»Dann komme ich mit.«

»Meinst du, du schaffst das? Ich weiß, dass du Menschenansammlungen hasst, und dann auch noch ...«

»Das krieg ich hin.«

»Sicher?«

Er nickte.

Samantha beugte sich hinunter und küsste seinen Hinterkopf.

»Okay. Und nun mach dein Haar nass.«

Dann drückte sie seinen Kopf nach unten und presste ihn unter Wasser.

Immer noch hielten sich Wassertropfen auf seinem nackten Rücken, und die saubere Unterwäsche bekam feuchte Flecken. Er stand vor seiner Seite des Kleiderschranks – vor Jeremy Shacklefords Seite – und betrachtete zehn Anzüge, fünf davon grau, drei schwarz, einer braun, einer dunkelgrün. Sie hingen auf Holzbügeln und waren alle gleich ausgerichtet. Rechts von ihnen ungefähr ein Dutzend gereinigte weiße Hemden. Daneben Strickjacken in den verschiedensten Farben, ungefähr die Hälfte davon kariert. Am Ende des Schranks eine Stange, über der mindestens ein Dutzend Seidenkrawatten hingen, alle nach außen gerichtet, sodass Simon – Jeremy – sich ihr Muster genau ansehen und entscheiden konnte, welche er tragen wollte. Auf einem Regal ganz oben mehrere weiße T-Shirts – ohne gelbe Schweißflecken unter den Achseln –, sorgfältig zusammengelegt und gestapelt.

Simon nahm eines der T-Shirts vom Regal und zog es über. Es kostete ihn einige Mühe, denn auf seiner feuchten Haut blieb der Stoff immer wieder haften, aber schließlich hatte er es angezogen. Er wählte das braune Anzugsjackett und zog die passenden Hosen vom Bügel. Das Jackett warf er auf die Matratze hinter sich. Er schlüpfte in die Hosen, gespannt, ob sie passen würden. Um die Taille waren sie ein wenig zu weit, was aber mit einem Gürtel leicht zu beheben war. Ansonsten passten sie gut.

Samantha kam herein. Sie trug Jeans mit Farbspritzern und ein T-Shirt. Sie brachte zwei Tassen Kaffee und reichte ihm eine davon. Das warme Porzellan an seinen Handflächen zu spüren tat gut.

»Danke.«

Er schlürfte seinen Kaffee. Sie hatte ihn genau so serviert, wie er ihn mochte: viel Milch, keinen Zucker.

»Du trägst ja immer noch diese Brille.«

»Ja.«

»Die kann ich nicht ausstehen.«

»Oh.«

»Bitte trag sie nicht.«

»Okay.«

»Im Medizinschrank sind Kontaktlinsen. Ich hab nachgesehen.«

»Okay.«

Er trank noch einen Schluck Kaffee und stellte die Tasse auf der Kommode ab. Dann nahm er sich ein weißes Oberhemd aus dem Schrank, fuhr mit den Armen hinein und knöpfte es zu. Dabei fing er ganz unten an, um sicherzugehen, dass er nicht falsch knöpfte, und schob dann Knopf für Knopf akkurat durch die passenden Löcher. Danach griff er sich eine grün karierte Strickjacke, zog sie an und blickte suchend nach einer Krawatte.

»Willst du irgendwo hin?«

»Ich dachte, zum College. Hab ich nicht heute Unterricht?«

Samantha nickte. »In einer Stunde. Du hast diese eine Montagsstunde. Die Geschichte der Geometrie oder so was.«

»Haben wir Montag?«

Samantha nickte. »Aber bist du sicher, dass du schon wieder arbeiten kannst?«

»Ich glaube schon.«

»Alles in Ordnung bei dir?«

»Mir geht es gut. Ich möchte wieder arbeiten.«

Ich will herausfinden, warum Jeremy Shackleford mich töten wollte.

»Howard ist für dich eingesprungen. Er kann den Kurs auch heute noch mal übernehmen.«

Er hatte keine Ahnung, wer Howard war.

»Wie viele Unterrichtsstunden habe ich versäumt?«

»Einige.«

»Einige?«

»Eine ganze Woche – also sechs. Der Unterricht hat ja erst vor einer Woche begonnen. Sonst hättest du mehr Stunden verpasst.«

Er nickte.

»Was hast du zu ihm gesagt?«

»Zu wem?«

»Zu Henry.«

»Howard?«

»Howard.«

Sie hielt inne, und in ihrem Blick lag Besorgnis. Sie sah aus, als wolle sie es kommentieren, dass er den falschen Namen benutzt hatte, ließ es dann aber bleiben. »Ich habe gesagt, du hättest einen Unfall gehabt und dass ich nicht wüsste, wann du wieder arbeiten könntest ... und jetzt noch diese beschissene Narbe im Gesicht ...« Sie seufzte. »Jedenfalls ist alles in Ordnung, denke ich.«

»Gut«, sagte Simon. »Danke.«

Samantha nickte.

»Ich habe dir für zwei Uhr einen Termin bei Doktor Zurasky gemacht.«

Schmerz pochte über Simons linker Augenbraue, und Tränen stiegen ihm ins Auge. Er kniff die Augen fest zusammen, öffnete sie nach mehrmaligem Blinzeln und sah Samantha an.

»Wieso ... wieso wusstest du von Zurasky?«

»Natürlich weiß ich von Zurasky. Meine Schwester hat ihn uns doch empfohlen.«

»Wann?«

Samantha sagte lange Zeit nichts, sondern sah ihn nur durchdringend an. Dann: »Bist du wirklich sicher, dass du arbeiten kannst?«

»Mir geht es gut.«

»So siehst du nicht aus.«

»So ist es aber.«

»Du scheinst absolut nicht du selbst zu sein.«

»Ich bin nur ... seit wann bin ich denn bei ihm?«

»Im Winter vor zwei Jahren warst du ein paarmal dort, glaube ich, und dann letztes Jahr im Juni ... Das musst du doch noch wissen. Ich verstehe überhaupt nicht, warum wir dieses Gespräch führen.«

»Ich erinnere mich nicht.«

»Ich denke, du solltest besser nicht zur Arbeit gehen.«

»Ich werde aber gehen.«

»Ich bin dagegen.«

»Ich muss. Ich möchte mich einfach nicht wie ... ich möchte mich nicht wie ein Kranker fühlen.«

Samantha biss sich auf die Lippe.

»Wenn du meinst ...«

»Mir geht es gut.«

Er nahm die Wegwerfkontaktlinsen aus ihren Döschen im Medizinschrank, zuerst die rechte, dann die linke. Er zog die Folie von der Oberfläche des Behälters für die rechte Linse ab und achtete darauf, nichts von der Salzlösung zu verschütten, dann platzierte er die Linse auf der Zeigefingerkuppe. Er inspizierte sie einen Augenblick lang, um sicherzugehen, dass die richtige

Seite außen war, dann hielt er sein rechtes Auge mit der linken Hand offen und legte die Linse behutsam auf das Grün seiner Iris. Er blinzelte einige Male und wischte die Flüssigkeit weg, die ihm über die Wange rann.

Er schloss das linke Auge und sah mit dem rechten auf sein Spiegelbild. Es war leicht verschwommen, aber nicht so verschwommen, wie er vermutet hatte, und die undeutliche Wahrnehmung konnte auch darauf beruhen, dass er nicht gewohnt war, Kontaktlinsen zu tragen. Er würde wohl mit ihnen zurechtkommen, obwohl es nicht seine waren.

Er zog die Folie vom Behälter der linken Linse und wiederholte die Prozedur. Er blinzelte mehrere Male mit beiden Augen. Er spürte etwas in seinem linken Auge, sah suchend auf sein Spiegelbild und meinte, darin eine Wimper schwimmen zu sehen, spülte mit Salzlösung nach, blinzelte erneut, wischte sich abermals die Flüssigkeit aus dem Gesicht und betrachtete dann wieder sein Spiegelbild.

»Das darf doch nicht wahr sein!«, sagte er.

Sein Wagen war ein Saab. Zuerst dachte er, es sei derselbe Saab, der den humpelnden Hund überfahren hatte, aber an dem hinteren Nummernschild klebte kein Blut, und der Wagen sah auch nicht aus, als sei er kürzlich gewaschen worden. Er war von einer dünnen Schmutzschicht überzogen. Außerdem hatte Samantha gesagt, er sei in der Garage gewesen. Und der tote Jeremy konnte ihn auch nicht hierher zurückgefahren haben. Tote fahren keine Autos.

Er stieg ein, startete den Motor, legte den Rückwärtsgang ein und setzte aus der Garage zurück, sehr darauf bedacht, nur nicht Samanthas Wagen anzufahren, der rechts in der Auffahrt geparkt war. Er rollte auf die Straße, legte den Vorwärtsgang ein und fuhr los.

Während der Fahrt dachte er darüber nach, was er da eigentlich tat und warum er es tat. Handelte er tatsächlich nur deshalb so, um herauszufinden, warum Shackleford in sein Apartment eingebrochen war? Tat er es tatsächlich nur, um zu erfahren, warum Shackleford ihn hatte töten wollen? Oder tat er es, weil Shackleford alles besessen hatte, was er selbst immer besitzen wollte, alles, was er sich erträumt hatte – weil er in ein Leben treten wollte, das er sich stets ersehnt, das sich aber jemand anders aufgebaut hatte?

»Es gibt keinen Grund, warum nicht beides möglich sein kann«, sagte er sich während der Fahrt. Shackleford war tot. Warum sollte er nicht an seine Stelle treten? Wenn er damit durchkam?

Jeremy Shacklefords Büro war eine kleine rechteckige Schachtel, ungefähr zwei Meter fünfzig breit und drei Meter lang. Die Wände waren grob verputzt, und eine von ihnen – diejenige links von seinem Eichenschreibtisch, der der Tür gegenüber mitten im Raum stand – war grün gestrichen. Dort hing ein Porträt von Bertrand Russell mit einem Zitat darunter. Es lautete:

Man sagt, der Mensch sei ein vernunftbegabtes Wesen. Mein Leben lang habe ich nach dem Beweis gesucht, der diese Behauptung stützt.

Simon setzte sich an den Schreibtisch und sah sich um. Er zog eine Schublade auf und fand eine kleine Flasche Whiskey. Er schraubte sie auf und nahm einen Schluck. Er brannte in seiner Kehle, tat aber gut und wärmte von innen.

Der Uhr zufolge blieb ihm noch eine halbe Stunde, bis sein Unterricht begann. Das gab ihm etwas Zeit, sich hier genauer umzuschauen. Er nahm noch einen Schluck Whiskey, legte die Flasche zurück und begann mit seiner Inspektion.

Fünfzehn Minuten später betrat er den Raum, in dem er unterrichten würde. Er hatte im Büro nichts gefunden, aber auch keine Vorstellung davon gehabt, wonach er suchen sollte. Sobald er mehr wusste, würde ihm vielleicht etwas einfallen. Er sah sich im Raum um. Es überraschte ihn nicht, wie klein er war. Er war groß genug für einen Algebrakurs in einer Highschool. Das hier war schließlich eine Kunstschule, und an solchen Institutionen hatten die Studenten nicht viel für Mathematik und Naturwissenschaften übrig. Darüber war er froh. Er war sich ziemlich sicher, dass es ihm keine allzu große Mühe machen würde, unkonzentrierten Studenten, die nur den Kurzfilm im Kopf hatten, den sie gerade drehten, oder das Ölgemälde, das bald fertig werden musste, oder was auch sonst immer es war, die Geschichte der Geometrie zu vermitteln. Bei Leuten allerdings, denen etwas an der Mathematik lag, könnte es Probleme geben.

Er hatte auf dem Weg von seinem Büro zum Unterrichtsraum in der Cafeteria haltgemacht und sich einen großen Becher Kaffee geholt. Den schlürfte er jetzt, während er sich weiter im Raum umsah: leere Holztische mit eingeschnitzten Initialen, ein überquellender Mülleimer in der Ecke, vollgestopft mit Donutkartons und Orangensafttüten und Kaffeebechern und Muffinpapier, zurückgelassen von Studenten, die bereits um acht Uhr einen Kurs hier gehabt hatten. Der rot geschriebene Text auf der Weißwandtafel an der Stirnwand ...

Au resto
Bon marché
Ce n'est pas propre

... ließ Simon vermuten, dass hier Französisch für Anfänger gelehrt worden war.

Er ging an die Tafel und benutzte einen schmutzigen Lappen, der an einem Nagel an der Wand hing, um die Wörter wegzuwischen. Danach starrte er auf die leere Oberfläche, die das Neonlicht reflektierte. Er atmete aus und fragte sich, ob er den Verstand verloren hatte, dass er sich so verhielt. Vielleicht hatte er den Verstand verloren – vielleicht *war* er verrückt –, aber er hatte sich auch noch nie so eins mit sich selbst gefühlt. Natürlich konnte das ein Symptom seines Wahnsinns sein. Das war sogar wahrscheinlich.

Er wandte sich dem leeren Raum zu.

»Heute«, sagte er, »wollen wir uns mit der Entwicklung der Geometrie in der griechischen Antike beschäftigen.«

»Das Kapitel habe ich bereits abgehandelt.«

Simon fuhr zusammen und wandte sich erschreckt zur Tür.

Ein Mann im gelb karierten Anzug stand in der Tür. Er war in den Fünfzigern, hatte einen gestutzten Schnauzbart und trug weiße Schuhe mit Schnallen. Sein kahler Schädel glänzte, dass man sich darin spiegeln konnte. Aber am Hinterkopf und über die Ohren in Koteletten auslaufend war sein Haar lang und mit einem Gummiband zum Pferdeschwanz gebändigt. Seine Augen waren braun – bis auf das Weiße, das sehr rot war – und zur Nase hin nach oben schräg gestellt, was ihm ungeachtet seiner Stimmung einen sanftmütigen Ausdruck verlieh. Seine Haut sah krank aus. Er trug verschiedene Armbänder, die darauf deuteten, dass er sich vielfach sozial engagierte – anscheinend hasste er Krebs, AIDS und Waisenkinder gleichermaßen.

»Wie geht es dir, Jeremy?«

»Gut, Professor Ullman.«

Simon musste wohl ungewollt am Ende des Satzes die Stimme gehoben und ihn dadurch zu einer Frage gemacht haben, weil Professor Ullman sagte: »Wer sollte ich sonst sein?«

»Ich wüsste nicht.«

»Ich auch nicht, Jeremy.«

»Okay.«

»Und seit wann nennst du mich Professor Ullman?«

»Tut mir leid. Henry.«

Falsche Antwort. Simon konnte es im Gesicht des Mannes lesen. Welchen Namen hatte Samantha genannt? Aber keine Panik, sieh ihn einfach an, als sei nichts gewesen, und vielleicht lässt er es dabei bewenden.

Natürlich tat er das nicht.

»Wie hast du mich genannt?«

»Was?«

Verflucht noch mal, welchen beschissenen *Namen* hatte Samantha genannt?

»Du hast Henry zu mir gesagt. Bist du sicher, dass du schon wieder arbeiten kannst?«

»Ich hab dich nicht Henry genannt.«

»Ich habe es doch gehört, Jeremy.«

»Also, Howard« – da war es ja –, »wenn das stimmt, hab ich mich nur versprochen.«

»Bist du sicher, dass alles in Ordnung ist?«

»Klar bin ich sicher. Mir geht es gut. Ich hatte einen Unfall, aber mehr auch nicht.«

»Das sagte Samantha bereits ...« Howard legte einen Finger auf den Wangenknochen und schrieb mit ihm eine unsichtbare Linie bis hinunter zum Kinn. »Das sagte Samantha bereits, aber meiner Ansicht nach sieht das nicht nach einem Unfall aus.«

»Was willst du damit sagen?«

»Ich denke, das weißt du.«

»Das tue ich nicht. Jedenfalls ... es geht mir prima, Howard.«

Howard trat ein paar Schritte an Simon heran, um ihn genauer zu betrachten. Simon wusste plötzlich, warum seine Augen so rot und müde aussahen. Der Geruch von Marihuana haftete an seiner Kleidung und hüllte ihn in eine penetrante Duftwolke.

»Du scheinst ...« Howard atmete durch die Nase aus. »... einfach nicht du selbst zu sein. Ich sehe dich an und denke: Dieser Mann ist nicht Jeremy Shackleford. Sein Mienenspiel ist anders, seine Augen haben nicht denselben Ausdruck.« Er wandte den Blick ab. »Ich weiß nicht. Vielleicht nach dem, was passiert ist ... Aber gut, nun bist du ja wieder da.« Er sah auf die Uhr. »Wir unterhalten uns später, und dann reiße ich dir dein verschissenes Herz aus dem Leib.«

»Wie bitte?«

»Wir reden später«, sagte Howard. »Dein Kurs fängt gleich an.«

Er saß hinter seinem Schreibtisch an der Stirnseite des Unterrichtsraums, als die Studenten eintrudelten. Sie hatten ihre Rucksäcke über die Schulter gehängt, schalteten ihre Handys ab, hörten aber immer noch Musik aus Ohrstöpseln und schwatzten angeregt.

Er war nervös und schwitzte. Als der Klassenraum voll war – es gab zwar noch ein paar unbesetzte Tische, aber sobald es den Anschein hatte, dass niemand mehr kommen würde –, stand er auf. Er stützte sich mit den Handflächen auf den Tisch und lehnte sich vor.

»Also schön«, sagte er und hoffte, dass niemandem das nervöse Zittern in seiner Stimme auffiel. »Womit hat Professor Ullman aufgehört?«

Ein junger Student, dünn und mit blassen glatten Wangen ohne sichtbare Bartstoppeln, obwohl sein Haar dunkel war, hob die Hand und sagte, ohne aufgerufen worden zu sein: »Kegelschnitte.«

Simon blinzelte.

»Kegel was?«

Zwei Stunden später war es vorüber. Er ließ sich in den Stuhl hinter seinem Pult zurückfallen, gebadet in nach Knoblauch riechendem Schweiß, und das so sorgfältig gekämmte Haar hing ihm inzwischen in Strähnen vorm Gesicht. Er gab einen Stoßseufzer von sich und sah den Studenten zu, wie sie ihre Rucksäcke griffen und sie sich über die Schulter hängten, die Handys wieder einschalteten, Zigaretten aus den Taschen holten und sie vor dem Anzünden auf dem Handrücken klopften, um dann hinaus auf den Hof zu trotten, zur nächsten Unterrichtsstunde oder nach Hause oder zu einem der Imbisse, die den Campus umringten.

Er strich sich mit den Fingern durchs Haar und wischte dann seine schweißfeuchten und pomadeöligen Handflächen an den Hosenbeinen ab.

Seine Gedanken waren nach innen gekehrt, und er bemerkte das junge Mädchen erst, als sie direkt vor ihm stand, ihre Knie nur Zentimeter von seinen entfernt, die Brüste direkt vor seinen Augen. Er bewegte den Kopf und blickte nach oben in ihr Gesicht. Sie war vielleicht achtzehn, ganz sicher nicht älter als zwanzig. Sie trug einen kurzen Rock und eine weiße Bluse. Ihr Haar war kurz und schwarz. Ein Rucksack hing über ihrer rechten Schulter, und an den diversen Reißverschlüssen hing allerhand kindischer Plunder – Bänder mit Schlüsselanhängern und dergleichen. Aber sie hatte auch etwas Sinnliches, das – in Verbindung mit der Kindlichkeit, die ihr immer noch anhing, obwohl sie erste zaghafte Schritte in Richtung Erwachsenenalter getan hatte – Simon Unbehagen verursachte. Im Gegensatz zu ihrem jugendlichen Gesicht war ihr Körper der einer Frau, und etwas in ihrem Blick verriet, dass sie viel mehr wusste, als sie vorgab. Oder vielleicht gab sie auch nur vor, mehr zu wissen.

»Ich habe mir Ihretwegen Sorgen gemacht, Professor«, sagte sie. »Woher haben Sie denn die Narbe auf Ihrer Wange?«

»Ich hab mich beim Rasieren geschnitten.«

»Sieht irgendwie sexy aus.«

»Und Sie sind?«

»Soll das so was wie ein Spiel sein?«

Aus Nervosität lächelte Simon, zumal ihm nichts einfiel, was er sonst hätte tun sollen.

Sie lächelte zurück.

»Kate Wilhelm«, sagte sie. Simon erkannte am Funkeln ihrer Augen, dass sie es in der Tat für eine Art Spiel hielt. »Und mir fällt es schrecklich schwer, die schwierige, schwierige Mathematik zu verstehen, die Sie uns beibringen.« Sie setzte sich auf seinen Schoß. Simon sah etwas wie Nervosität in ihrem Blick flackern und merkte, dass sie schauspielerte, eine Rolle spielte, die sie im Kino gesehen hatte, oder sich vorstellte, sie zu spielen, während sie sich auf ihrem Bett fläzte und so tat, als sei sie schon ganz erwachsen. Er konnte das verstehen: eine Rolle zu spielen, die einem zugewiesen worden war oder die man sich selbst zugeteilt hatte. Das war ein Teil des Lebens, oder? Um mit anderen zusammenzuleben, gibt man täglich vor, ein ganz klein wenig anders zu sein, als man wirklich ist. Das war bei Kate nicht zu übersehen. Dass die Rolle, die sie spielte, nicht so ganz zu ihr passte, brachte ihn dazu, sie zu mögen. »Vielleicht können Sie mir Privatstunden geben. Ich hab in der Zeitung gelesen, dass Ihre Frau heute Abend eine Veranstaltung hat. Vielleicht könnte ich zu Ihnen kommen, und wir gehen ein paar Gleichungen durch.«

»Sie möchte«, sagte er, »dass ich heute Abend auch dort bin.«

»Na und?«, sagte Kate. »Gehen Sie hin, und dann verabschieden Sie sich früh. Sie muss den ganzen Abend bleiben. Aber Sie doch nicht.« Sie stand auf und berührte die Narbe in seinem Gesicht, fuhr mit einem rot lackierten Fingernagel darauf entlang. »Ich warte auf dich.«

»Ich überleg es mir«, sagte er.

»Juhu.«

Sie stand auf, drehte sich auf dem Absatz ihres blank geputzten schwarzen Schuhs und schwirrte davon. Einen Blick und ein »Bis später dann« schenkte sie ihm noch, bevor sie im Korridor verschwand.

Simon tastete die Innenseite seines Mundes mit der Zunge ab, und er fühlte sich, als habe er einen Ziegelstein verschluckt, so groß war der Druck in seinem Magen.

In einem griechischen Sandwichladen am Ventura in North Hollywood aß er zu Mittag – das heißt, er bestellte ein Gericht und stocherte darin herum, ohne viel zu sich zu nehmen. Als er es leid war, das Essen auf seinem Teller anzustarren – Gyros und Hummus und Tabouleh –, stieg er wieder in sein Auto. Er nahm den Ventura zum Lankershim und fuhr in nördlicher Richtung zur Praxis von Dr. Zurasky.

Zehn Minuten später erreichte er den Parkplatz vor einem Einkaufszentrum. Im Erdgeschoss hatten sich ganz normale Geschäfte eingerichtet – eine Pizzeria und eine Reinigung, ein Friseur und ein Schnapsladen –, aber in der ersten Etage fanden sich stille kleine Unternehmen ohne Schilder oder mit so kleinen, dass man sie erst entziffern konnte, wenn man oben direkt davor stand. Orte, die man niemals zu Gesicht bekam, wenn man von ihrer Existenz nichts wusste.

Die Räume von Dr. Zurasky befanden sich in der zweiten Etage zwischen einer Praxis für Aromatherapie und einer anderen für medizinische Marihuanabehandlung.

Er zog die von Fingerabdrücken übersäte gläserne Eingangstür auf und betrat den kaltblau gehaltenen Empfangsraum.

Ashley saß hinter ihrem Schreibtisch, und als er eintrat, blickte sie auf. Zuerst schaute sie ein wenig verwirrt drein, aber dann lächelte sie.

»Hallo, Mr. Shackleford.«

»Ashley.«

»Wie geht es Ihnen heute?«

»Ging schon schlechter.«

»Das nenne ich positives Denken. Ich sage Doktor Zurasky, dass Sie da sind.«

Sie stand auf und ging um den Schreibtisch herum. Ein hübsches Gesicht hatte sie nicht – sie war nicht gerade attraktiv, ihr Haar war stumpf und ohne Fülle und wirkte irgendwie farblos –, aber sie hatte unglaubliche Beine, lang, muskulös und perfekt geformt. Simon war sich ziemlich sicher, dass sie es sehr wohl wusste. Sie nutzte jede Gelegenheit, sie zur Schau zu stellen. Sie hätte Zurasky ebenso über die Sprechanlage mitteilen können, dass Simon da war. Sie steckte den Kopf in die Türöffnung und sagte etwas kaum Vernehmbares, zog den Kopf wieder hervor und schloss die Tür.

»Er braucht noch ein paar Minuten mit seinem Ein-Uhr-Termin.«

Simon nickte und setzte sich auf ein Kunstledersofa.

Auf dem Couchtisch waren verschiedene Zeitschriften ausgelegt, aber er kam gar nicht auf den Gedanken, eine davon durchzublättern. Stattdessen überlegte er, wie Zurasky ins Bild passte. Irgendetwas hatte er mit dieser Sache zu tun. Simon konnte sich nur nicht vorstellen, was es war. Zurasky war auch Shacklefords Arzt gewesen. Es konnte doch kein bloßer Zufall sein, dass zwei Männer, die sich so sehr ähnelten, denselben Seelenklempner konsultiert hatten. Auch wenn Simon seit über einem Jahr nicht mehr bei ihm gewesen war. In Los Angeles gab es pro Einwohner wahrscheinlich mehr Psychiater als in jeder anderen Stadt der Welt – auf jeden Fall lebten nirgendwo sonst so viele Menschen, die einen Selenklempner nötig hatten –, und daher konnte es kein Zufall sein. Irgendwie war Zurasky in die Sache verstrickt.

Bei dem Gedanken wurde Simon übel. Hatte Zurasky Shackleford manipuliert? War er ...

»Hey, Jeremy.«

Simon hob den Kopf. Zurasky stand im Eingang zu seinem Sprechzimmer, und die Glastür schloss sich schwungvoll hinter einer korpulenten Blondine, die pinkfarbene Trainingshosen und ein T-Shirt in Männergröße trug.

»Hi.«

Zurasky war ein freundlich aussehender Mann mit wilder Mähne, Pausbacken und Brille. Er trug gestreifte Hosen und ein blaues Oberhemd, dessen einer Ärmel aufgekrempelt war, sowie eine rosa Krawatte mit aufgestickten Golfspielern. Er hatte einen Armstumpf, bei dem es sich nach eigenen Aussagen um einen Geburtsfehler handelte. Der Arm endete ungefähr fünfzehn Zentimeter unterhalb des Ellbogens in einem glatten, abgerundeten Stumpf. Heute war der Ärmel darüber zusammengefaltet und festgesteckt, damit er nicht flatterte wie ein Windsack.

Zurasky lächelte freudig.

»Wollen Sie nicht eintreten?«

Simon blinzelte.

Plötzlich wirkte sein Gegenüber hinter der vergnügten Fassade kalt und abweisend.

Simon stand auf, trat ihm einen Schritt entgegen und blieb stehen.

»Wissen Sie ... ich hab's mir anders überlegt.«

»Sie sind doch schon hier«, sagte Zurasky. »Da können Sie es sich nicht mehr anders überlegen.«

»Das habe ich aber.«

»Unsinn. Kommen Sie.«

Er trat zur Seite und bedeutete Simon, in sein Sprechzimmer zu kommen. Simon hatte es oft gesehen – blaue Wände und blauer Teppich wie schon im Wartezimmer, ein großer Eichenschreibtisch und Bücherregale voller Bücher, ein Kunstledersessel und ein Kunstledersofa wie das, auf dem er bis gerade eben gesessen hatte –, aber irgendwie kam es ihm heute absolut nicht einladend vor. Er wollte nicht hineingehen. Er wollte auf gar keinen Fall dort hineingehen. Nicht bevor er wusste, wie Zurasky in die Sache verstrickt war.

Simon schüttelte den Kopf und wich in Richtung Glastür zurück.

Ashley saß an ihrem Schreibtisch. Sie hielt den Telefonhörer am Ohr, aber wandte den Blick nicht von Simon. Ihm gefiel ihr Gesichtsausdruck nicht. Wahrscheinlich steckte auch sie in der Sache mit drin – was auch immer die Sache sein mochte.

»Jeremy«, sagte Zurasky. Seine Stimme klang streng, aber er hörte nicht auf zu lächeln. Das gefiel Simon nicht. Sein Adoptivvater hatte immer, wenn er einen Autohändler verließ oder im Fernsehen einen Politiker oder Fernsehprediger wegdrückte, einen Ausspruch wiederholt, den er (fälschlicherweise, wie Simon meinte) Mark Twain zuschrieb: »Traue nie einem Menschen, der in der Öffentlichkeit betet oder unentwegt lächelt.« Er hatte seinen Adoptivvater nie sonderlich gemocht, aber das hier hatte er immer für einen sehr guten Rat gehalten.

Simon schüttelte noch mal den Kopf, drehte sich um und stieß die Glastür vor sich auf.

Wenn er bedacht hätte, was Samantha am Morgen gesagt hatte – dass auch Jeremy Shackleford zu Dr. Zurasky gegangen war –, wäre ihm früher klar geworden, dass er irgendwie mit dem Einbruch zu tun hatte, wenn auch nur indirekt. So musste es sein. Es konnte sich nicht um bloßen Zufall handeln. Aber er hatte sich keine Gedanken gemacht. Er hatte sich darauf konzentriert, Samantha glauben zu machen, er sei ihr Ehemann.

Aber jetzt, da er wusste, dass Zurasky irgendwie mit von der Partie war, spürte Simon das dringende Verlangen, die Leiche – oder das, was von ihr übrig war – aus seiner Badewanne zu entfernen. Solange er angenommen hatte, dass niemand etwas wusste – niemand außer Robert, der sein Versprechen anscheinend gehalten hatte –, schien es das Sicherste zu sein, die Leiche zu lassen, wo sie war. Aber wenn Zurasky etwas wusste, ließ sich nicht abschätzen, was er tun würde.

Es wurde Zeit, sie loszuwerden.

Simon parkte auf dem Wilshire, wartete, bis die nächste Verkehrswelle vorüber war, stieß die Tür auf und trat hinaus in die Mittagssonne.

Trotz der Hitze war ihm kalt. Er wusste nicht, warum, doch so war es. Die Sonne wärmte seine Haut, aber innerlich fror er.

Er trat auf den Gehsteig und steuerte auf die Filboyd Apartments zu. Aber dann erstarrte er. Helmut Müller kam ihm auf dem Gehsteig entgegen. Er trug seine gelbe Strickweste und abgewetzte Hosen, und die lose Haut schlackerte um seine Knochen. Er sah aus wie ein wandelndes Gerippe, war aber höchst lebendig.

Er wandte sich Simon zu, als er an ihm vorüberging.

»*Walk the mile*«, sagte er.

»Was?«

Aber Müller wandte sich einfach ab, blickte geradeaus und ging vorbei.

»Was haben Sie gesagt?«

Der Mann reagierte nicht.

Simon packte ihn am Arm und riss ihn herum.

»Was haben Sie gesagt?«

Müller streckte die Arme aus, um das Gleichgewicht zu halten, strauchelte dennoch, hielt sich schwankend auf dem linken Fuß und schaffte es schließlich doch noch, Halt zu finden. Angstvoll sah er Simon an.

»Ich habe kein Geld.«

»Ich will kein Geld. Ich will wissen, was Sie gesagt haben.«

»Ich ... ich habe nichts gesagt.«

»Ich hab es doch gehört.«

Die blassen Augen des alten Mannes waren weit aufgerissen, und Wasser sammelte sich auf seinen Unterlidern.

»Ich habe nichts gesagt. Ich schwöre es, Sir. Bitte ... tun Sie mir nichts ... bitte.«

Simon packte ihn am Kragen und schüttelte ihn.

»Erzählen Sie mir, was Sie gesagt haben.«

Während Simon Müller schüttelte, tropfte das Wasser vom Rand seiner Lider und rann die Wangen hinunter, suchte sich den Weg entlang der tiefen Falten, die sich in die Haut gegraben hatten. Er seufzte.

»Bitte.«

Simon hielt inne.

Ein paar Leute auf dem Gehsteig waren auf sie aufmerksam geworden. Der alte Mann zitterte heftig am ganzen Körper.

»Tut mir ... tut mir leid.« Er ließ das Hemd des Mannes los.

Er konnte es nicht gewesen sein. Er war tot. Es hatte doch in der Zeitung gestanden.

Walk the mile.

Wusste er, dass Simon die Schuhe eines anderen Mannes trug?

Nichts konnte er wissen. Er war tot.

Verdammt noch mal ... was war hier los?

Er stieß die Glastüren auf und betrat die Lobby der Filboyd Apartments. Nach dem hellen Sonnenschein der Nachmittagsstunden roch es hier schal und nach Staub. Er ging zum düsteren Treppenaufgang und stieg die knarrenden Stufen hinauf.

Er war noch drei Stufen vom oberen Treppenabsatz entfernt, der schwach von dem Licht aus dem Korridor darüber beleuchtet wurde, als er es an der Wand sah. Es befand sich an genau derselben Stelle, an der er das andere Graffito gesehen hatte, und er nahm an, dieselbe Person hatte es dorthin gesprayt. Die Buchstaben waren ähnlich schwungvoll geschrieben.

WALK THE MILE

Simon stand wie angewurzelt da und betrachtete die Wörter eine Weile. Seine Zunge fühlte sich an wie ein toter Fleischklumpen, trocken und grob genarbt, und sie haftete an seinem Gaumen.

Nichts deutete darauf hin, dass je etwas anderes dort gestanden hatte. Das alte Graffito war nicht überschrieben – es war einfach nicht da.

Walk the mile.

Er drehte sich um und stapfte die Stufen hinunter, durch die Lobby, hinaus in den Sonnenschein.

Autos fuhren vorbei.

Ein altes Paar ging Hand in Hand.

Ein Hubschrauber knatterte über ihm.

Er schaute nach links und sah einen Obdachlosen auf der Bank vor dem Captain Bligh's schlafen. Er blickte nach rechts und erkannte eine gelbe Strickjacke, die gerade um die Ecke verschwand.

»Hey!«, rief er.

Aber Müller war fort, verschluckt von einer Hausecke.

Simon rannte auf dem Gehsteig hinter ihm her. Seine Kehle brannte noch immer, wenn er schwer atmete. Seltsam, dass seine Wange verheilt war, seine Kehle aber immer noch schmerzte. So schlimm hatte sie doch gar nicht gelitten.

Er bog um die Ecke.

Müller war nicht zu sehen. In der Seitenstraße kein Mensch weit und breit. Einen Block nördlich floss der Verkehr. Dann kam aus einer Gasse ein Hund auf den Gehsteig getrottet. Er hatte etwas im Maul, vielleicht einen halben Hamburger.

Simon erkannte den Hund – an seinem angekauten Ohr und dem milchig weißen Auge mit der geschwollenen Ader.

Er stieß die Eingangstür seiner Wohnung hinter sich zu. Dann stand er da, die Stirn gegen das kühle Holz gepresst. Seine schweißnasse Haut klebte an der Farbe, und Kopfschmerzen pochten über seiner linken Augenbraue. Seine Augen tränten.

Beruhige dich, sagte er sich.

Es gibt eine Erklärung dafür.

Er löste sich mit einem Ruck von der Tür und drehte sich um.

Mit dir ist alles okay. Besser als nur okay. Du stehst an der Schwelle eines neuen Lebens. Du musst einfach nur das Beweismaterial verschwinden lassen und von hier weggehen. Wenn es keine Beweise gibt, ist es egal, was Zurasky weiß oder wie weit er beteiligt ist; er wird nichts beweisen können.

Vergiss erst mal Müller, vergiss den Hund. Was es damit auf sich hat, kannst du später klären.

Lass zuerst einmal die Beweise verschwinden.

Er ging in die Küche. Er fand den Karton mit Müllbeuteln unter dem Spülbecken – die Pappe war leicht feucht von undichten Rohrleitungen –, aber das, was er brauchte, fand er nicht. Er kramte in Schubladen, stieß auf leere Batterien, abgebrochene Schraubendreher, schwarz angelaufene Pennys, rostige Schrauben, verbogene Nägel und Löffel und schließlich, in der letzten Küchenschublade, unten rechts, hallo, da fand er das elektrische Tranchiermesser und eine braune Verlängerungsschnur, die lang genug zu sein schien. Er hatte das Tranchiermesser vor zwei Monaten um ein Uhr morgens in betrunkenem Zustand gekauft, nachdem er eine Infosendung darüber gesehen und sogleich beschlossen hatte, dass er es unbedingt benötigte – auch wenn er nicht wusste, wofür. Jetzt wusste er es. Er nahm an, es sei perfekt geeignet, das Fleisch wegzuschneiden, das sich noch an den Knochen befand, und das, was sie an den Gelenken zusammenhielt.

Mit dem Messer in der einen Hand und dem feuchten Karton mit den Müllbeuteln in der anderen ging er den Flur hinunter an seinem Schlafzimmer vorbei und ins Bad.

Er legte die Sachen auf den Boden, öffnete den Reißverschluss seiner Hose und pinkelte.

Er atmete aus.

»Ich schätze, es wird Zeit«, sagte er, »dass sich unsere Wege trennen, Jeremy.«

Er urinierte zu Ende, und die letzten Tropfen kamen mit einem Schauder heraus, der ihm die Wirbelsäule hinauffuhr. Dann schüttelte er ab, packte ein, zog den Reißverschluss hoch und spülte.

»Es ist sicherer so«, sagte er. »Und früher oder später muss es sowieso getan werden.«

Er wandte sich zur Badewanne. Sie war leer. Jemand hatte die Leiche entfernt.

»Oh ... oh, Scheiße!«

Er ging zur Wanne und schaute genauer hinein. Schmutz bedeckte den Wannenboden, und ein brauner Ring lief um die Innenwände. Schwarzer Schimmel breitete sich in den Ecken aus, wo die Wanne auf die gefliesten Wände traf. Aber sie war leer. Er strich sich mit den Fingern durchs Haar. Es war fettig von Pomade und Schweiß und klebte ihm am Kopf. Der Schmerz über seiner linken Augenbraue bohrte sich immer tiefer in sein Hirn. Er wischte die Handflächen an den Hosen ab. Er fürchtete, er würde gleich losweinen.

Das hier war nicht gut. Ganz und gar nicht gut. Wer konnte das getan haben? Wer konnte die Leiche aus seiner Badewanne weggeschafft haben? Es musste Zurasky gewesen sein, oder? Es konnte niemand außer ihm gewesen sein. Er war der Einzige, der es gewusst hatte ... *wenn* er es gewusst hatte. Aber Simon war sich da nicht sicher. Er mochte irgendwie die Finger im Spiel haben, aber das hieß nicht, dass er alles wusste.

Simon ging im Kreis, entgegen dem Uhrzeigersinn.

»Oh, Gott«, sagte er.

Hektisch sah er sich um. Es gab hier drinnen nichts zu tun. Nichts Nützliches.

Er schüttelte die Fäuste, schaute sich nach etwas um, das er packen konnte, fortschleudern oder zerbrechen, doch als er nichts sah und nicht mehr wusste, wie er sonst den Druck loswerden konnte, boxte er ein-, zwei-, drei-, viermal, verdammte Scheiße, mit voller Wucht gegen die Wand. Es war ein altes Gebäude, und die Wände bestanden aus verputztem Holz, deshalb schlug er keine Löcher, sondern beulte nur den Gips ein, bis das morsche, nassdunkle Holz darunter brach und er sich die Knöchel aufschürfte. Das war auch alles.

Nicht mal zwölf Stunden lang war er nun Jeremy, und schon ging alles in die Brüche.

Gerecht war das nicht.

Sie hatten es ihm abgenommen. Verdammt, sie hatten es ihm doch abgekauft. Samantha, Professor Ullman, seine Studenten, sie alle hatten es ihm abgenommen, aber trotzdem ging es in die Brüche.

Walk the mile.

Ihm blieb jetzt keine Wahl, oder?

Er hatte in dem Moment, als er beschloss, in Shacklefords Leben zu treten, die Weichen gestellt. Und jemand wusste es. Jemand wusste es und hatte die Leiche weggeschafft, bevor er sich darum kümmern, bevor er alles Beweismaterial vernichten konnte.

Nein – falsch. Er hatte Zeit genug gehabt, die Leiche fortzuschaffen, aber sie stattdessen behalten aus Angst, das zu tun, von dem er genau wusste, dass es das Richtige war. Aus Angst, dass jemand die Leiche finden könnte, nachdem er sich ihrer entledigt hatte. Nun, jemand hatte sie ohnehin gefunden. Was hatte man mit ihr gemacht?

Und wer außer Zurasky könnte sonst noch davon wissen?

Er setzte sich auf den Toilettendeckel und versuchte nachzudenken. Das war nicht leicht mit all der Angst und Panik, die in ihm tobten und drohten, jeden Moment seinen Verstand auszuschalten und die Kontrolle zu übernehmen.

Jemand hatte die Leiche genommen.

Ganz ruhig. Denk nach.

Was tun?

Er musste der Situation wieder Herr werden, bevor sie ihn beherrschte. Er musste sich beruhigen und klar denken. Wenn er nur klar denken könnte, wäre er in der Lage, eine Entscheidung zu fällen und entsprechend zu handeln.

Was tun?

Und dann wusste er es.

»Robert«, sagte er laut in den leeren Raum.

Er saß im Saab und beobachtete im Seitenspiegel den Eingang des Gebäudes. Roberts spätnachmittägliche Rauchpause stand bevor. Obwohl er Dutzende Autos auf der Straße fahren sah und Fußgänger über die Bürgersteige spazierten, hatte er das Gefühl, nicht wirklich an diesem Ort zu sein. Das Auto dämpfte den Lärm der Außenwelt und gab ihm das Gefühl, nicht dazuzugehören.

Ein Obdachloser kam an die Scheibe und klopfte. Simon schüttelte den Kopf. Der Mann klopfte erneut. Simon rollte das Fenster runter.

»Verschwinde.«

Der Obdachlose – ungefähr vierzig, mit dichtem Bart und ohne Zähne – fragte: »Wollen Sie aussteigen? Brauchen Sie Zeit auf der Parkuhr?«

»Nein.«

»Nein, Sie steigen nicht aus, oder nein, Sie wollen keine Extrazeit auf der Uhr?«

»Verschwinde einfach.«

»Sie kriegen trotzdem Zeit auf der Uhr«, sagte der Obdachlose. Er ging zu der Parkuhr, hinter der Simon parkte, zog etwas hervor, das wie eine verbogene Büroklammer aussah, stocherte damit im Geldschlitz herum, bewegte dann sein Handgelenk ein paarmal auf und ab, wobei er mit jeder dieser Bewegungen der Parkzeit fünfzehn Minuten hinzufügte. Er hörte erst auf, als das Maximum von zwei Stunden erreicht war.

»Sehen Sie«, sagte der obdachlose Mann. »Geben Sie mir einen Dollar. Dann haben Sie es für die Hälfte bekommen.«

»Ich steige nicht aus.«

»Kommen Sie, Mann, ist doch nur ein lumpiger Dollar.« Simon gab ihm einen Dollar, um ihn loszuwerden.

»Und nun lass mich zufrieden.«

Er fischte in seiner Tasche nach Zigaretten, steckte sich eine zwischen die Lippen und zündete sie an.

»Sind das Camels? Meinen Sie, ich könnte eine haben? Ich liebe ...«

Simon warf ihm die ganze Schachtel zu. Sie traf den Mann an der Brust und fiel dann auf den Gehsteig.

»Scheiße, verpiss dich jetzt.«

»Danke«, sagte der Mann und sammelte die Zigaretten auf. »Haben Sie Feu... Schon gut. Danke.«

Er hielt die Schachtel dicht ans Ohr, wie Kinder es mit Muscheln tun, und schüttelte sie, um festzustellen, wie viele Zigaretten noch drin waren.

Simon nahm einen Zug von seiner Zigarette und sah im Seitenspiegel zum Gebäudeeingang. Aber es war nicht Roberts Spiegelbild, das er da sah. Es war Robert selbst. Er hatte sich bereits an der Längsseite des Auto vorbeibewegt und ging nun weiter. Vermutlich brauchte er ebenfalls Zigaretten, denn er steuerte den Schnapsladen in der Fourth Street an, wo er sich immer eine Schachtel holte.

Simon stieß die Tür auf, stieg aus und schlug sie hinter sich zu. Er folgte Robert auf dem Gehsteig, und als der an einer Seitengasse vorüberging, stürzte er sich auf ihn, stieß ihn in die stinkende graue Luft des schmalen Einschnitts zwischen den Gebäuden und schmetterte ihn mit voller Wucht gegen einen verrosteten grünen Müllcontainer.

»Warst du es?«, fragte er. Die brennende Zigarette tanzte zwischen seinen Lippen.

»Wa...«

»Hast du sie geholt?«

»Wen geholt?«

»Das weißt du genau, verdammt noch mal«, sagte Simon. Er schüttelte Robert und schmetterte ihn ein zweites Mal gegen den Müllcontainer. »Hast du sie geholt oder nicht?«

»Ich weiß gar nicht, wovon du redest.«

Simon packte ihn am Hemdkragen und schleuderte ihn nach rechts, sodass er gegen eine Mauer aus roten Ziegelsteinen prallte. Dann packte er den Hemdkragen erneut und näherte sich Roberts Gesicht bis auf wenige Zentimeter, wodurch die glühende Spitze seiner Zigarette Roberts Wange bedrohlich nahe kam.

»Tisch mir bloß keine Lügen auf.«

»Tue ich ja nicht.«

»Was?«

»Ich weiß nicht, wovon du redest.«

»Bullshit!«

Robert fingerte nach der Innentasche seines dünnen Anzugjacketts. »Ich habe Geld.«

»Seh ich aus, als ob ich Geld wollte?«

»Ich weiß nicht, was ...«

»Beantworte nur meine Scheißfrage.«

»Ich hab's nicht getan, okay? Ich hab sie nicht geholt, verdammt noch mal!«

Simon ließ ihn los, und Robert sackte zwischen Pappbechern, gammligen Essensresten und sonstigem Unrat auf dem schmutzigen Boden in sich zusammen.

Robert sagte die Wahrheit. Simon wusste genau, dass er gar nicht überzeugend lügen konnte. Auch wenn die Umstände, unter denen er Simons Apartment damals aufgesucht hatte, verdächtig waren, er wusste definitiv nicht, wovon Simon redete. Vielleicht war ihm ja tatsächlich das Handy in die Toilette gefallen. Vielleicht war sein Besuch genau das gewesen, wonach es den Anschein hatte. Simon konnte darin keinen Sinn erkennen – Robert war die einzige Person, von der er wusste, dass sie die Leiche gesehen hatte, von der er mit Gewissheit sagen konnte, dass sie eingeweiht war –, aber eine Menge Dinge ergaben heute keinen Sinn.

Er drehte sich um und verließ die Seitengasse. Er nahm noch einen Zug von seiner Zigarette. Sie schmeckte übel, aber er rauchte trotzdem weiter.

»Scheiße«, sagte er.

Vielleicht hatte Robert gelernt, besser zu lügen. Aber wie auch immer, aus dem Mann selbst würde er nichts herausbekommen. Herzukommen war dämlich gewesen, eine Panikreaktion. War er davon ausgegangen, dass Robert einfach so einknicken würde? »Okay, du hast mich erwischt. Ich hab mir die Leiche geholt. Dachte, mit ihr im Wagen könnte ich die Spur für Fahrgemeinschaften benutzen.«

Auf dem Weg zum Saab beschloss er, Roberts Wohnung aufzusuchen, um zu sehen, was sich dort entdecken ließ. Vielleicht war dort ja die Leiche versteckt – oder er fand einen Hinweis, wo er sie aufbewahrte und warum er sie sich geholt hatte. Jede Information wäre besser als das, was er im Moment wusste.

Nachdem er einige Meilen in Richtung Meer gefahren war, bog er rechts auf die Western ab und folgte ihr nach Hollywood. Krumme Palmen ragten in die Höhe und beugten sich über Häuser und Geschäfte wie vom Wind gebeutelte Regenschirme. Als er Lexington erreichte, konnte er im Dunst das Hollywoodzeichen erkennen, das da so ungleichmäßig auf dem Berghang thronte.

Es regnete nicht oft in Los Angeles, und er mochte es, wenn es geschah. Die Schauer säuberten den Himmel und sorgten dafür, dass man meilenweit in jede Richtung schauen konnte. Sie wuschen den Schmutz fort. Der Stadt würde ein Großreinemachen gut bekommen.

Ein, zwei Blöcke vor dem Sunset bog Simon links ab und fuhr weiter, bis er zu Roberts mit rosa Gips verputztem Apartmentgebäude kam. Der schmale Streifen Gras davor, den manche vielleicht Rasen genannt hätten, war vertrocknet und braun. Ein von Fliegen umsummter Haufen Hundescheiße lag dort, ganz in der Nähe des Gehsteigs.

Simon stieg aus dem Saab und ging zu dem Gebäude, wo er zu Roberts Vorderveranda hinaufstieg. Er schaute unter der Fußmatte nach und unter einem Topf mit einer verwelkten Pflanze. Einen Schlüssel fand er nicht. Er sah sich um und überlegte, wo Robert wohl einen Ersatzschlüssel versteckt haben mochte. Er wollte nicht einbrechen – auch wenn er es getan hätte. Er langte auf den Türrahmen und tastete auf ihm entlang. Staub rieselte ihm ins Gesicht. Er schüttelte den Kopf und schnaubte. Seine Finger berührten etwas, das daraufhin auf die Betonveranda fiel. Es hörte sich an wie das Läuten einer Glocke. Vom Staub musste er niesen. Er wischte sich die Nase ab und dann die Hand an seiner Hose.

Der Schlüssel lag zu seinen Füßen. Er hob ihn auf, schloss die Eingangstür auf und ging hinein.

Im Apartment roch es nach abgestandenem Bier, Marihuana und der stillen Melancholie eines Mannes, der niemals Fenster oder Jalousien öffnete. Es war eine kleine Dreizimmerwohnung mit einem dreißig Jahre alten grünen Flauschteppich, einem kleinen zweiflammigen Herd und einem Kühlschrank, in den man vielleicht ein Sixpack Miller Lite und eine Packung Mortadella quetschen konnte, wenn man zu den Menschen gehörte, die Miller Lite und Mortadella mochten.

Simon durchsuchte die Wohnung.

Robert hätte die Leiche holen können. Er hätte am Arbeitsplatz anrufen und erklären können, er würde sich verspäten. Dann hätte er zu Simons Apartment fahren und die Leiche holen können. All das hätte er tun können – aber aus welchem Grund?

Das konnte er später beantworten. Erst mal ging es um die Frage, ob er es überhaupt getan hatte.

Nach zehn Minuten des Suchens hatte er nichts gefunden – nichts bis auf eine Pornosammlung, eine Comicsammlung, eine Briefmarkensammlung und eine Sammlung von Bongs, die sämtlich nach schalem Bongwasser stanken –, und Simon kam zu der Überzeugung, dass die Antwort auf die Frage Nein lautete. Oder Robert hatte, wenn er es doch getan hatte, die Leiche nicht in seine Wohnung geschafft. Natürlich – wieso hätte er das auch tun sollen?

Da er nicht wusste, was er sonst tun könnte, entschied sich Simon, für diesen Tag Schluss zu machen.

Bevor er aber wieder zurück nach Pasadena fuhr, machte er in seinem Apartment Station. Vielleicht sogar zum letzten Mal. Leichten Herzens würde er den Schmutz und das Elend hinter sich lassen. Er nahm Francine und ihr kleines Futterdöschen, trug sie hinunter ins Auto und schnallte sie auf dem Beifahrersitz an. Natürlich verlief der Schultergurt weit oberhalb des Einmachglases, aber der Beckengurt hielt es fest auf dem Sitz. Er wollte, dass sie sicher war.

Er legte den Gang ein und machte sich auf den Weg nach Hause.

Nach Hause?

Warum nicht? Es war jetzt sein Zuhause. Wenn es ihm gelang, es sich zu erhalten.

Er parkte den Saab in der Auffahrt und stellte den Motor ab. Im Stillen rechnete er damit, dass drinnen die Polizei auf ihn wartete, zusammen mit einer weinenden Samantha, und wenn er eintrat, würden sie ihn hasserfüllt und anklagend mustern.

Handschellen würden aus Gürteln gelöst. Man würde auf ihn zukommen. Jemand würde sagen, Sie sind verhaftet wegen Mordes an …

Er würde an Flucht denken, aber es hätte keinen Sinn. Natürlich nicht. Es war immer sinnlos.

Er nahm Francine und stieg aus.

Das Wohnzimmer war leer – weit und breit kein Polizist zu sehen. Er schloss die Eingangstür hinter sich, schob den Riegel vor und ging zum Sofa. Er stellte das Einmachglas mit Francine auf den Couchtisch, streute ein wenig Futter auf die Wasseroberfläche und setzte sich, um ihr beim Fressen zuzuschauen.

»Jeremy?«, sagte Samantha, die vom Flur hereinkam.

Sie trug einen Rock und eine graue Bluse, deren beide obere Knöpfe offen standen, sodass ihr flaches Dekolleté zu sehen war. Sie fädelte Ohrringe in ihre Ohrlöcher.

»Wo bist du gewesen?«, fragte sie. »Doktor Zurasky hat angerufen und gesagt, du seist aus seiner Praxis fortgelaufen.«

»Ich bin ... ja, das bin ich.«

»Ist alles in Ordnung?«

Simon schüttelte den Kopf.

»Ich ... ich bin ... nein.«

»Ach, Baby«, sagte Samantha.

Sie kam zum Sofa, setzte sich neben ihn und schloss ihn in die Arme.

»Was ist denn?«

»Alles«, sagte Simon. »Es ist einfach ... alles.« Er atmete durch die Nase aus. »Mein Kopf bringt mich noch um.«

»Soll ich dir ein paar Tylenol holen?«

»Okay.«

»Okay.«

Samantha stand auf und verschwand kurz im Flur. Als sie zurückkam, hatte sie drei Pillen auf der einen Hand liegen. In der anderen hielt sie ein Glass Wasser.

Simon schluckte die Pillen, schloss kurz die Augen und öffnete sie wieder.

Er sah zu Samantha auf.

»Sagt dir die Redewendung *›walk the mile‹* etwas?«

Samantha schüttelte den Kopf.

»Sollte sie?«

»Ich weiß nicht.«

Sie biss sich auf die Lippe. »Ich sollte Gil anrufen und ihm sagen, dass wir nicht kommen können.«

»Zu deiner Ausstellung?«

Samantha nickte.

»Nein«, sagte Simon. »Alles okay.«

»Sie kann auch ohne mich stattfinden.«

»Nein. Ich will hingehen.«

Es stimmte. Er wollte Jeremy Shackleford sein, und Jeremy Shackleford würde ganz gewiss zur Kunstausstellung seiner Frau gehen. Er würde hingehen, und er würde ihre Hand halten und lächeln und ihr zur Seite stehen. Wie es sich für einen Ehemann gehörte. Er hatte es in Filmen gesehen, und es schien zu stimmen. Und selbst wenn es nicht so war, sollte es zumindest so sein.

»Bist du sicher?«

Er nickte. Das war es, was er wollte; das war es, woran er die vergangenen beiden Wochen gedacht und wovon er geträumt hatte. Er war sich sicher.

»Okay«, sagte sie. »Wir müssen erst in knapp zwei Stunden los. Also entspann dich noch ein bisschen.«

Er nickte erneut. Samantha wandte sich ab, um sich weiter zurechtzumachen. Doch dann hielt sie inne.

»Du hast einen Goldfisch?«

»Sie heißt Francine.«

Simon zog einen grauen Anzug an. Er schien ihm geeigneter für eine Abendveranstaltung, und außerdem nahm er an, dass sich Jeremy zu diesem Anlass ähnlich entschieden hätte. Er wusch sich das Gesicht und wühlte sich durch den Kleiderschrank, bis er einen Mantel gefunden hatte. Er zog ihn sich über.

»Willst du den wirklich tragen?«

»Mir ist kalt.«

»Damit siehst du aus wie einer von diesen Perversen im Griffith Park.«

»Ich glaube, ich hab mir eine Grippe eingefangen oder so was«, sagte er. »Ständig überfallen mich diese Kälteschauer.«

Samantha zuckte die Achseln.

»Okay.«

Die Kunstausstellung fand nicht in einer Galerie statt, sondern in einem Restaurant in Silverlake am Sunset Boulevard, nicht sehr weit östlich von der Sunset Junction. Die Tische waren in der Mitte des Raums zusammengestellt, und zwischen verschiedenen Tapas – warmen gewürzten Mandeln, eingelegten Oliven, einem blau geäderten spanischen Käse, der aussah wie eine Schimmelversion von Brie – hatte man kunstvoll allerlei Blumengestecke arrangiert.

Ein Barkeeper – Typ Schauspieler und Mitte zwanzig, den Simon in einer dieser Polizeiserien als Statisten gesehen zu haben meinte; er hatte einen Vergewaltiger gespielt – stand gelangweilt hinter der Theke. Simon hätte wetten können, dass dieser Barkeeper ein gewisses Flair schätzte, aber an diesem Abend blieb ihm nichts übrig, als stumpfsinnig Pinot mittlerer Qualität in Plastikbecher zu füllen, damit die Leute von den Gratisdrinks genug beflügelt waren, um sich von ihrem Geld zu trennen und Kunstwerke zu kaufen.

Samanthas Bilder hingen an allen vier Wänden.

Ungefähr vierzig oder fünfzig Gäste paradierten umher, tranken Wein und betrachteten die Bilder.

Kurz nachdem sie das Restaurant betreten hatten, drängte sich ein dünner Mann mit Igelfrisur zu ihnen durch. Er trug ein burgunderfarbenes Jackett, schwarze Hosen und wildlederne Plateauschuhe (ein kleiner Schlaks, der sich wünschte, groß zu sein, dachte Simon) und zeigte blitzweiße Zähne und blaue, blaue Augen.

»Samantha!«, rief er überschwänglich, als er sie erreicht hatte, und küsste sie auf beide Wangen.

»Hi, Gil«, sagte Samantha.

»Jeremy! Schicker Mantel. Später noch auf 'm Schulhof vorbeischauen? War nur 'n Scherz. Komm her.«

Gil streckte die Arme aus.

Simon war die Umarmung eher unangenehm.

»Was ist denn mit deinem Gesicht passiert?«

»Ein Hund hat mich gebissen.«

»Oh.« Gil wirkte höchstens eine Sekunde lang sprachlos. Dann: »Leute, wollt ihr Wein? Tapas?«

»Oh«, sagte Samantha. »Wir finden schon zur Bar. Keine Eile.«

Gil wirbelte herum.

»Hört mal her alle!«, rief er in den Raum. »Unser Ehrengast ist eingetroffen, die fabelhafte Samantha Kepler-Shackleford!« Er streckte die Arme in ihre Richtung aus.

Sie errötete und deutete einen Knicks an.

Gil applaudierte ihr, und alle anderen folgten seinem Beispiel. Als der Beifall verklang, sagte er: »Ihre wunderbaren Bilder stehen zum Verkauf, und ich kann Ihnen versichern: Sie sind jeden Penny wert. In sechzig Jahren, wenn sie tot und berühmt ist, werden sich Ihre Enkel darüber freuen, dass die Großeltern an diesem heutigen Tag einen so guten Geschmack bewiesen haben.«

Mehrere Leute lachten.

»Die Hälfte haben wir bereits verkauft«, sagte Gil, und Simon fand, dass er dabei absichtlich einen überlauten Flüsterton benutzte.

Er ging an die Bar.

Eine Stunde später trank er sein drittes Glas Wein. Er hatte pochende Kopfschmerzen. Zusammen mit Samantha stand er in einer Ecke. Sie hatte ihre Runde gemacht, hatte gelächelt und Hände geschüttelt, während er in der Ecke gestanden und getrunken hatte. Aber jetzt hatte sie den Raum sondiert und kaufkräftige Interessenten ausreichend bezirzt. Also standen sie wieder beieinander und beobachteten die Gäste. Gil klebte neben zwei weiteren Bildern – den beiden letzten – rote Aufkleber an die Wand. Das hieß: Alle Bilder waren verkauft.

»Du siehst gar nicht gut aus«, sagte Samantha.

»Immer noch mein Kopf.«

»Vielleicht solltest du …«

»Samantha?«

Beim Klang der Stimme blickte Simon auf.

Sie gehörte einer Brünetten mit dem Haarschnitt eines Knaben und dem Körper einer Frau. Sie hatte ihre vollen Lippen so großzügig mit Lippenstift bemalt, dass es aussah, als hätte sie einen Faustschlag auf den Mund bekommen und daran Gefallen gefunden. Sie trug einen kurzen Rock, schwarze Strümpfe und ein Pere-Ubu-T-Shirt mit dem Aufdruck:

L'Avant Garage
Qu'est-ce que c'est?

»Marlene Biskind vom *East Sider*. Dürfte ich ein Bild von Ihnen und Ihrem Mann machen?«

»Natürlich«, sagte Samantha und hakte Simon unter.

Marlene Biskind hob eine Nikon hoch, mit einem Objektiv, das so gewaltig war wie Dirty Harrys Magnum.

Simon versuchte zu lächeln, aber sein Kopf war bleischwer.

Ein Lichtblitz explodierte vor ihm, und dahinter verschwand alles. Er blinzelte, und die Leute waren nur noch unscharfe Silhouetten. Dann ein zweiter Blitz. Und ein dritter.

Simon fiel das Weinglas aus der Hand. Er blinzelte und versuchte, wieder klar zu sehen.

Der Wein war über Samanthas Schuhe und Beine geschwappt.

»Oh, Mist.«

»Tut mir leid.«

»Ist schon gut.«

Gil kam mit einem Stapel Papierservietten herangestürzt, als habe er in einer Ecke gestanden und nur darauf gewartet, dass so etwas geschah. Er tupfte Samanthas Beine ab und ihre Schuhe. Dann wischte er den Fußboden.

»Du lieber Gott«, sagte er. »Manche Menschen können eben nicht mit Alkohol umgehen.« Er stand auf. »Man macht es so.« Er formte seine leere rechte Hand zu einem Trinkgefäß. »Und nicht so.« Er streckte die flache Hand aus.

»Tut mir leid.«

»War nur ein Scherz.«

»Ich bin ...«

»Wir feiern eine Party. Es gibt noch mehr Wein.« Und dann war er entschwunden.

Marlene sah von Simon zu Samantha.

»Sollen wir es noch mal versuchen?«

Samantha lachte. »Das wäre wohl das Beste.«

Sie hakte sich wieder bei Simon unter.

Ein weiterer Lichtblitz.

Simon fiel rückwärts. Er prallte gegen die Wand hinter sich und glitt zu Boden. Er wusste nicht, was mit ihm geschah. Vielleicht nur dieser eine Tag. Hunde und Menschen wurden lebendig. Leichen verschwanden. Die Rolle eines toten Mannes spielen. Und jetzt stand er hier und gaukelte ein Lächeln vor, während ihn eine Frau vom *East Sider* fotografierte. Es war alles zu viel.

Er blickte auf und erkannte Samantha und Marlene. Besorgt betrachteten sie ihn und wirkten dabei unglaublich groß.

»Geht es Ihnen gut?«, fragte Marlene.

»Baby?«

Mit Samanthas Hilfe kam Simon wieder auf die Beine.

»Alles in Ordnung. Ich bin nur ein wenig müde. Es war ein langer Tag.«

Mehrere Leute hatten ihre Gespräche unterbrochen und schauten ihn neugierig an – Weingläser und mit Käse bestrichene Toastscheiben verharrten auf halbem Weg zum Mund oder von ihm fort, Sätze blieben in der Kehle stecken. Die missbilligenden, aber auch amüsierten Gesichter sagten ganz deutlich, dass sie ihn für betrunken hielten. Er war es aber nicht. Er versuchte, betrunken zu werden, aber er blieb nüchtern wie ein neugeborenes Baby.

»Wir sollten gehen«, sagte Samantha.

»Sind Sie sicher, dass alles in Ordnung ist?«, fragte Marlene. »Sie sind doch schlimm gestürzt.«

»Bleib du nur hier, Liebes. Das hier ist dein großer Auftritt. Genieße ihn. Ich nehme mir ein Taxi.«

»Bist du sicher?«

Simon nickte.

»Ja«, sagte er. »Das bin ich.«

Die Heimfahrt dauerte dreißig Minuten – dreißig Minuten in einem blau-gelben Taxi, in dem es leicht nach Erbrochenem und nach Ammoniak roch. Das trug nicht gerade zur Verbesserung seiner geistigen Verfassung bei.

Er saß hinten, wo die Scheibe gesprungen war.

Der Taxichauffeur zählte nicht zu den Leuten, die meinen, sie müssten die Stille mit dem Klang ihrer Stimme füllen, und zumindest dafür war Simon dankbar. Der Mann saß schweigsam hinterm Steuer und fuhr, während Simon von hinten beobachten konnte, wie die Kosten für die Taxifahrt von den anfänglichen zwei auf sechsunddreißig Dollar in die Höhe schnellten.

Der Wagen hielt an Simons – ja, jetzt gehört er mir, verdammt – Vorgarten. Im Haus war es still und dunkel, bis auf das Licht einer Lampe im Wohnzimmer, das gelblich durch einen Spalt im orange gestreiften Vorhang schimmerte. Simon gab dem Taxifahrer zwei Zwanziger – behalten Sie den Rest, he, danke, Kumpel – und stieg aus.

Er hatte ungefähr die Hälfte des Betonpfades, der den Rasen teilte, hinter sich und achtete nur darauf, immer schön einen Fuß vor den anderen zu setzen, als er sie sah. Sie hatte auf einer der Stufen gesessen, die zur Eingangstür führten. Als er näher kam, stand sie auf.

»Ich dachte schon, du würdest überhaupt nicht mehr kommen.«

Sie schlang ihre Arme um seinen Hals.

Er hatte Kate Wilhelm ganz und gar vergessen.

»Hi«, sagte er.

Er schloss die Tür hinter sich und lehnte sich mit dem Rücken dagegen. Kate stand nur einen halben Meter entfernt. Er roch die Seife auf ihrer Haut, ihre Lotion und ihr Parfüm. Ihre Augen hatte sie schwarz angemalt, ihre Lippen rot.

Sie fuhr mit dem Finger über die Narbe in seinem Gesicht.

»Die ist wirklich sexy«, sagte sie.

»Danke ... danke dir.«

»Sie wirken etwas angespannt.«

Sie trat auf ihn zu, bis er ihren Atem an seinem Hals spürte. Warm und feucht.

Sie ließ ihre Hand über seine Brust gleiten und brachte seine Haut zum Kribbeln. Das hier kam ihm vor wie ein Traum. So wie der ganze Tag – unwirklich und falsch und wie ein Traum. Doch er wusste, dass es keiner war.

Mit der flachen Hand strich Kate vorne über seine Hose. Er hörte sich selbst leise keuchen und spürte den dumpfen Herzschlag in seiner Brust.

»Oho«, sagte sie. »Hier unten sind Sie aber wirklich angespannt.«

Simon schob Kates Rock bis zur Taille hoch und zerrte an ihrem Höschen. Er hörte, dass es dabei riss. Was folgte, hatte nichts Persönliches. Er stieß sie aufs Bett, leckte sich die Finger und rieb sie über ihren Venushügel, der sich glatt anfühlte, weil er wohl kürzlich enthaart oder rasiert worden war. Der Geruch war intensiv und erotisierend. Er fasste seinen Penis an der Wurzel und drang in sie ein. Sie krampfte sich fest um ihn. Er stieß so tief er konnte, ließ alles heraus, was in ihm war, ließ all den Frust heraus und die Angst und die Zerrissenheit, die ihn im Innern quälten. Er ließ die Handflächen über ihre Brüste gleiten, knöpfte ihre Bluse auf und griff hinein.

Er kniff ihre harten Nippel, und sie stöhnte. Sie hob die Hand und kratzte über seine Brust. Er steckte ihr den Daumen in den Mund, und sie saugte daran. Sie packte ihn an den Hüften und zog ihn noch tiefer in sich hinein, wieder und wieder und wieder.

Nach drei Minuten war es vorüber.

Anschließend zog Simon sich die Hosen wieder an. Er bereute, was soeben geschehen war. Er bereute alles. Das schlechte Gewissen hatte ihn gepackt.

Er saß auf dem Sofa, Kate neben sich, und spielte mit seinem Zippo-Feuerzeug, ließ es wiederholt aufflackern und löschte dann die Flamme.

»Wie lange kennen wir uns?«

»Was?«

»Wie lange kennen wir uns schon?«, fragte er abermals.

»Seit letztem Frühling.«

Simon nickte.

»Was macht dir zu schaffen?«, fragte Kate.

»Mein Gewissen.«

Kate lächelte, befeuchtete sich die Lippen.

»Simon«, sagte sie. »Niemand hat ein reines Gewissen – bis auf den einen oder anderen Soziopathen vielleicht. Jeder hat etwas getan, was er lieber ungeschehen machen würde.«

Er nickte. Aber dann war er plötzlich sehr beunruhigt von etwas, das sie gerade gesagt hatte. Eine ganze Weile konnte er sich nicht erklären, was es gewesen war. Er rief sich den Satz ins Gedächtnis und prüfte jedes einzelne Wort – irgendetwas von dem, was sie gesagt hatte, stimmte nicht –, und dann, eine Minute später, war es ihm klar.

»Warum hast du mich Simon genannt?«

»Hab ich doch gar nicht.« Sie stand auf. »Aber, hey, ich sollte mich vom Acker machen, bevor deine Frau nach Hause kommt. Die peinliche Situation möchte ich mir lieber ersparen.«

Sie sah an sich hinunter, strich ihren Rock glatt und ging zur Tür.

Sie war noch nicht ganz dort, hatte aber den Arm schon nach dem Knauf ausgestreckt, als Simon aufsprang und ihr den Weg abschnitt.

»Das hast du doch. Du hast mich Simon genannt. Ich hab es genau gehört. Was weißt du?«

Kates Augen weiteten sich vor Angst.

»Das ist nicht lustig.«

»Ich lache ja auch nicht. Was weißt du?«

»Jeremy, bitte.«

»Sagt dir die Redewendung *›walk the mile‹* etwas?«

Sie trat einen Schritt zurück.

»O Gott, du bist verrückt!«

»Wer sagt, dass ich verrückt bin?«

»Lass mich einfach gehen.«

Simon packte Kates Haar und zog sie zu sich.

»Du steckst mit drin, oder? Oder?«

Kate löste seine Hand aus ihrem Haar. Plötzlich sah sie nicht mehr ängstlich aus, sondern wütend, und als sie sich aus seinem Griff gelöst hatte, schlug sie ihm heftig ins Gesicht.

»Was zum Teufel ist in dich gefahren?«

Simon betastete seine Wange und spürte, dass sich die Haut in Striemen wölbte. Außerdem fühlte er etwas Feuchtes am Mundwinkel. Als er seine Finger betrachtete, bemerkte er Blut. Er wischte es an der Hose ab.

»Jemand will mich fertigmachen. Ich glaube, es könnte Zurasky sein, und ich glaube, du machst mit ihm gemeinsame Sache. Aber es wird nicht klappen.«

»Ich kenne keinen Zurasky.«

»Du lügst.«

»Jeremy, ich ...«

»Es wird nicht klappen.«

»Ich glaube, das tut es bereits, Jeremy. Du führst dich auf wie ein Verrückter. Du benimmst dich absolut nicht mehr wie du selbst.«

»Was soll das heißen?«

»Was?«

»Ich benehme mich nicht wie ich selbst. Zuerst sprichst du mich mit einem anderen Namen an, und dann unterstellst du mir ... was?«

»Ich weiß nicht ...«

»Was geht hier vor?«

»Was geht wo vor?«

»Wer tut mir das an?«

»Würdest du mich bitte gehen lassen? Ich weiß nicht ... Ich weiß nicht ...«

Die Angst war zurückgekehrt. Tränen traten ihr in die Augen. Es war der Tag, an dem Simon seine Mitmenschen zum Weinen brachte.

»Du weißt *was* nicht?«

»Ich möchte einfach nur gehen. Du brauchst Hilfe, und ich weiß nicht, was ich machen soll. Ich will einfach nur weg.«

»Du hast mich Simon genannt.« Aber je mehr Zeit verging, desto unsicherer wurde er, dass es so gewesen war. Vielleicht hatte er sich verhört. Hatte er nicht auch einen Moment gedacht, Professor Ullman habe ihm gedroht, ihm das Herz aus dem Leib zu reißen? Hatte er sich da nicht auch verhört? Das konnte er sich vorstellen – es sei denn, Professor Ullman war auch mit von der Partie.

»Das habe ich nicht, Jeremy. Ich kenne *niemanden*, der Simon heißt. Darf ich jetzt bitte gehen?«

Er leckte sich die Lippen, wischte sich die Mundwinkel ab. Kurz darauf trat er zur Seite.

Er folgte ihr nach draußen, und als sie über die Straße zu ihrem gelben 1967er Chevy Nova ging, tappte er barfuß die Stufen hinunter und beobachtete sie. Die Hände hatte er in den Taschen. Die Nachtluft war kalt, und die schmale Mondsichel hing wie ein Angelhaken am Himmel. Simon fragte sich, was Gott wohl angeln wollte. Wenn es ihn denn gab.

Wenn es Gott gab und er aufmerksam war, würde er doch mit Sicherheit diejenigen auslachen, die auf die Knie fielen und für die Kranken und Gebrechlichen und Armen beteten, die er selbst überhaupt erst krank gemacht und verletzt und in Schmutz und Elend gestürzt hatte. Lachend ließ er den Angelhakenmond baumeln, darauf bedacht, alle, die meinten entfliehen zu können, wieder an den Haken zu bekommen und sie auf die Erde zurückzuwerfen, dass sie sich dem stellten, was auf sie zukam.

Vielleicht war Jesus davongekommen und schwebte in den himmlischen Gefilden, aber das würde niemandem sonst gelingen. Und Simon hatte den Verdacht, dass auch Jesu Himmelfahrt nur ein Märchen war, das die Menschen sich erzählten, eine über Generationen weitergetragene Geschichte, die es ihnen ermöglichte, mit der Welt zu leben, die sie um sich herum sahen: Zumindest war ein Entkommen möglich. Aber Simon wusste etwas von Kugeln. Und selbst wenn es einem gelang, diesem Planeten zu entkommen, selbst wenn man es schaffte, sich aus diesem unterdrückten Innenleben zu lösen und himmlischen Sphären entgegenzuschweben, war da immer noch dieser Angelhakenmond, der einen abfing, bevor man ganz entkommen war.

Er spielte mit der Zunge im Mund, zupfte eins der Haare aus und sah zu, wie Kate in ihren Wagen stieg.

Der Motor sprang stotternd an, und die Scheinwerfer warfen gelbes Licht auf die Straße. Dann wurde die Scheibe auf der Fahrerseite heruntergekurbelt, und Kate drehte sich zu ihm um.

»Eins noch, bevor ich fahre.«

»Und das wäre?«

»Du solltest dich vielleicht fragen, warum du dich an nichts von dem erinnern kannst, was letztes Jahr im Mai geschehen ist.«

Sie legte den Gang ein und fuhr davon, bevor Simon etwas erwidern konnte.

Er stand im Bad. Das Licht war ausgeschaltet, aber aus dem Schlafzimmer drang genügend Helligkeit herein, dass er sich im Spiegel deutlich erkennen konnte. Er tastete die Innenseite seiner Wange mit der Zunge ab und betrachtete sich. Er berührte die Stelle, die von Kates Hand getroffen worden war. Die Striemen waren wieder abgeschwollen. Er strich mit dem Finger über die Narbe auf der Wange.

Was entging ihm? Da gab es etwas Wichtiges und Offenkundiges, das er nicht sah, und wenn er sich nur dazu bringen könnte, es zu erkennen, würde all das hier einen Sinn ergeben. Was entging ihm? Er musste es herausbekommen. Es machte ihn allmählich zu einem Widerling. Wohin er auch blickte, sah er eine Verschwörung; in jedem Gesicht erkannte er jemanden, der sich gegen ihn verschworen hatte. Jede Stimme, die er hörte, gehörte jemandem, der über ihn flüsterte. Jede Sirene war ein Polizist, der kam, um ihn abzuführen.

Aber es ergab keinen Sinn. Es konnte nicht sein, dass sie sich alle gegen ihn verschworen hatten.

Kate hatte den Mai letzten Jahres erwähnt, und sie hatte recht. Da war nichts. Wieso konnte sie das wissen? Was konnte sie über jenen Monat Mai wissen, das er nicht wusste? Was war aus seinem Gedächtnis gelöscht worden? Was war damals im Mai geschehen?

Im April vor ungefähr siebzehn Monaten hatte er Zurasky das letzte Mal gesehen. Gab es da einen Zusammenhang, einen Grund dafür, dass er nach dem Monat, der aus seinem Gedächtnis gelöscht war, aufgehört hatte, seinen Psychiater zu konsultieren? Hatte Zurasky ihm während dieser Zeit etwas angetan?

Was entging ihm?

Er hatte nur wissen wollen, warum Shackleford in sein Apartment eingebrochen war, warum Shackleford ihn hatte töten wollen, und stattdessen war er jetzt in etwas verstrickt, das immer verwirrender wurde. Er kam sich vor wie ein Mann, der einen Knoten zu lösen versucht, aber mit jeder Bewegung die Dinge nur noch schlimmer verheddert.

Was entging ihm?

Scheiße, verdammt, was zum Teufel entging ihm?

Find's heraus, du bescheuertes Arschloch!

Er drosch auf sein Spiegelbild ein. Glas zerbrach und zersplitterte in Hunderte scharfkantige Scherben, die auf ihn herunterregneten, ins Becken und auf die Bodenfliesen fielen. Der Lärm, den das fallende Glas machte, hallte unglaublich laut in seinen Ohren – dann war es vorüber. Alles war still.

3

AUFTAUCHEN

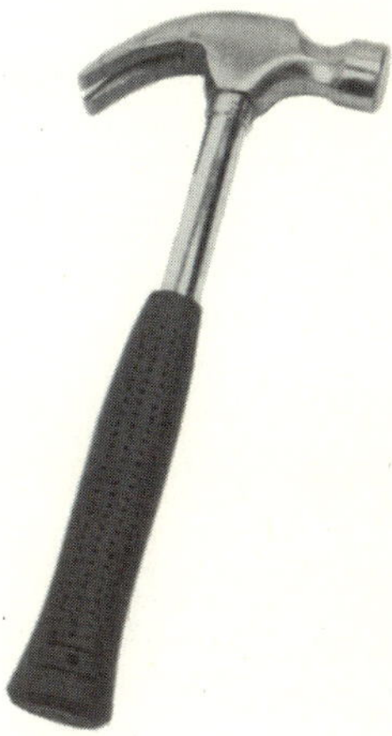

Er lag im Bett und sah hinauf an die Decke. Sie war glatt und weiß. Licht kam nur vom Angelhakenmond, der durchs Fenster ins Zimmer schien.

Seine rechte Hand schmerzte, und Blut quoll aus einem Netz von Schnittwunden, die sein Fleisch durchzogen wie die Äderchen auf einer Marmorplatte. Es sickerte auf die weiße Daunendecke und verbreitete sich, erblühte auf dem Stoff wie eine Blume.

Dann war aus dem Wohnzimmer ein Geräusch zu hören, das Geräusch eines Schlüssels, der im Schloss gedreht wurde, eine Tür, die geöffnet wurde. Ganz kurz strich eine kühle Brise durchs Haus. Die Tür wurde geschlossen, der Riegel vorgeschoben, die Brise aufgehalten. Simon lauschte, gespannt, wer es sein mochte. Er meinte es zu wissen. Er wartete auf ihren Besuch: Es ist die Polizei. Wir haben einen Haftbefehl für ...

»Jeremy?«

Es war Samantha. Natürlich. Die Polizei hätte doch keinen Schlüssel für das Haus. Ihre Schritte hallten auf dem Parkettboden, wurden lauter und kamen näher.

Die Tür wurde aufgestoßen. Sie öffnete sich knirschend, schabte über den Teppich, verursachte ein Geräusch wie Blätter im Wind, und eine Silhouette stand in der Türöffnung, im Gegenlicht wie ein Revolverheld in einem alten Western, der gerade durch die Schwingtüren aufgetaucht ist.

»Jeremy?«

»Ich bin im Bett.«

Simon setzte sich auf und lehnte sich mit dem Rücken gegen das Kopfende.

»Kann ich das Licht anmachen?«

»Mach nur. Wie war der Rest des Abends?«

»Gut. Zu viel Gerede. Diese Marlene Biskind hat sich als sehr nett erwiesen. Wir haben unsere Adressen ausgetauscht. Ich denke, morgen werden wir gemeinsam Kaffee trinken.«

Die Deckenbeleuchtung flammte auf.

Samantha schleuderte die Schuhe von den Füßen.

»Es hat Spaß gemacht«, sagte sie, »aber ich bin auch froh, dass es vorbei ist. Geht es dir besser?«

Zum ersten Mal, seit sie den Raum betreten hatte, sah sie Simon an. Ihr Gesicht wurde kreidebleich. Ihr Mund öffnete sich weit und klappte wieder zu.

»Oh, mein Gott.«

»Ist was?«

»Deine Hand.«

Simon hob die Hand vor seine Augen und betrachtete sie. Sie war blutverschmiert, und Blut rann seinen Arm hinunter, kitzelte die Tausenden von blonden Härchen unter seinem Hemdsärmel, der ebenfalls schon rot gefärbt war.

»Oh«, sagte er. »Das.«

»Was hast du gemacht?«

»Mich verletzt.«

»Und wie?«

»Hab das Medizinschränkchen zerbrochen. Es hat mich ...« Er schloss die Augen, um nachzudenken, und öffnete sie wieder. »Es hat mich verwirrt.«

Er hockte auf dem Rand der Badewanne. Er trug lange Hosen und ein weißes Hemd. Die Ärmel hatte er bis zu den Ellbogen aufgekrempelt. Samantha saß neben ihm auf der Wanne und entfernte behutsam Spiegelscherben aus seinem Fleisch. Als sie die größten Stücke herausgezogen hatte, löste sie mit einer Pinzette die winzigen Splitter aus seiner Hand und wischte das Blut mit Wattebäuschen weg.

Ein Schauder durchfuhr Simon.

»Halt still.«

»Entschuldigung.«

»Ist dir kalt?«

Simon nickte. »Deine Ausstellung war also ein Erfolg?«

»Wie gesagt. Wir haben alles verkauft. Das hätte ich niemals erwartet.« Sie verstummte und tupfte weiter sein Blut ab. Schließlich sagte sie: »Ich möchte, dass du morgen zu Doktor Zurasky gehst.«

»Der ist nicht die Art Doktor. Der kann doch gar nichts für meine Hand tun.«

»Um deine Hand mache ich mir auch keine Sorgen.«

»Ich traue ihm nicht.«

Samantha verband Simons Hand mit Mull. Die unteren Schichten färbten sich sofort rot, weil immer noch Blut aus den Wunden quoll. Sie wickelte immer weiter Mull um seine Hand, bis der Verband so dick war, dass kein Blut mehr durchsickerte.

»Ich kenne das, Jeremy«, sagte sie. »Wenn man einmal diesen Zustand erreicht hat, traut man niemandem mehr. Aber du musst ihn aufsuchen.«

Sie befestigte den Verband mit Klebeband.

»Ich werde ihn nicht aufsuchen. Jedenfalls nicht als Patient.«

»Was soll das heißen?«

Simon schüttelte den Kopf, sagte aber nichts.

»*Irgendjemanden* musst du aber aufsuchen.«

»Wie kann ich jemanden aufsuchen, wenn ich nicht weiß, wem ich trauen kann?«

Samantha ließ Simons Hand los. Einen Augenblick fixierte sie ihn mit glasigen Augen und wie aus weiter Ferne. Ihr Kinn bebte. Dann fiel ihr Körper in sich zusammen, als sie ihre Haltung aufgab – ihre Schultern hingen herab, ihr Kinn ruhte beinahe schon auf der Brust –, und sie atmete schwer. Dann schaute sie zu Simon hoch. Ihr Blick wirkte gefühllos. Ihr Mund war verkniffen. Sie schluckte.

»Ich weiß nicht, ob ich so weitermachen kann, Jeremy«, sagte sie. »Ich will einfach nicht mehr so tun, als seist du noch der Mann, den ich geheiratet habe. Du hast dich verändert. Ich bin es leid, die Scherben aufzukehren. Ich hab es satt, die Scherben aufkehren zu *müssen*, um sie wieder zusammenzusetzen. Ich hab es einfach … scheißsatt.«

Nachdem Samantha eingeschlafen war, kroch Simon aus dem Bett und schlüpfte wieder in seine Kleidung, einschließlich des Mantels. Er nahm ihn von der Rücklehne des Sofas. Kate hatte ihm den Mantel ausgezogen und dorthin geworfen. Jetzt zog er ihn sich im Hinausgehen über. Er trat durch die Eingangstür in die dunkle Nacht. Er klopfte seine Zigarettenschachtel gegen seinen Handrücken, öffnete sie, führte sie zum Mund, klemmte eine der Zigaretten mit dem Filter zwischen die Zähne und zog die Schachtel wieder weg. Er zündete sich die Zigarette an. Er inhalierte tief und ging hinaus zum Gehsteig. Auf der Straße war es still. Rundherum schlummerte die Welt.

Aber irgendetwas stimmte nicht. Etwas hatte sich hier draußen verändert – zum Schlechten, auf eine Weise, die damit zu tun hatte, was ihm widerfuhr.

Er schloss die Augen und versuchte, ein Bild heraufzubeschwören, das die Straße zeigte, wie sie ausgesehen hatte, als er am Morgen zum College aufgebrochen war. Er legte die Ansicht wie eine transparente Folie über das Bild, das die Straße jetzt bot, und suchte nach einem Unterschied. Etwas war hinzugefügt oder weggenommen worden. Etwas hatte sich verändert.

Kurz darauf wusste er es. Sein Volvo war nicht mehr da. Als er am Morgen hier angekommen war, hatte er den Wagen ungefähr sechs Häuser weiter an der Straße geparkt. Aber jetzt stand an derselben Stelle ein gelber Mustang.

Jemand hatte seinen Volvo weggebracht. Jemand manipulierte die Dinge. Jemand, der gleichzeitig an vielen verschiedenen Orten sein oder die Handlungen mehrerer Menschen koordinieren konnte.

Er nahm einen tiefen Zug von seiner Zigarette und stieß den Rauch durch die Nase aus.

Er musste einen Spaziergang machen, musste über all das nachdenken, musste sich überlegen, was als Nächstes zu tun war. Er ging den Gehsteig entlang in Richtung Colorado Boulevard. Er hatte kein bestimmtes Ziel. Er musste sich nur bewegen, musste in seinem Kopf das Blut in Wallung bringen, damit er denken konnte. Er kam sich stumpfsinnig vor und beschränkt. Er fürchtete sich.

Ein Motor sprang an, die Lichtkegel zweier Scheinwerfer fluteten über seinen Rücken. Er blieb wie angewurzelt stehen, dachte daran, über die Schulter zu sehen, aber überlegte es sich anders. Er würde einfach weitergehen, so tun, als kümmere es ihn nicht. Und dann sehen, wie sich der Wagen verhielt. Wahrscheinlich war es nichts, nur irgendein Typ, der Nachtschicht hatte. Er ging weiter, und der Wagen rollte hinter ihm her. Er beschleunigte nicht und fuhr nicht auf der Straße davon. Er folgte ihm nur.

Unfähig, sich noch länger zurückzuhalten, sah Simon über die Schulter. Ein Cadillac – groß und rechteckig und dunkel wie ein Grab – rollte hinter ihm her. Er glaubte, der Wagen sei schwarz, aber Farben waren im Mondlicht nur schwer zu bestimmen, und weil die Scheinwerfer ihn blendeten, konnte er nicht erkennen, wer am Steuer saß.

Er ging weiter. Wie sehr er auch versuchte, nicht schneller zu werden, stellte er doch fest, dass sich seine Schritte immer mehr beschleunigten. Als er den Colorado erreicht hatte, bewegte er sich im Laufschritt, und immer noch war der Cadillac hinter ihm. Und folgte ihm.

Er rannte den Colorado entlang, schaute sich dabei immer wieder um und spürte, wie die kalte Nachtluft in seiner Kehle brannte.

Der Cadillac war immer noch da. Er fuhr auf der rechten Spur, verfolgte ihn, andere Wagen mussten ihm ausweichen. Er rannte durch die Nacht, aus dem Schatten ins Licht, durch die Lichtkegel der Straßenlaternen auf dem Boulevard. Seitenstiche meldeten sich. Seine Beine fühlten sich allmählich wie Gummi an. Und schwach. Unbeleuchtete und geschlossene Ladengeschäfte reihten sich zu beiden Seiten aneinander.

Er bog in eine Seitenstraße ein und rannte weiter. Der Wagen blieb hinter ihm. Und verfolgte ihn.

In der Nähe fuhr ein Zug. Der Klang der Eisenräder, die über Eisenschienen rollten, der Wind, den die Bewegung des Zugs hervorrief, das Kreischen der Bremsen.

Er sah sich um, sah Stufen, die zum Bahnsteig der Memorial Park Station führten. Er sah die Stadtbahn halten. Die Türen öffneten sich. Es waren nur drei Waggons, da um diese späte Stunde nur wenige Leute die Metro nutzten. Einige stiegen ein, einige stiegen aus.

In zwei langen Schritten hastete er die Treppen hinunter und rannte zum Zug.

Die Türen schlossen sich, als er noch drei Meter entfernt war.

Er drückte den Knopf, und die Türen öffneten sich wieder.

Er blickte über die Schulter und sah eine schattenhafte Gestalt in einem schwarzen Anzug und mit Sonnenbrille die Treppen herunterkommen und sich dem Zug nähern. Eine schwarze Krawatte flatterte über ihrer linken Schulter.

Simon stieg ein. Die Türen schlossen sich. Die Gestalt war noch draußen.

Der Zug fuhr an, rollte auf den Gleisen.

Die Gestalt stand draußen auf dem Bahnsteig und sah ihm nach, als der Zug davonfuhr.

Er fuhr mit der Bahn an Highland Park und Chinatown vorbei bis zur Endstation. Alle Türen öffneten sich. Über die Lautsprecher verkündete eine Stimme, dass alle Fahrgäste auszusteigen hätten. Der Zug stünde nicht mehr zur Verfügung. Simon trat auf den Bahnsteig. Züge von Amtrak und Metro-Link hielten an anderen Bahnsteigen. Die Leute standen oder saßen, ihr Gepäck neben sich gestapelt.

Ganz kurz dachte Simon daran, einen dieser Züge zu nehmen, einen Zug, der ihn aus der Stadt hinausbrächte, fort von alledem, was sich hier zutrug. Die Versuchung war groß, aber er fürchtete, dass geografisch nicht zu beheben war, was immer das hier sein mochte, was auch immer hier vorging. *Walk the mile:* Er musste zu Ende bringen, was immer es war.

Er ging die Treppe hinunter zur Union Station.

Unten war es fast menschenleer. Ein Mann vom Reinigungsdienst bewegte seinen Wischmopp auf dem roten und schwarzen Beton hin und her. Sein Gesicht glich einem Skelett, die Jochbeine groß und vorstehend, die Wangen selbst so hohl, als sauge er sie ein, die Augen wie zwei kleine schwarze Löcher, der rechte Mundwinkel nach unten hängend und von einem Speicheltropfen garniert.

Simon wusste, dass er paranoid reagierte, aber als er vorüberging, wurde er einfach das Gefühl nicht los, von dem Mann beobachtet zu werden. Er drehte zwar nicht den Kopf, aber seine Augen schienen Simon zu folgen.

Nachdem er auf einer Karte die verschiedenen Bahnstrecken studiert hatte, fuhr er auf Rolltreppen zwei Ebenen hinunter zur U-Bahn. Er lief unter einer Betondecke hindurch, die aussah, als würde Abwasser durch mehrere Ritzen sickern. Braungelbe Stalaktiten klebten dort oben, an denen die Flüssigkeit hinunterrann und auf den Boden tropfte. Orangefarbene Leitkegel blockierten den Durchgang unter den schlimmsten Tropfbereichen. Die Red Line würde ihn so dicht an die Filboyd Apartments bringen, dass er nur noch einen halben Kilometer zu laufen hatte.

Er wusste nicht, wohin er sonst gehen sollte.

Wer auch immer ihn verfolgte, wusste, wo Shackleford wohnte, aber vielleicht nicht, wo Simons Apartment lag. Vielleicht doch, klar – aber vielleicht auch nicht. Und er musste verstehen, was hier vorging, musste es vollständig begreifen.

Der Volvo parkte auf der Straße vor den Filboyd Apartments. Er war leer und dunkel, die Türen waren verschlossen. Er stand einfach da, wie ein Auto eben dastand, und Simon sah ihn an, als erwartete er etwas ganz anderes.

»Well, take him.«

Er wirbelte herum. Der Gehsteig war leer. Aber Simon war sich sicher, Helmut Müllers dünne Stimme gehört zu haben. Sie hallte noch in seinem Kopf.

Er stieß die Eingangstüren auf, trat ein und kletterte dann die schmale Treppe zu seinem Apartment hinauf. Dabei sah er den Rücken einer Person und dann zwei Beine und Füße oben am Ende der Treppe. Die Schuhe waren aus Wildleder, abgetragen und speckig. Das Sakko, das der Mann trug, war aus braunem Cord mit Lederflicken an den Ellbogen. Sein Haar war grau. Er sprühte etwas an die Wand gegenüber der Treppe. Aus seiner Richtung war ein Zischen zu hören.

»He!«

Simon rannte die letzten Stufen hinauf.

Der Mann im Cordsakko beendete hastig seine Arbeit und verschwand noch hastiger nach links aus Simons Blickfeld.

Als er den obersten Treppenabsatz erreicht hatte, wandte er sich nach links und sah den Korridor hinunter. Etwas Braunes, Verschwommenes verschwand um die Ecke. Simon rannte hinterher, an seinem Apartment vorbei, auf dem Teppich mit Leopardenmuster. Er roch Bratenduft aus einem der Apartments am Korridor. Er wandte sich wieder nach links, ohne zu wissen, was sich hinter der Ecke befand.

Im nächsten Moment traf ihn ein Hieb auf die Stirn, zwei geballte Fäuste, zusammengepresst und wie ein Hammer geschwungen, brachten ihn zu Fall. Der Fußboden rauschte ihm entgegen und versetzte ihm einen heftigen Schlag. Die Decke drehte sich über ihm. Er hörte das unwillkürliche Ächzen, das er bei dem Sturz von sich gab.

Und dann wurde auf ihm herumgetrampelt. Er drehte sich auf den Bauch, stemmte sich auf Hände und Knie und rappelte sich schließlich auf die Beine. Er sah den Korridor entlang in die Richtung, aus der er soeben gekommen war. Er war leer.

Er meinte zu hören, wie der Mann die Treppe hinunterpolterte.

Das Herz schlug ihm bis zum Hals. Er ging durch den Korridor zurück und blickte ins dunkle Treppenhaus.

Auf halbem Weg nach unten lag ein Gegenstand auf einer der Stufen. Das Treppenhaus war so dunkel, dass er nicht erkennen konnte, was es war. Er ging hinunter und hob den Gegenstand auf. Es war ein Schuh. Simon erkannte ihn: Es war der speckige Wildlederschuh mit den zerrissenen und wieder zusammengeknoteten Senkeln. Er hatte diese Schuhe am Morgen in Pasadena zurückgelassen, zusammen mit seinem Wagen und dem Cordsakko, das der Mann getragen hatte. Er trug den Schuh nach oben.

An der Wand gegenüber der Treppe, auf einem Flecken frisch getünchter weißer Farbe (Leonard musste heute dort gestrichen haben), war ein Graffito zu lesen:

WELL, TAKE HIM

Simon berührte die Farbe mit dem Finger und betrachtete ihn dann. Er war schwarz, als habe man gerade erst auf dem Polizeirevier seine Fingerabdrücke genommen. Er wischte die Farbe an der Wand ab und hinterließ dabei ein »s« über den Buchstaben.

Lange Zeit konnte er den Blick nicht davon lösen.

Er befand sich schon in seiner Wohnung und hatte den Riegel vorgeschoben, als er bemerkte, dass die Tür repariert worden war. Er schloss sie auf, öffnete sie, schaute hinaus in den leeren Korridor, schloss sie wieder und hörte, wie sie zuschnappte. Dann schloss er wieder ab. Er legte die Kette vor. War die Tür noch kaputt gewesen, als er zurückgekommen war, um Francine zu holen? Er konnte sich nicht erinnern. Er wusste noch, dass er seine Schlüssel herausgezogen und die Tür aufgeschlossen hatte. Daran erinnerte er sich. Aber ob er den Schlüssel in das Türschloss gesteckt hatte oder in ein Vorhängeschloss, vermochte er nicht mehr zu sagen. Hatte Leonard es heute gleich mit erledigen lassen, als jemand da gewesen war, um die Korridorwand zu streichen? Möglich, dachte er, aber wären dann nicht Schraubenlöcher im Holz der Tür? Ganz sicher hatte Leonard doch nicht auch das Türblatt ...

Er drehte den Rücken zur Tür und lehnte sich dagegen.

Er warf den Wildlederschuh auf den Couchtisch.

Schwindel erfasste ihn. Die Welt kippte zur Seite. Er krallte sich an der Wand fest, um aufrecht stehen zu bleiben. Als der Anfall vorüber war, sah er sich im Zimmer um.

Es war leer bis auf ihn selbst und die Möbel – sein altes Sofa, sein Couchtisch.

In der Wohnung über ihm betätigte jemand die Toilettenspülung, und die Rohre in den Wänden stießen einen klagenden Hilferuf aus. Er hörte ein Radio, und der Verkehrslärm drang durch die papierdünnen Fenster ins Gebäude. Jemand mit tiefer Stimme lachte dröhnend.

»Hallo?«, sagte er. »Ist da jemand?«

Er durchsuchte das Apartment, stellte fest, dass niemand da war, holte sich eine Flasche Whiskey aus der Küche und setzte sich aufs Sofa. Heute war nicht der Abend, um sich mit einem Glas abzuplagen. Er drehte den Verschluss auf und trank direkt aus der Flasche. Rau und stark und gut. Die Flasche war noch halb voll, und am liebsten hätte er sie leer gemacht, aber er wusste, dass er sich das nicht erlauben konnte. Er musste bei klarem Verstand bleiben. Er war bereits verwirrt und ängstlich. Alkohol würde den Zustand nur verschlechtern. Er würde zwar seine Stimmung heben, aber auf lange Sicht alles nur schlimmer machen. Er nahm noch einen Schluck, wischte sich mit dem Handrücken über die Lippen, säuberte sich die Mundwinkel mit Daumen und Zeigefinger, rollte, was er dort fand, zwischen den Fingern, schnippte es auf den Boden und stellte die Flasche auf dem Couchtisch ab.

Er wollte sich schlafen legen. Aber er konnte nicht, nicht hier.

Dieser Mann oder jemand anders könnte wiederkommen, und im Schlaf wäre er wehrlos.

Er war hergekommen, um dem Ganzen zu entfliehen, aber alles war noch immer da. Bis er diese Angelegenheit geklärt hatte, konnte er weder hier bleiben noch im Haus in Pasadena. Er würde sich ein Motelzimmer nehmen müssen. Der Mann könnte jeden Moment auftauchen.

Er stand auf und ging zur Tür.

Seine Schlüssel waren weg. Er musste die Tür unverschlossen vorgefunden haben, sonst hätte er es schon bemerkt, als er hier ankam. Irgendwann im Lauf des Tages musste jemand sie aus seiner Tasche genommen haben.

Das erklärte, wie sein Wagen hierhergekommen war. Wer auch immer seine Schlüssel an sich genommen hatte – vielleicht der Mann, der seine Kleidung trug –, hatte den Volvo hergefahren.

Kate Wilhelm war der einzige Mensch, der ihm nahe genug gekommen war, um die Schlüssel zu stehlen. aber sie hatte es nicht allein getan. Sie hatte ihn verführt und von seinen Schlüsseln weggelockt. Jemand anders hatte sie dann gestohlen. Während er sich mit Kate im Schlafzimmer aufgehalten hatte, war jemand ins Wohnzimmer geschlichen. Dort hatte er nämlich seinen Mantel gelassen, in dessen Taschen nicht nur beide Schlüsselbunde gesteckt hatten, sondern auch Jeremys Brieftasche. Aber nur ein einziger Schlüsselbund war entwendet worden – das von Simon. Und offenbar auch die Kleidungsstücke, die er getragen hatte, als er am Morgen in Pasadena angekommen war.

Aber jetzt ging es darum, wer hinter all dem steckte. Wer war der Mann hinter dem Vorhang? Der Große und Mächtige Oz? Jemand organisierte alles; jemand versuchte, ihn um den Verstand zu bringen. Es konnte nur Zurasky sein. Der Doktor war die einzige Verbindung zwischen ihm und Jeremy, und wer immer hier die Fäden spann, wusste, wer er war. Robert mochte noch immer irgendwie mitspielen, vielleicht als Informant, aber es musste Zurasky sein, der das alles hier organisierte. Simon wusste zwar nicht, warum und wie, aber er musste es sein. Je mehr er darüber nachdachte, desto überzeugter war er, dass es gar keine andere Möglichkeit gab. Er hatte Jeremy während ihrer Sitzungen manipuliert, musste Jeremy überredet haben, in das Apartment einzubrechen und zu versuchen, ihn zu töten.

Simon konnte sich nicht erinnern, irgendetwas getan zu haben, für das er den Tod verdient hätte, aber etwas musste er doch verbrochen haben, damit jemand seinen Tod für gerechtfertigt hielt: Jemand hatte versucht, ihn umzubringen.

Zurasky würde zu dieser Stunde daheim und im Bett sein. Sein Büro war bestimmt nicht besetzt. Seine Akten würden dort unbewacht lagern. Vielleicht war da etwas in Shacklefords Patientenunterlagen, das sich noch als nützlich erweisen könnte, oder womöglich auch in seiner eigenen Akte.

Er wollte am liebsten schlafen, aber er meinte, sich zuerst um das hier kümmern zu müssen. Wenn er es heute Nacht nicht tat, würde noch ein weiterer Tag verstreichen, und bis dahin ... na ja, wer wusste denn, was bis dahin alles geschehen konnte?

Er hatte keinen Wagen zur Verfügung. Er war Buchhalter in einem Lohnabrechnungsunternehmen und hatte keine Ahnung, wie man Autos kurzschloss. Weshalb sein Volvo nutzlos war. Und das Nahverkehrssystem von Los Angeles würde ihn nicht näher als zwei Meilen an Zuraskys Büro heranbringen. Er würde den Zug nach Pasadena nehmen müssen, um den Saab zu holen und damit nach North Hollywood zu fahren. Dann würde er ein Motelzimmer mieten, um den so sehr ersehnten Schlaf zu finden.

Er musste nur hoffen, dass der Cadillac, der ihn verfolgt hatte, nicht mehr da war. Er wollte nicht, dass dessen Fahrer – wer auch immer es sein mochte – Zeuge seiner nächtlichen Aktivitäten würde. Simon konnte sich vorstellen, dass der Typ für Zurasky arbeitete. Das war sogar wahrscheinlich. Er konnte sich aber nicht vorstellen, dass jemand anders ihn verfolgen ließ.

Wenn der Cadillac dort war, würde er ihn abhängen müssen, bevor er zu Zuraskys Büro fuhr. Er wollte nicht verfolgt werden, und er wollte auch nicht aufgehalten werden.

Er mied das Mondlicht und blieb im Schatten, als er durch die nächtliche Stille der Vorstadt zum Saab ging. Während er von Schatten zu Schatten glitt, behielt er die Straße im Auge und hielt Ausschau nach dem Cadillac. Er konnte ihn nirgends sehen.

Als er den Saab erreicht hatte, schloss er ihn mit Jeremys Schlüssel auf und rutschte auf den Fahrersitz. Es roch nach kaltem Zigarettenrauch und Angstschweiß.

Obwohl er fast nur gegangen war, atmete er schwer. Noch vor etwas mehr als zwei Wochen war er ein Mann gewesen, der acht Stunden am Tag arbeitete und sich dann in den Schlaf trank; ein Mann, der an keinem Tag mit mehr als einem halben Dutzend Personen sprach, und gewöhnlich war es immer dasselbe halbe Dutzend; ein Mann, dessen Tage so gleichförmig verliefen, dass er mehr als einmal an einem Sonntag aufgewacht und zum Büro gefahren war, nur um feststellen zu müssen, dass es geschlossen war. Zu seiner Enttäuschung. Wie sollte er nur diese Stunden füllen? Tage und Wochen vergingen, aber sein Trott blieb derselbe.

Er schob den Schlüssel ins Zündschloss und ließ den Motor an.

Das Radio lärmte ihm entgegen, hämmerte laute Rockmusik. Er stellte es schnell ab.

Hatte er es angelassen? Nein. Er mochte keine Rockmusik. Er hörte nur akustischen Blues. Aber trotzdem. Vielleicht hatte er ja ...

Nicht von Bedeutung. Er glaubte nicht, dass es von Bedeutung war. Aber wie konnte er überhaupt wissen, was noch von Bedeutung war und was nicht.

Alles konnte ja kaum bedeutsam sein.

Vielleicht waren Hinweise für ihn in dem Rocksong enthalten, der ...

Er schloss die Augen. Er atmete ein und atmete aus. Er öffnete die Augen und legte einen Gang ein und fuhr zur Ecke.

Er bog links auf den Colorado ab, als er im Rückspiegel Scheinwerfer aufleuchten sah. Es war dunkel draußen, und die Scheinwerfer befanden sich noch einen halben Block hinter ihm, aber er nahm an, dass sie zu dem Cadillac von vorhin gehörten.

Nachdem er auf den Colorado eingebogen war, blickte er in den Rückspiegel, um zu sehen, was der andere Wagen tat. Er bog ein paar Sekunden später links ab und blieb hinter ihm.

Er musste ihn abhängen, bevor er den Weg zu Zuraskys Praxis einschlug – wenn es denn der Wagen war, für den er ihn hielt.

Vor ihm sprang eine Ampel auf Rot. Er bremste ab, um vor der Kreuzung zu halten, fand seine Zigaretten in der Innentasche seines Jacketts und zündete sich eine an.

Der andere Wagen setzte sich rechts neben ihn. Es war definitiv derselbe Cadillac.

Simon versuchte, unauffällig einen Blick auf den Fahrer zu werfen. Aus dem Augenwinkel bekam er ihn mehrere Male zu sehen. Es handelte sich um einen kleinen Mann. Zwischen seinem Kopf und dem Wagendach waren noch fast zwanzig Zentimeter Platz. Simon schätzte daher, dass er ungefähr eins fünfundsechzig groß war und damit fast zehn Zentimeter kleiner als er selbst. Der Mann besaß den Körperbau eines Jockeys. Simon schätzte ihn auf knapp über fünfzig Kilo. Er war bleich wie ein Schlangenbauch. Obwohl es Nacht war, trug er eine dunkle Sonnenbrille. Sein fettiges Haar reichte ihm bis zum Kinn, war dort glatt abgeschnitten und dann hinter die Ohren geklemmt. Er blickte geradeaus und warf nicht einmal einen kurzen Blick in Simons Richtung.

Es hupte. Die Ampel war grün.

Simon gab Gas.

Beim nächsten Block scherte er über zwei Fahrspuren nach rechts aus. Er hörte, dass der Cadillac hinter ihm mit quietschenden Reifen zum Stehen kam. Er scherte noch mal nach rechts aus und fand sich auf einer leeren Straße wieder. Er fuhr an den Rand, löschte das Licht, ließ den Motor im Leerlauf leise weiterlaufen und beobachtete die Straße hinter sich im Seitenspiegel.

Der Cadillac fuhr vorbei. Das blasse Gesicht des Fahrers war schemenhaft hinter der Seitenscheibe zu erkennen. Doch der Cadillac fuhr einfach vorbei.

Noch einen Moment lang rührte sich Simon nicht, dann wendete er und fuhr zurück zur Hauptstraße. Als er sie erreicht hatte, schaltete er die Scheinwerfer wieder ein. Auf dem gesamten Weg zum Freeway sah er sich immer wieder um, weil er hinter sich den Cadillac erwartete, aber er schien ihn tatsächlich abgeschüttelt zu haben.

Das Einkaufszentrum war dunkel und der Parkplatz leer. Die Türen waren verriegelt, die Alarmanlagen aktiviert. Simon wusste nicht, ob auch das Büro von Zurasky gesichert war. Er hatte nie nach einer Anlage geschaut, und ihm war auch keine aufgefallen. Aber selbst wenn es eine gab, blieben ihm dreißig oder vierzig Minuten, wenn sich nicht zufällig ein Streifenwagen in der Nähe befand oder jemand die Glasscherben entdeckte. Simon wusste nicht, wie er sonst hineinkommen sollte: Er war kein Schlossknacker. Wenn er nicht durch ein Fenster hereinkam ...

Er stieg aus und ging nach hinten zur Seitengasse, in der mehrere Müllcontainer standen. Wenn er über die Rückseite hineingelangen konnte, brauchte er sich nicht zu sorgen, dass Zeugen auftauchten. Es sah so aus, als stünde Zuraskys Bürofenster halb offen. Die Frage war nur, ob der Spalt groß genug war, um hineinzuklettern.

Nach kurzem Nachdenken ging er zu einem der Müllcontainer. Er ließ sich nur mit Mühe bewegen, da die Räder nicht gut rollten. Der Container war schon halb gefüllt und ziemlich schwer. Außerdem stank er, und als Simon ihn schieben wollte, fasste er mit der linken Hand in etwas Schleimiges, das faulig roch. Er zog seine Hand weg und schüttelte entweder Nudeln oder Maden von den Fingern ab – es ließ sich unmöglich sagen, was es war –, dann schob er den Container weiter. Nachdem er ihn vor der Mauer unter Zuraskys offenem Fenster platziert hatte, kletterte er hinauf. Die Plastikabdeckung war glitschig, und da die Rückseite des Containers höher als die Vorderseite war, hatte er das Gefühl, rückwärts zu rutschen und zu fallen. Er konnte sich halten.

Auch oben auf dem Container, auf Zehenspitzen stehend und mit lang ausgestreckten Armen, fehlten ihm noch ungefähr dreißig Zentimeter bis zur Fensterbank. Er sprang hoch, schlug mit der Faust durch das Fliegengitter und zog es heraus. Es fiel auf ihn herab, und eine Ecke des Aluminiumrahmens knallte ihm auf den Kopf, bevor das Gitter scheppernd auf den Asphalt krachte. Er rutschte schließlich doch aus und fiel mit der Seite auf den Containerdeckel.

Aber das Fenster war frei. Es waren keine Alarmsirenen zu hören. Er hatte befürchtet, dass eine Art Bewegungssensor mit dem Fenster verbunden sein könnte, aber offenbar war das nicht der Fall – es sei denn, es war ein stiller Alarm ausgelöst worden. Das würde er dann früh genug erfahren.

Er kam wieder auf die Beine, sprang hoch und klammerte sich an der Fensterbank fest. Der scharfkantige Metallrahmen schnitt in seine Handflächen. Seine rechte Hand fing wieder an zu bluten, und er spürte pochenden Schmerz. Er stöhnte und versuchte mit aller Kraft, sich hochzuziehen. Es war weitaus schwieriger, als es aussah. Seit Jahren hatte er sich nicht mehr körperlich betätigt, und seine Arme fühlten sich dünn und schwach an. Aber er zog sich dennoch an ihnen hinauf und kratzte dabei mit den Füßen an der Mauer, wobei er die Kappen seiner Schuhe verschrammte. Nach ein paar Minuten hatte er seinen Oberkörper über den Sims gehievt und lag schwer atmend da. Der Fensterrahmen grub sich in seinen Bauch.

Als er wieder zu Atem gekommen war, kletterte er in Zuraskys Büro. Er untersuchte das Fenster und kam zu dem Schluss, dass keine Alarmanlage mit ihm verbunden war. Dann zog er die Jalousie herunter und schaltete das Raumlicht ein, das den Schreibtisch und die blauen Wände und den Teppich und den Plastikstuhl und das Sofa in Bürolicht tauchte. Er sah sich nach einem Aktenschrank um, konnte aber keinen entdecken. Er vermutete ihn im Empfangsraum, aber seine Brust schmerzte von der körperlichen Anstrengung, deshalb beschloss er, sich erst einmal kurz hinzusetzen. Er durchsuchte Zuraskys Schreibtisch. In der untersten Schublade rechts fand er eine Flasche Wodka. Wodka war nicht gerade das Getränk seiner Wahl, aber zur Not mochte es gehen. Himmel, zur Not würde es auch Mundwasser tun – ein wenig Pfefferminzwein zum Zeitvertreib. Er schraubte die Kappe ab, wischte den Flaschenhals mit dem Ärmel seines Mantels ab und trank einen Schluck. Er schloss die Augen.

Schließlich atmete er wieder normal, und seine Brust schmerzte auch nicht mehr.

Nach einem weiteren Schluck Wodka stand er auf und ging in den Empfangsraum. Ganz allein kam er sich dort seltsam vor. Es war irgendwie unnatürlich. Auch hier war kein Aktenschrank zu sehen. Die Akten waren bestimmt digitalisiert. Er ging zu Ashleys Schreibtisch, setzte sich und bewegte die Maus. Der Computer summte, als sich der Lüfter in Bewegung setzte und der dunkle Bildschirm aufleuchtete.

Nach wahllosem Klicken fand er, was seiner Ansicht nach die Patientenakten sein mussten, aber der Ordner war durch ein Passwort geschützt. Er versuchte sieben oder acht Passwörter, indem er Zuraskys Gedankengänge zu erraten versuchte, aber irrte sich jedes Mal. Er durchsuchte Ashleys Schublade in der Hoffnung, dass sie das Passwort irgendwo aufgeschrieben hatte. Er wusste, dass die Leute sich ihre Passwörter notierten, für den Fall, dass sie sie vergaßen. Er machte dasselbe an seinem Arbeitsplatz, obwohl man nicht gerade ein Genie sein musste, um 1910 zu erraten – »s« als der neunzehnte Buchstabe im Alphabet und »j« der zehnte. Simon Johnson. Er fand einen gelben Notizblock, auf dem mit roter Tinte das Wort

swordfish

geschrieben stand, und dachte, das könne vielleicht das Passwort sein, aber als er es ausprobierte, passierte nichts.

Mit Sicherheit war es das Passwort für irgendetwas, aber leider nicht für das, was ihn interessierte.

Eine halbe Stunde später – nach weiteren fehlgeschlagenen Versuchen und noch einem (oder drei) Schluck Wodka – kletterte er wieder zum Fenster hinaus. Die einzige Beute, die er gemacht hatte, war Zuraskys Privatadresse.

Vor Dr. Zuraskys Haus lenkte er seinen Wagen an den Randstein. Die Fenster waren dunkel, und durch die Mauern drang nichts als Stille.

Er stieß die Autotür auf und trat in die Nacht hinaus.

Zurasky wohnte in einem einstöckigen, blau verputzten Fertighaus, das aussah, als sei es in den Siebzigern erbaut worden. Es besaß die Form einer auf der Seite liegenden Crackerschachtel und hatte schmale Fenster mit senkrechten Jalousien und Bitumenziegel auf dem schrägen Dach. Dazu war es umgeben von einem flachen gelben Rasen mit einem kleinen Blumenbeet, das an die Außenwand stieß. In der Ferne brauste Verkehr.

Er ging zur Vordertür, hob die Hand, um zu klopfen, senkte sie und hob sie erneut.

Er sagte sich, es würde nicht wie früher sein. Er würde es sein, der die Fragen stellte. Dies war keine Sitzung – dies war eine Befragung, und die Regie führte er. Nicht Zurasky.

Er klopfte an die Tür und horchte, das Ohr dem Haus zugewandt. Er meinte zu hören, wie eine Innentür knarrend aufging und sich dann schlurfende Schritte näherten.

»Wer ...?«

»Jeremy Shackleford hier.«

»Jeremy ... oh.« Er war noch gar nicht ganz aufgewacht. »Wissen Sie, wie spät es ist?«

»Nein.«

»Nun, wir haben ...«

»Wir müssen reden.«

»Glauben Sie nicht, das könnte warten, bis ...«

»Nein, es kann nicht warten.«

»Woher haben Sie meine Privat...«

»Machen Sie die Tür auf.«

Ein Seufzer. Schlösser und Riegel wurden geräuschvoll geöffnet. Die Tür wurde aufgezogen, und Licht flutete über die Veranda. Zurasky stand auf der anderen Seite. Er trug blaue Pyjamahosen und ein T-Shirt. Sein Haar war noch zerzauster als sonst. Kissenfalten zeichneten sich auf seiner rechten Wange ab. Seine Augen waren gerötet. Er kratzte sich am glatt abgerundeten Armstumpf und trat zur Seite, um für Simon Platz zu machen.

»Also, kommen Sie herein, Jeremy. Reden wir.«

Das Wohnzimmer war lang und schmal. In der Mitte stand eine weiße Couch auf einem weißen Teppich, umschlossen von weißen Wänden, an denen abstrakte Gemälde hingen. Der Couchtisch war aus Glas. Ausgaben von Psychiatrie- und Wissenschaftsmagazinen lagen darauf ausgebreitet. Holzskulpturen bevölkerten die Zimmerecken – Giraffen und Elefanten und etwas, das ein Affe sein könnte, der auf einen Baum kletterte.

»Woher haben Sie meine Privatadresse?«

»Ist das wichtig?«

»Ich würde es gern wissen.«

»Ich bin in Ihr Büro eingebrochen.«

Zurasky nickte bedächtig und wirkte nicht im Geringsten überrascht.

»Und Ihre Hand?«

»Abfallbeseitigungsunfall.«

Wieder das bedächtige Nicken.

»Möchten Sie einen Kaffee?«

»Haben Sie Whiskey?«

»Whiskey habe ich. Aber Sie bekommen keinen von mir. Möchten Sie einen Kaffee?«

Simon nickte.

»Setzen Sie sich.« Zurasky deutete auf die weiße Couch. »Ich bin gleich wieder da.«

Simon ging zur Couch und setzte sich. Die Kissen waren hart und unbequem.

Aus der Küche drang das Geräusch eines eingeschalteten Mikrowellenherds und dann der Piepton. Eine Minute später kam Zurasky mit zwei Tassen Kaffee herein. Er hielt sie beide mit seiner gesunden Hand an ihren Henkeln und balancierte sie auf dem Stumpf des anderen Arms. Es war Pulverkaffee. Auf der Oberfläche der Flüssigkeit drehte sich ein Kissen aus halb aufgelösten Zuckerkristallen und Milchschaum. Dampf stieg auf. Simons Tasse war blau, die von Zurasky rot. Der Rand von Simons Tasse war angestoßen, und das weiße Porzellan dort war vom Kaffee braun gefärbt.

»Danke.«

Zurasky nickte. Dann ging er zu dem weißen Stuhl und setzte sich. Er schlürfte seinen Kaffee.

»Worum geht's denn, Jeremy?«

Simon blickte auf seine Kaffeetasse, entschied sich, ihrem Inhalt nicht zu trauen, und stellte sie auf den gläsernen Couchtisch, ohne auch nur einen Schluck getrunken zu haben. Was auf der Oberfläche schwamm, sah nicht vertrauenerweckend aus. Er nahm einen Kugelschreiber vom Tisch und presste wiederholt den Daumen auf den Drücker, sodass die Mine aus dem Plastikschaft herausschnellte und wieder hineinschnappte. Der Kugelschreiber warb für ein Antidepressivum, dessen Namen Simon kaum glaubte richtig aussprechen zu können.

»Jeremy?«

Simon sah auf.

»Ich weiß, dass Sie mit dieser Sache zu tun haben«, sagte er schließlich.

»Womit?«, fragte Zurasky. »Es ist schon spät. Ich bin nicht in der Stimmung für Geheimniskrämerei.«

»Mit dem, was mir zustößt.«

»Was stößt Ihnen zu, Jeremy?« Seine Stimme klang ruhig, und seine Augen waren groß und freundlich, obwohl sie vor Müdigkeit gerötet waren.

»Das ist es, was ich von Ihnen hören will.«

»Sie geben mir aber nicht sehr viele Anhaltspunkte.«

»Was soll das heißen?«

»Wie soll ich Ihnen helfen, wenn Sie mir nicht sagen, worum es geht?«

»Mir helfen? Sie meinen, ich glaube, dass Sie mir helfen wollen?«

»Was glauben Sie denn?«

»Ich glaube, dass Sie daran beteiligt sind. Und jetzt will ich wissen, welche Rolle Sie spielen ... und warum. Hat Robert auch damit zu tun? Seit wann planen Sie die Sache?«

»Wer ist Robert?«

»Soll das heißen, er ist nicht beteiligt?«

»Woran beteiligt?«

»An dem, was mit mir geschieht.«

»Sie wiederholen sich, Jeremy.«

»Sie sind der einzige Mensch, der zu beiden Leben eine Verbindung hat.«

»Wovon reden Sie da?«

»Simon Johnson.«

Zurasky schwieg einen Augenblick und sah rechts von sich an die Decke hinauf. Schließlich schüttelte er den Kopf. »Tut mit leid. Da klingelt nichts bei mir.«

»Er war Patient von Ihnen.«

»Wann?«

»Bis zum April letzten Jahres ... oder vielleicht Mai, aber ich glaube, es war April.«

»Wie lange?«

»Zwei Jahre, mit Unterbrechungen, mal kürzer, mal länger ... meistens länger.«

»Nein. Daran würde ich mich erinnern.«

»Sie lügen.«

»Jeremy.«

»Er hat Sie vor etwas mehr als zwei Wochen angerufen, um einen Termin zu machen. Und dann abgesagt.«

Zurasky hielt seine Unterlippe vorgestülpt. Sie war von einem dünnen weißen Film überzogen. Er schüttelte von Neuem den Kopf.

Simon schloss die Augen. Er war verwirrt.

»Wenn wir unsere Sitzungen haben?«, sagte er. »Worüber reden wir?«

»Was immer es ist, worüber Sie reden möchten. Sie bestimmen die Unterhaltung, Jeremy.«

»Worüber möchte ich gewöhnlich sprechen?«

Zurasky zuckte die Achseln.

»Eheprobleme, Schwierigkeiten am Arbeitsplatz, der Unfall. Dabei fällt mir auf, dass Sie sich wohl wieder geschnitten haben.«

Er führte einen Finger übers Gesicht, vom Wangenknochen bis zum Kieferknochen.

»Wieder?«

Zurasky nickte und sagte: »Nach dem Unfall«, als wäre damit alles erklärt.

»Welcher Unfall?«

Zurasky seufzte. »Sie wissen verdammt gut, welcher Unfall, Jeremy«, sagte er. »Warum sagen Sie mir nicht, was Sie auf dem Herzen haben?«

»Sie haben versucht, mich umzubringen.«

»Ich habe ... *was?*« Er wirkte aufrichtig schockiert.

»Sie treiben Ihre Verwirrspiele mit mir. Sie wollen mich verunsichern. Aber ich weiß, dass Sie es getan haben. Sie haben Jeremy geschickt, um mich zu töten. Ich möchte jetzt wissen, warum. Und das kriege ich aus Ihnen heraus, so oder so. Also könnten Sie es mir auch gleich verraten.«

»Was Sie sagen, ergibt nicht den geringsten Sinn.«

»Mein Name ist Simon Johnson. Ich wohne in den Filboyd Apartments am Wilshire. Sie kennen das Haus. Vor etwas mehr als zwei Wochen brach Jeremy Shackleford bei mir ein und versuchte, mich zu ermorden. Es gelang ihm nicht. Jeremy Shackleford war einer Ihrer Patienten. Genau wie ich ... früher einmal. Sie sind die einzige menschliche Verbindung zwischen uns. Ich will wissen, warum Sie es getan haben. Ich will wissen, was Sie bezwecken. Kurz gesagt, ich will Antworten.«

Zurasky schwieg sehr lange. Sein Gesicht war bleich. Man sah ihm seine Angst an. Simon hielt das für ein gutes Zeichen. Es bedeutete, dass er auf der richtigen Fährte war. Es bedeutete, dass er dem guten Doktor auf die Schliche kam.

»Was ist los? Sie wirken ein bisschen ...«

Es klopfte an der Tür.

Simon sprang auf.

»Wer ist das?«

Zurasky setzte seine Kaffeetasse auf dem Tisch ab und stand auf.

»Beruhigen Sie sich, Jeremy. Es ist die Polizei. Ich habe sie gerufen, als ich in der Küche war. Ich habe mir Sorgen um Sie gemacht.«

»Sie elender Mistkerl!«

Auf der Suche nach einer Fluchtmöglichkeit schaute sich Simon hektisch um. Zurasky hatte ihn in die Falle gelockt. Wahrscheinlich bewahrte er die Leiche irgendwo auf. Vielleicht im Kofferraum seines Volvos. Vielleicht hatte dies alles dazugehört. Vielleicht war es gar nicht

Zuraskys Ziel gewesen, dass Jeremy ihn tötete. Vielleicht hatte er das Ganze Schritt für Schritt geplant, und das hier war es, worauf alles hinauslaufen sollte: Simons Verhaftung wegen Mordes an Jeremy Shackleford. Zuraskys Methode, sich sowohl seiner als auch Jeremys zu entledigen. Himmel, wenn es auf die andere Weise abgelaufen wäre, wäre er jetzt tot, und *Jeremy* könnte wegen *Simons* Ermordung verhaftet werden. Es wäre nicht einmal darauf angekommen, wer wen umgebracht hatte, solange einer starb. Und Zurasky konnte das bewerkstelligen, ohne sich die Hände schmutzig zu machen – das heißt, seine eine Hand. Aber es war Simon gewesen, der Jeremy umgebracht hatte, und Zurasky hatte die Leiche in den Kofferraum des Volvos verfrachtet und dann der Polizei einen Hinweis gegeben, wo sie sich befand. So war es abgelaufen. Und jetzt standen sie vor der Tür und ...

Zurasky streckte den Arm aus und legte Simon die Hand auf die Schulter.

»Beruhigen Sie sich, Jeremy,« sagte er. »Die wollen nur helfen.«

Simon löste sich mit einem Ruck von ihm.

»Beruhigen Sie sich lieber!«

Er holte aus und stieß den Kugelschreiber, den er in der Faust hatte, durch den Ärmel von Zuraskys T-Shirt mehrere Zentimeter tief in seinen verkrüppelten Arm. Zurasky schrie auf. Blut strömte aus der Wunde, durchtränkte den Baumwollstoff des T-Shirts, rann an Zuraskys Arm hinunter und tropfte vom Stumpf auf den Boden. Jemand rüttelte an der Tür – »Polizei! Aufmachen!« –, aber sie war verschlossen.

Simon drehte sich um und rannte in den hinteren Teil des Hauses.

Er hörte, wie Zurasky das Türschloss entriegelte, hörte im Wohnzimmer die Türangeln knarren.

Im Wäscheraum fand er eine Tür, die auf den Hinterhof führte. Er öffnete sie, und Dunkelheit empfing ihn.

Er lief hinaus in die Nacht und sprang über einen Zaun in den nächsten Hof.

Eine halbe Stunde später war die Polizei abgezogen. Auch Zurasky hatte sein Haus verlassen – in einem Krankenwagen. Simon hatte aus der Entfernung zugeschaut, und niemand hatte von dem Saab Notiz genommen. Ein Glück für ihn.

Er ging hinüber und stieg ein. Er ließ den Motor an und fuhr davon. Es war drei Uhr morgens, und er war hundemüde. Er musste irgendwo schlafen.

Er nahm den Freeway 101 in südlicher Richtung und verließ ihn in Hollywood. Er nahm an, wenn er lange genug umherfuhr, würde er schon einen Schuppen finden, in dem man Bargeld nahm und nicht zu viele Fragen stellte. Er hielt bei drei schäbigen Absteigen, bevor sich seine Annahme als richtig erwies. Es hatte den Anschein, dass man heutzutage nicht mal mehr halbseidene Geschäfte machen konnte, ohne sich auszuweisen und eine Karte mit dem Visa-Logo auf den Tisch zu legen.

Anfangs wollte der Typ hinterm Tresen, ein Kerl mit Hängebacken, der aussah, als würden jede Menge Insekten in seinem Haupthaar hausen, ihm ein Zimmer für dreißig Minuten vermieten und sich das Girl ansehen, das Simon abgeschleppt hatte – er musste wohl wie ein typischer Hurenbock gewirkt haben –, aber schließlich konnte ihn Simon davon überzeugen, dass er das Zimmer ausschließlich zum Schlafen mieten wollte.

Der Typ kratzte sich das fette Gesicht unter dem grauen Bart, begutachtete, was er mit einem Fingernagel hatte abschaben können, schnippte es zur Seite und sagte: »Ganz wie Sie wollen. Macht dann hundertvierzig«, und knallte den Schlüssel auf den fleckigen gelben Tresen. »Hundertdreizehn ist gleich um die Ecke, dritte Tür links.«

Simon bedankte sich, griff sich die Schlüssel vom Tresen und machte sich auf die Suche nach Zimmer 113.

Es verströmte den Geruch von Elend und Hoffnungslosigkeit. Die fadenscheinigen gelben Vorhänge schienen davon zu triefen. Sexuelle Gewalt und Missbrauch und tausendfaches Unglück durchdrangen die Wände.

Simon machte die Tür hinter sich zu, schloss ab und ging zum Bett. Er zog sich gar nicht erst aus. Er legte sich einfach hin und starrte an die Zimmerdecke. Er fühlte sich gerädert, aber glaubte nicht, schlafen zu können. Er hatte heute viel zu viel durchgemacht, um diese Art Seelenfrieden zu finden – oder sich von ihm finden zu lassen.

Siebenundvierzig Sekunden später schnarchte er leise.

Vom Läuten eines Telefons wachte er auf. Draußen war es hell, Sonnenlicht flutete durch die Vorhänge. Seine Augen brannten. Er hatte das Gefühl, sie gerade erst geschlossen zu haben. Sein Kopf fühlte sich an, als wäre er randvoll mit Glasscherben und rostigen Schrauben – und jetzt läutete das Telefon. Er räusperte sich und rieb sich das Gesicht. Dann schlurfte er zum Schreibtisch an der gegenüberliegenden Wand und nahm den Hörer ab.

»Hallo?«

»Zimmer räumen in dreißig.« Die Stimme kannte er. Sie gehörte dem Kerl von gestern Abend.

»Oh. Okay. Wie spät ist es?«

»Halb zehn.«

»Okay. Danke.«

»Und übrigens«, sagte der Kerl – und Simon konnte am Tonfall erkennen, dass dies der wahre Grund für seinen Anruf war –, »ich weiß ja, dass es mich nichts angeht, aber falls Sie von den Bullen gesucht werden, so hat man Sie gefunden.«

Plötzlich hörte das Herz in seiner Brust auf zu schlagen, nur Stille und ein Geräusch wie vom Wüstenwind. Er schluckte. Sein Herzschlag setzte wieder ein.

»Wie bitte?«

»So 'n Typ im schwarzen Cadillac parkt schon den ganzen Morgen vorm Eingang und lässt Ihren Wagen nicht aus den Augen. Sieht mir nach Beschattung aus.«

»Okay.«

Er legte den Hörer auf die Gabel.

Er wusste, dass der Mann im schwarzen Cadillac ihm nicht gefolgt war. Er meinte es zu wissen. Er hatte ihn letzte Nacht abgehängt, noch bevor er sich eine halbe Meile von seinem Haus entfernt hatte.

Er kniff die Augen zusammen und öffnete sie wieder.

Das Zimmer hatte keine eigene Dusche – hundertvierzig Scheine und keine verdammte Dusche –, nur Toilette und Waschbecken. Er musste dringend nach Pasadena, um zu duschen und sich umzuziehen. Er hoffte, dass Samantha nicht im Haus war. Im Augenblick mochte er sich nicht mit ihr auseinandersetzen. Er brauchte Zeit, um dahinterzukommen, was hier eigentlich geschah. Er hoffte auch, dass die Cops das Haus nicht überwachten. Jemandem einen Kugelschreiber in den Arm zu rammen war noch lange kein Mord. Ebenso wenig wie der Einbruch in eine Praxis. Es stand zu hoffen, dass die Polizei Wichtigeres zu tun hatte. Schließlich war das hier keine Kleinstadt. Zehn Millionen Menschen lebten im Los Angeles County. Von diesen zehn Millionen waren sicherlich Tausende in der Lage, weitaus schlimmere Probleme zu bereiten als die, die er zu verantworten hatte. Hoffentlich waren die Polizisten damit beschäftigt. Trotzdem – wenn ihm etwas verdächtig vorkam, würde er auf Dusche und Kleidungswechsel verzichten. Aber er musste sich ein Bild machen.

Doch was sollte er wegen des schwarzen Cadillacs unternehmen?

Ein Cop war der Kerl nicht. Bevor er letzte Nacht in Doktor Zuraskys Praxis eingebrochen war und ihn mit dem Kugelschreiber in den Arm gestochen hatte, gab es nur einen einzigen Grund, ihn zu verfolgen: Sie wussten, dass er Jeremy Shackleford getötet hatte. Doch wenn es so war, hätten ihn die Cops nicht nur verfolgt, sondern auch gleich verhaftet. Das bedeutete, der Kerl arbeitete für – wen? Nicht für Zurasky. Zurasky wollte ihn im Polizeigewahrsam sehen, und wenn der Kerl für ihn arbeitete und wusste, wo Simon sich befand, wäre auch die Polizei nicht weit. Aber da sie es nicht war – nun, für wen arbeitete er dann?

Scheiß drauf. Im Moment würde er sich darüber keine Gedanken machen. Nach ein paar Stunden Schlaf war das alles nicht mehr so beängstigend wie letzte Nacht. Er würde sich von dem Mistkerl verfolgen lassen und abwarten, wie es weiterging.

Während der Fahrt musste er daran denken, dass er wandelnde Tote gesehen hatte. Das passte nicht zu Zuraskys Hypothese. Es sei denn, jemand hatte ihm Drogen verabreicht, und Müller und der Hund waren nur Halluzinationen. Er hatte sie schon vorher gesehen, und sie waren ihm wegen ihres gewaltsamen Todes nicht aus dem Kopf gegangen. Später hatte er sie dann halluziniert. Samantha hatte ihm Pillen gegeben und behauptet, es sei Tylenol. Vielleicht war es etwas ganz anderes gewesen. Er konnte sich nicht mehr erinnern, ob sie ihm die Pillen gegeben hatte, bevor oder nachdem er die wandelnden Toten sah. Oder jemand hatte die Blutverdünner, die er täglich nehmen musste, mit einer anderen Substanz versetzt – aber er hatte sie zuletzt vor zwei Abenden genommen. Und wenn jemand seine Blutverdünner durch eine andere Droge ersetzt hatte, war das geschehen, bevor er die Rolle des Jeremy angenommen hatte, und sie mussten von seinem Herzgeräusch gewusst haben und von der Kugelkäfigprothese, der Tatsache, dass er täglich Tabletten schlucken musste, und dass die beste Möglichkeit, ihn unter Drogen zu setzen, darin bestand, diese Drogen in seine Medikamentenflasche mit dem Blutverdünner zu schmuggeln. Aber wer auch immer dahintersteckte, hatte bereits demonstriert, wie gründlich er ihn und Shackleford kannte und wie gut er sich darauf verstand, seine Pläne umzusetzen.

Er konnte es einfach nicht begreifen, konnte die einzelnen Punkte nicht verbinden. Vielleicht gelang es ihm, wenn er weniger trank. Gestern hatte er im Lauf des Tages Whiskey, Wein und Wodka getrunken.

Aber die gesamte Situation versetzte ihn in Panik, und er fühlte sich verloren. Der Alkohol beruhigte ihn. Er hasste das. Nie wusste er, was zu tun war, nie wusste er, welche Richtung er einschlagen sollte. Er musste einfach einen Schritt nach dem anderen tun und hoffen, das Knäuel zu entwirren – aber unglücklicherweise stellten sich die Dinge verworrener dar als je zuvor.

Er parkte zwei Blöcke vom Haus entfernt und ging das restliche Stück zu Fuß. Wenn Cops dort waren, hielten sie vielleicht nach seinem Wagen Ausschau. Der Cadillac fuhr mehrere Wagenlängen hinter ihm ebenfalls an den

Straßenrand. Der Mann hinter dem Lenkrad stieg nicht aus. Er blieb einfach sitzen. Gut so.

Simon schlotterte, als er durch den frühherbstlichen Sonnenschein ging.

Als er um die Ecke in seine Straße einbog, hielt er inne. Er betrachtete die ruhige vorstädtische Umgebung und sah nichts anderes als das: eine ruhige vorstädtische Umgebung. Hier ging nichts Außergewöhnliches vor. Die Häuser standen da, die Rasenflächen waren grün, und eine sanfte Brise ließ die Eukalyptusblätter rascheln. Das war alles.

Samanthas Wagen stand nicht in der Auffahrt. Vielleicht war sie auf dem Polizeirevier und füllte noch eine Vermisstenmeldung aus – oder sie wurde nach den Geschehnissen der letzten Nacht über seinen Aufenthaltsort befragt. Was auch immer sie tat, das tat sie zumindest nicht hier, und das war Simon nur recht.

Als er die Vordertür aufschloss, sprach ihn jemand von hinten an.

»Den Hammer brauch ich jetzt wirklich, Jeremy.«

Simon schreckte auf und drehte sich um. Der Dicke, dessen Hammer Jeremy offenbar geliehen hatte, joggte auf der Stelle und sah ihn an.

»Im Moment passt es gar nicht.«

»Ich baue ein Bücherregal, und dazu brauche ich dringend den Hammer. Das hab ich mir fürs Wochenende vorgenommen.«

»Welchen Tag haben wir heute?«

»Dienstag.«

»Also ist noch nicht Wochenende.«

Simon zog die Vordertür auf und trat ohne ein weiteres Wort ein. Hinter sich schob er mit Wucht den Riegel vor.

Im Wohnzimmer war es kühl und still. Er fühlte das dringende Bedürfnis, sich auf der Couch auszustrecken. Er war immer noch ungeheuer müde. Auf fast sechs Stunden Schlaf hatte er es ja gebracht, aber das schien nicht zu reichen. Es bedurfte seiner ganzen Selbstbeherrschung, sich nicht hinzulegen. Stattdessen ging er durch Flur und Schlafzimmer ins Bad. Er schälte sich aus den Schichten blutiger und nach Schweiß stinkender Kleidungsstücke und ließ sie achtlos auf den gefliesten Boden fallen. Dann stieg er nackt unter die Dusche und drehte das Wasser auf. Es tat gut, den Schmutz abzuspülen. Der Verband um seine rechte Hand saugte sich mit Nässe voll, sodass er ihn schließlich abwickelte und auf den Boden der Dusche fallen ließ. Die Wunden bluteten eh nicht mehr.

Nachdem er sich abgetrocknet hatte, ging er ins Schlafzimmer und zog einen grauen Anzug an. Dazu band er sich eine grüne Krawatte um, dann streifte er sich den Mantel über und schlang sich, da ihm kalt war, einen Schal um den Hals.

Fertig angezogen ging er ins Wohnzimmer. Wo er schon mal hier war, konnte er auch gleich Francine füttern. Aber sie war fort.

Nach einem Moment des Nachdenkens glaubte Simon zu wissen, wo sie war – und dorthin wollte er sowieso auch. Es gab dort einen Kofferraum, den er aufzustemmen hatte.

Der Volvo war weg. Vielleicht hatte die Polizei ihn abgeschleppt. Vielleicht hatten sie sich einen Durchsuchungsbefehl besorgt und ihn abgeschleppt, um ihn gründlich auseinanderzunehmen. Vielleicht hatten sie ihn aber schon durchsucht und Jeremys Leiche im Kofferraum gefunden – oder zumindest seine Knochen.

Bei dem Gedanken schüttelte er den Kopf. Er glaubte nicht, dass es so war.

Wenn die Polizei den Wagen hatte und wenn Zurasky oder jemand, der für ihn arbeitete, Shacklefords Leiche im Kofferraum deponiert hatte, würde er nicht mehr hier stehen. Ein Dutzend Cops hätten ihn umzingelt. Aber kein Einziger war zu sehen. Jemand anders hatte den Wagen.

Wer?

Er schloss die Augen und rieb sich die Stirn direkt oberhalb der linken Augenbraue. Dort pulsierte der Schmerz. Er atmete aus. Kurz darauf öffnete er die Augen wieder, entschied, dass er sich im Augenblick nicht darum kümmern konnte, und wandte sich zur Hintergasse. Am Abend zuvor, als er gegangen war, hatte er – Gewohnheitstier, das er war – die Tür verschlossen und musste daher einbrechen.

Er sprang hoch und griff nach der Leiter. Aber er bekam sie nicht zu fassen. Er sah sich nach etwas um, auf das er sich stellen konnte. Ein zerbrochener Betonziegel lehnte in drei Metern Entfernung an der Mauer. Der könnte ihm die benötigte Höhe verschaffen. Er holte ihn, stellte ihn unter der Leiter auf, stieg hinauf und sprang erneut.

Diesmal schaffte er es, die verrostete Feuerleiter zu packen und nach unten zu ziehen. Rostpartikel regneten auf ihn herab. Die dritte Sprosse von unten löste sich aus der Leiter und fiel auf die Erde. Er wischte den Roststaub von seiner Kleidung und kletterte die Leiter hinauf, froh darüber, dass er nicht höher als im zweiten Stock wohnte.

Mit einem matt polierten und an der Spitze abgewetzten Schuh stieß er den toten Ficus auf der Feuertreppe beiseite und kletterte durchs Badezimmerfenster hinein, darauf bedacht, so leise wie möglich zu sein, falls jemand in der Wohnung war. Wie seltsam – in die eigene Wohnung einzubrechen und dabei fürchten zu müssen, jemand könne einem drinnen auflauern.

Sein Magen krampfte. Der Kopfschmerz pulsierte.

Die Wohnung war leer, eine Hülse, ein Kokon, aus dem die Motte geschlüpft war. Man hörte das sanfte Summen der Stille wie einen Tinnitus im Ohr. Simon ließ sich nicht beirren, auch nicht, als er spürte, dass die Fußbodendielen unter seinem Gewicht nachgaben.

Er war kaum im Wohnzimmer, als er es sah: das Einmachglas auf dem Couchtisch und Francine, die darin schwamm.

Er ging zum Tisch und hob das Glas hoch. Dabei bemerkte er noch etwas anderes. Das Bild von Shackleford und Samantha, das er gestohlen hatte, war nicht mehr da.

Er schnallte Francine auf dem Beifahrersitz fest und ließ den Motor an. Der schwarze Cadillac war nirgends zu sehen – als er in Pasadena zum Saab zurückging, war er schon nicht mehr da gewesen. Es machte ihm zu schaffen, dass der Mann ihn in diesem Rattenloch von Motel in Hollywood aufgespürt hatte. Er wusste, dass er auf dem Weg dorthin nicht verfolgt worden war. Er glaubte zu wissen, auf dem Weg dorthin nicht verfolgt worden zu sein. Aber in letzter Zeit wusste er nicht, ob er überhaupt noch etwas wusste.

Nein – zwei plus zwei ergibt vier, und vier plus vier ergibt acht, und acht plus acht sechzehn.

Auf manches konnte man sich verlassen.

Simon legte den Gang ein.

Er würde Francine ins Haus in Pasadena bringen und dann den nächsten Schritt überlegen. Im Moment hatte er keine Ahnung, welche Richtung er einschlagen und welcher Spur er folgen sollte. Was er vor sich sah, war ein verworrener Wust, und noch konnte er nicht den geringsten Lösungsansatz erkennen.

Er befand sich auf der Virgil Avenue und auf dem Weg zum Silver Lake Boulevard, als der schwarze Cadillac aus einer Seitenstraße geschossen kam und sich wieder hinter ihn setzte.

Jetzt war er sicher, dass man irgendwo an seinem Wagen einen Peilsender angebracht hatte. Er hätte schon heute Morgen darauf kommen müssen. Und das wäre er auch, hätte er klar denken können. Dazu musste er aber auch in der Lage sein. Er musste dafür sorgen, dass die Emotionen ihn nicht überwältigten – Furcht und Paranoia und Verwirrung. Er müsste all diese Ereignisse als mathematisches Problem betrachten. Stattdessen ließ er sich von jedem Moment überwältigen und handelte instinktiv, und Instinkte waren ...

Er musste den Kerl im Cadillac abschütteln und dann auf einen Parkplatz fahren oder so, um den Peilsender zu finden. Der Typ verfolgte ihn im Auftrag von jemandem. Er würde nichts unternehmen, sondern ihm weiterhin nur folgen. Und da Simon nicht wusste, warum er das tat, wollte er es nicht länger hinnehmen. Heute Morgen hatte es keine Bedeutung gehabt – er war nur losgefahren, um zu duschen, und der Kerl wusste ohnehin schon, wo sich Shacklefords Haus befand –, aber sobald er Francine weggebracht und sich darangemacht hatte, das Rätsel zu lösen, würde es durchaus von Belang sein. Er wollte nicht, dass ihm jemand dabei folgte.

Statt weiter heimwärts – nach Pasadena – zu fahren, bog er rechts auf den Pasadena Boulevard ab, fuhr nochmals rechts auf den Rampart und versuchte, den Kerl loszuwerden, indem er wahllos durch eine Reihe von Seitenstraßen nördlich des MacArthur-Parks kurvte. Leider schien es den Kerl nicht zu kümmern, dass Simon ihn bemerkt hatte – er fuhr ziemlich dicht auf –, und wegen des Verkehrs war es Simon unmöglich, so viel Abstand zwischen sich und den Cadillac zu bringen, dass der Verfolger den Anschluss verlor.

Also schön, wenn dieser Kerl es so sehr auf ihn abgesehen hatte, würde Simon sich ihm stellen. Er hatte es satt, verfolgt zu werden.

Er lotste den Cadillac in eine kleine Sackgasse an der Figueroa Street und trat abrupt auf die Bremse, sodass er mit einem Kreischen zum Stehen kam. Dann stieß er die Fahrertür auf und stieg aus.

»Was willst du von mir?«, fragte er und ging auf den Cadillac zu. »Was ist los? Hier bin ich. Genau hier. Scheiße, was willst du von mir?«

Der Jockey auf dem Fahrersitz blickte offensichtlich in Panik nach links und rechts. Ganz sicher konnte man nicht sein, denn durch die schwarzen Gläser seiner Sonnenbrille waren seine Augen nicht zu erkennen, aber er krümmte sich auf seinem Sitz, und die Bewegungen sagten Simon, dass er in Panik war.

Und dann legte der Kerl den Rückwärtsgang ein und raste mit kreischenden Rädern die Gasse entlang. Sein linker vorderer Kotflügel krachte gegen eine Ziegelmauer, und er verlor einen Seitenspiegel. Dann schoss er auf die Straße. Eine Hupe tönte. Bremsen quietschten. Metall knirschte, und der Cadillac drehte sich schleudernd fast um sich selbst.

Ein gelber Gremlin war mit ihm zusammengestoßen, und kurz darauf stieg eine korpulente Latina aus, stürmte auf den Jockey zu und rief: »Du blödes Arschloch. Scheiße, was hast du für 'n Scheiß gebaut!? Ich ruf meinen Mann an, und der reißt dir in den Scheißarsch, wie du's noch nie ...«

Der Jockey legte den Gang ein und raste davon.

»Was zum Teufel denkst du dir, du ...«

Sie warf ihr Handy hinter dem Wagen her. Es prallte vom Heckfenster ab und ging auf dem Asphalt zu Bruch.

»Fuck!«, sagte sie.

Sie steckte unter dem rechten vorderen Radkasten, eine einfache schwarze Box mit einem roten Licht, das unablässig blinkte. Simon warf sie auf die Erde und stieg dann wieder ins Auto. Er ließ den Motor an und fuhr rückwärts aus der Gasse, als ihm bewusst wurde, dass Francine nicht da war. Der Sicherheitsgurt war immer noch eingerastet, aber das Einmachglas war weg.

Er stieg aus, schaute sich um, konnte aber niemanden sehen. Die Gasse war leer.

Das Einmachglas stand auf dem Couchtisch, als er ins Apartment am Wilshire zurückkam.

Statt zum Haus zurückzufahren, um Francine loszuwerden, fuhr er direkt zum Pasadena College of the Arts. Er hatte genug Zeit damit verschwendet, hinter Francine herzujagen, und jetzt brauchte er Kate Wilhelms Adresse, um ihr einen Besuch abzustatten. Sie wusste etwas, und er wollte es aus ihr herausbringen. Sie wusste etwas über seine Vergangenheit und darüber, wie sie mit der von Jeremy Shackleford verknüpft war – etwas, woran er sich nicht erinnern konnte. Und seine Überzeugung sagte ihm mehr und mehr, dass sich alles darum drehte. Er konnte es nicht sehen, aber er wusste es auf dieselbe Weise, wie Wissenschaftler von einem unsichtbaren Planeten Kenntnis haben: durch seine Anziehungskraft auf alles um ihn herum, das *sichtbar* ist. Alles schien sich um diesen unsichtbaren Teil seiner Vergangenheit zu drehen. Seiner Vergangenheit und der von Jeremy Shackleford.

Er ging mit Francine im Glas über den Parkplatz und dachte nach. Im Mai letzten Jahres war etwas geschehen, an das er sich nicht erinnern konnte. Kate wusste, was es war, und auch, wer er war. Sie hatte ihn Simon genannt, und sie wusste, dass er sich nicht an jenen Mai erinnern konnte. Da musste er mit Shackleford in Verbindung gekommen sein, da mussten sich ihre Wege zum ersten Mal gekreuzt haben. Samantha hatte gesagt, Jeremy habe letztes Jahr einen Unfall gehabt. Sie hatte nicht gesagt, dass es im Mai geschehen war, aber Simon wusste jetzt, es war so gewesen. Es musste so gewesen sein.

Er durchstöberte die Schreibtischschubladen, holte Papierstapel hervor, blätterte darin und suchte nach einem Hinweis darauf, welche Informationen Kate besaß, als Howard Ullman klopfte und sich durch die Tür schob, ohne eine Antwort abzuwarten.

»Ich meinte, dich gehört zu haben.«

»Hi.«

»Samantha war in Panik. Sie hat viermal angerufen, um zu erfahren, ob du zur Arbeit gekommen bist. Die Cops haben sie den ganzen Morgen auf dem Revier festgehalten und Fragen gestellt, auf die sie keine Antwort wusste. Du hast deinen Algebrakurs ausfallen lassen. Was zum Teufel ist hier eigentlich los?«

»Ich stecke hier mittendrin in einer Sache. Kann es nicht warten?«

»Du steckst mittendrin in einer Sache?«

»Ja.«

»Eventuell in einem Nervenzusammenbruch?«

»Ich kann jetzt nichts dazu sagen.«

»Hat es mit Kate Wilhelm zu tun?«

Simon blickte auf, und zum ersten Mal, seit Ullman eingetreten war, sah er ihm direkt ins Gesicht. Er war unrasiert. Seine Lippen waren spröde, und an der Unterlippe war eine verschorfte Stelle zu sehen, an der er sich offenbar trockene Haut abgekaut hatte. Seine Augen waren rot gerändert vom Kiffen, aber sie funkelten gewitzt und scharfsinnig. Ihr Glanz behagte Simon ganz und gar nicht.

»Wieso ...?« Er fuhr sich mit der Zunge über die Lippen. »Wie kommst du auf die Idee?«

»Ich wüsste nicht, woran es sonst liegen könnte.«

»Aber was sollte es mit Kate Wilhelm zu tun haben?«

Ullman schwieg einen Moment. Er fuhr mit der Zunge über seine Zähne, saugte sich an etwas fest, das hinter seinem Eckzahn hängen geblieben war, und schluckte.

»Du bist nicht mehr du selbst«, sagte er schließlich. »Du brauchst Hilfe. Ich glaube nicht, dass du so deinen Job noch retten kannst. Carol hat es auf dich abgesehen, und in dieser Situation sehe ich mich außerstande, mich noch für dich einzusetzen und dein Verhalten zu verteidigen. Aber du könntest – nur vielleicht – deine Ehe retten. Samantha liebt dich. Sie hat sich mehr bieten lassen, als irgendeine Frau bei klarem Verstand es jemals getan hätte. Du kannst dich wirklich glücklich schätzen. Aber ich glaube nicht, dass sie sich noch viel mehr bieten lässt, Jeremy. Und ich werde es auch nicht zulassen. Wenn du wieder Scheiße baust, muss ich dir das Herz aus dem Leib reißen.«

»Was?«

»Ich werde nicht zulassen, dass Samantha miterleben muss, wie du vor die Hunde gehst.«

Ullman ging, ohne eine seiner Fragen zu beantworten. Er wühlte sich weitere zwanzig Minuten durch den Papierkram, fand aber nichts. Er hatte zum Beispiel in keinem seiner Kurse eine Wilhelm. Keine Kate oder Kathryn oder Kathy oder Katrina – überhaupt keine Wilhelm. Aber während er nach Kates Daten suchte, hoffte er gleichzeitig, etwas anderes zu finden, das sich als nützlich erwies. Er wusste inzwischen mehr als beim ersten Durchsuchen des Büros, also konnte sich irgendetwas, das damals keine Bedeutung für ihn hatte, jetzt als relevant erweisen. Er fand keinen Hinweis auf sich. Er fand keinen Hinweis auf Zurasky. Er fand einen Hinweis auf Kate – wenn es sich um dieselbe Kate handelte, und das vermutete er –, und zwar den Anfang eines Briefs, der an sie adressiert, aber zerknüllt und nicht vollendet in eine Schreibtischschublade gestopft worden war.

Kate,
ich weiß, das hier ist schwierig für Dich. Auch für mich ist es nicht leicht. Dennoch darfst Du einfach nicht so weitermachen. Du bist wütend, ich habe Dir wehgetan, aber das war niemals meine Absicht.

Ich habe Dir immer gesagt, dass es keine Zukunft hat. Auf alle erdenkliche Weise habe ich versucht, Dir klarzumachen, dass niemals Liebe daraus werden kann.

Wenn Du aber diesen Weg weitergehst, wirst Du Dir am Ende genauso wehtun wie mir – vielleicht sogar noch mehr. Ich weiß, Du hast gesagt, Du wollest mich nie mehr wiedersehen, aber ich würde doch gerne persönlich mit Dir sprechen. Vielleicht können wir

Das war alles. Es stand mit blauer Tinte auf ein gelbes Stück Papier geschrieben. In der unteren rechten Ecke befand sich ein Kaffeefleck, und das Wort

FUCK

war in großen Buchstaben über die beiden Absätze gekritzelt worden.

Er faltete das Blatt zusammen und schob es in seine Tasche. Dann nahm er Francine vom Tisch und machte sich auf den Weg zu seinem Wagen auf dem Parkplatz.

Als er den Saab erreicht hatte und aufschloss, stellte er fest, dass seine Hände leer waren. Er war fast sicher, dass er Francine vom Tisch genommen hatte, bevor er das Büro verließ ... fast. Wenn er die Augen schloss, konnte er sich daran erinnern, wie er über den Tisch gereicht hatte, wie er mit der Hüfte einen Stapel Papier umgestoßen hatte, wie sich die einzelnen Blätter einem aufgefächerten Kartenspiel gleich auf dem Boden verteilt hatten. Außerdem erinnerte er sich an das kühle Glas, das sich hart und glatt in seinen Fingern anfühlte – und dennoch waren seine Hände leer.

Das Glas war nicht im Büro.

Er wusste, dass es Zeitverschwendung war, aber er konnte sich nicht zurückhalten. Er parkte auf der Südseite des Wilshire vor dem koreanischen Grillimbiss und joggte, einigen Autos ausweichend, über die Straße zu den Filboyd Apartments.

Der Mann im Cadillac, der Jockey, parkte vor dem Gebäude auf der Nordseite der Straße und beobachtete ihn durch die schwarzen Gläser seiner Sonnenbrille. Hatte er gewusst, dass Simon hierher zurückkommen würde, oder nur zufällig richtig geraten? Hatte er Francines Glas genommen, weil er wusste, dass Simon ...

Vielleicht wurde er von mehreren Personen verfolgt. Er konnte die Augen des Jockeys nicht sehen, denn der tat so, als betrachte er die Rückseite seiner Finger, und knabberte an blutigen Niednägeln. Aber Simon wusste sehr wohl, dass der Mann ihn beobachtete.

Er stieß die Eingangstüren auf, und erst dann fiel ihm ein, dass er keine Schlüssel hatte. Also kehrte er um und ging um die Ecke des Gebäudes zur Feuertreppe. Als er sich auf dem Gehsteig zur Hintergasse befand, bemerkte er Helmut Müller. Der Mann kam auf ihn zu, sah dabei auf die eigenen Füße, machte kleine Schritte und betrachtete den Gehsteig, als müsse er sich darauf konzentrieren, um nur nicht zu vergessen, was er tat. Vielleicht vergaß er es tatsächlich. Der Tod ist eine recht gute Entschuldigung für ein schlechtes Gedächtnis. Als er Simons Schritte hörte, blickte er zu ihm auf.

»Well, take him«, sagte Müller, spähte an Simons Schulter vorbei und nickte.

Simon blickte hinter sich, aber sah nichts. Dann ging er wortlos an Müller vorüber und in die Gasse hinein.

Das Einmachglas stand auf dem Couchtisch, und Francine schwamm darin umher. Er hob es hoch und machte sich damit auf in Richtung Badezimmer. Der Mann im Cadillac war jetzt draußen auf dem Wilshire und brachte wahrscheinlich wieder einen Peilsender in einem der Radkästen an. Langsam hatte er genug von dem Leckskerl.

Er ging ins Bad und kletterte durchs offene Fenster hinaus. Mit Francine unter der Achsel, eingekuschelt unter seinem rechten Arm wie ein Kleinkind, schaffte er den riskanten Abstieg auf der Leiter. Unten in der Gasse sah er sich nach einer Waffe um. Der Betonziegel war zu groß und zu unhandlich. Sonst war nichts Einschüchterndes zu entdecken. Er wollte schon aufgeben, drehte sich aber noch einmal um, weil er die Gasse absuchen wollte, und stieß dabei mit dem Fuß gegen etwas Metallenes. Eine rostige Sprosse der Feuerleiter lag in einem Grasbüschel, das aus einem Spalt im Asphalt wucherte. Er hob sie auf und wog sie in der Hand.

Befriedigt nickend – sie war gut und schwer, und Rostfraß hatte ein Ende zur scharfen Spitze geformt – ging er aus der Gasse hinaus.

Er umrundete den Block, damit er hinter dem Cadillac herauskam und der Jockey ihn nicht sah, es sei denn, er warf zufällig einen Blick in den Rückspiegel. Jedenfalls würde er damit rechnen, dass Simon vorne aus dem Haus oder um die Ecke gebogen kam. Das war Simons Hoffnung. Ungefähr einen halben Block hinter dem Wagen stand vor dem Captain Bligh's eine Bank. Darunter setzte er Francine ab, wobei er das Glas dicht an die Wand schob, damit niemand es umstieß.

»Warte hier.«

Dann ging er weiter auf den Cadillac zu. Das Metallstück in seiner Faust fühlte sich verdreckt an. Seine Hände waren schweißnass. Sein Mund war trocken. Er ging vorsichtig und doch zielstrebig. Das Geräusch der Autos und Lastwagen auf dem Wilshire ebbte ab. Die Welt kam ihm klar vor und sauber und frisch, wie nach einem Regenguss. Er ging hinaus auf die Straße und unbeirrt weiter vorwärts. Er hob das Metallrohr in der rechten Hand über seine Schulter.

Als er am linken hinteren Kotflügel vorbeiging, sah ihn der Jockey im Seitenspiegel, schlug mit der Hand auf die Türverriegelung und versuchte, das Fenster hochzukurbeln. Aber er war zu spät. Simon griff hinein, packte ihn am Kragen seines dünnen schwarzen Sakkos und zerrte ihn zum Fenster. Als Simon seinen Gegner schon fast ganz aus dem Wagen gezogen hatte, ließ er ihn los, und die Schwerkraft warf ihn auf die Straße.

Auf der rechten Spur geriet ein Wagen ins Schleudern, als er ihnen auswich, und der Fahrer hupte wütend.

Der Mann rettete sich von der Straße und krabbelte rückwärts im Krebsgang zwischen der Kühlerhaube seines Cadillacs und dem davor parkenden roten, von Stoßstangenaufklebern verzierten Toyota hindurch zum Bordstein.

Simon ging mit dem rostigen Rohr in der Hand auf ihn zu. Das Herz schlug ihm bis zum Hals.

»Warten Sie«, sagte der Jockey. »Das wollen Sie nicht tun. Das wollen Sie nicht wirklich tun. Warten Sie. Warten, warten ... warten Sie.«

»Wer bist du, und warum verfolgst du mich?«

»Ich weiß ... ich weiß nicht, wovon Sie reden. Ich ...«

Simon holte mit dem Rohr aus und schmetterte es dem Jockey gegen das linke Knie.

Der Mann schrie auf.

»Warum verfolgst du mich?«

»Tu ich gar nicht ...« Er schrie, als Simon ihn noch einmal schlug.

»Wer bist du?«

»Ich ...«

»Nimm deine Brille ab.«

»Was?«

»Nimm sie ab. Ich will deine Augen sehen.«

»Ich weiß nicht ...«

Simon schmetterte ihm das Metallrohr gegen den Hals, wo es einen orangefarbenen Rostfleck hinterließ. Der Mann schrie vor Schmerzen auf, griff sich mit blassen

Fingern an die Stelle, wo ihn das Rohr getroffen hatte. Die Haut um seine schmutzigen Fingernägel war gezeichnet von kleinen rosa Wunden, die von abgerissenen Niednägeln stammten.

»Ich werde mich von dir nicht belügen lassen. Zeig mir deine Augen. Ich will wissen, ob du die Wahrheit sagst.«

»Ich kann sie nicht abnehmen.«

Simon hob die rostige Sprosse in die Höhe.

Der Typ streckte ihm abwehrend die Hände entgegen. Die Handflächen waren schmutzig, und kleine Steinchen hatten sich ins Fleisch gegraben, als er vor Simon davongekrochen war.

»Okay. Okay, okay ... okay.«

Simon wartete.

Der Jockey seufzte. Er rieb sich den Hals. Es hatte sich ein Striemen gebildet, der unter dem rostigen Orange rot leuchtete. Er schluckte. Dabei drang ein trockenes Klicken aus seiner Kehle.

Simon fiel zum ersten Mal auf, dass der Jockey keine normale Sonnenbrille trug. Es war eine Fliegerbrille, die mit einem Lederriemen um seinen Kopf befestigt war.

»Nimm sie ab.«

»Ich bin ja dabei.«

»Ich sag's nicht noch mal.«

»Ich nehm sie ja schon ab.«

Er griff mit beiden Händen nach der Brille und zog die Gläser auf die Stirn.

Seine Augen verengten sich zu Schlitzen, als er ins Sonnenlicht blinzelte. Er stöhnte. Rosa Tränen – teils Blut, teils Wasser – liefen ihm über die Wangen. Seine Augen waren nur noch winzige schwarze Pupillen, die in einer Flut von Weiß schwammen, wie einzelne Punkte auf einer ansonsten leeren Seite. Ohne Farbe im Zentrum wirkte das Weiß der Augen unglaublich weiß, wie schneebedeckte Berghänge, an denen keine schwarzen Felsen oder Baumwipfel hervorstachen.

Plötzlich erinnerte sich Simon an das, was Chris ihm über UFOs und die Reisenden erzählt hatte, die mit ihnen auf die Erde kamen. Sie hatten irre Augen. Er war nicht mehr dazu gekommen, sie genauer zu beschreiben, weil Robert ihn unterbrochen hatte, aber …

Das durfte doch nicht wahr sein … oder? Es war Quatsch. Und doch …

In diesem Moment hätte er alles glauben können.

»Bist du … bist du einer von ihnen?«

»Was? Einer von welchen?«

»Woher kommst du?«

»Woher ich … Culver City. Also, gleich östlich von Culver City. In der Nähe von Washington und La Brea.«

»Nein … woher kommst du ursprünglich?«

»Ich weiß nicht …«

»Hör auf, mich hinzuhalten!«

»Ohio. Zufrieden? Ich weiß nicht, was Sie von mir wollen.«

»In Ohio bist du geboren?«

»Ja.«

»In welcher Stadt?«

»Westerville.«

»Eine große Stadt?«

»Nein.«

»Wie viele Einwohner?«

»Ich ... äh ... ungefähr dreißigtausend, als ich weggezogen bin.«

»Wann war das?«

»Siebenundneunzig.«

»Neunzehnhundertsiebenundneunzig?«

»Nein, achtzehnhundertsiebenundneunzig.«

Simon hob das Rohr.

»Ja! Ja ... natürlich neunzehnhundert.«

»Du bist keiner von denen?«

»Ich weiß nicht, wovon Sie reden ...«

»Gut. Warum verfolgst du mich?«

»Ich bin Privatdetektiv.«

»Was ist mit deinen Augen los?«

»Pigmentmangel. Von Geburt an.«

»Deine Haare sind schwarz.«

»Die Krankheit ist bei mir auf die Augen beschränkt.«

»Und wie heißt das?«

»Wie heißt was?«

»Wenn man Albinoaugen hat.«

»Ich weiß nicht.« Er verwischte das rosa Blutwasser, das ihm über das Gesicht lief. »Es ist ein langer Name. Ich kann ihn mir nie merken.«

»Und du bist keiner von denen?«

»Ich weiß nicht, was das heißt.«

»Wer hat dich beauftragt?«

»Darf ich die Brille ...«

»Nein. Wer hat dich beauftragt?«

»Das kann ich Ihnen nicht sagen. Schweigepflicht. Es wäre nicht rechtens.«

»Wer hat dich verdammt noch mal angeheuert?«

»Hören Sie ...«

Simon schlug dem Mann das Rohr mit Wucht auf die Schulter. Das hohle Dröhnen, das daraufhin ertönte, war so leise, dass man es kaum als Dröhnen bezeichnen konnte. Der Mann heulte auf und rieb über den orangefarbenen Fleck auf seiner schwarzen Jacke.

»Drei Chancen hab ich dir jetzt gegeben. Du bekommst noch eine weitere. Das ist mehr, als du beim Baseball kriegst.«

»Ihre Frau.«

Simon nickte. Überrascht war er nicht. Er bezweifelte, dass ihn überhaupt etwas von dem, was der Mann zu sagen hatte, überraschen könnte. Simon dachte, wenn der Mann zugegeben hätte, einer von denen zu sein, hätte er es geglaubt – geglaubt und entsprechend gehandelt.

»Warum hat sie dich beauftragt?«

»Weiß ich nicht.«

»Lüg mich nicht an.«

»Tu ich ja nicht. Darüber hat sie nichts gesagt. Sie hat nur gesagt, ich solle Sie beschatten und herausbekommen, wohin Sie so gehen. Darüber sollte ich Bericht erstatten. Ich hab angenommen, dass sie etwas über eine andere Frau erfahren wollte, aber gesagt hat sie es nicht. Also weiß ich es auch nicht.«

»Du bist gefeuert.«

Simon warf das rostige Rohr weg.

»Ist wieder ein Peilsender an meinem Wagen?«

Der Jockey zögerte.

»Wo ist er?«

»Rechter vorderer Radkasten.«

»Du hast ihn zweimal an derselben Stelle angebracht?«

Der Typ zuckte die Achseln.

»Ich dachte, Sie würden überall suchen, nur nicht da.«

»Behalt einfach den Vorschuss, den meine Frau dir gegeben hat, aber komm mir nicht mehr unter die Augen.«

»Okay.«

Der Mann zog die Fliegerbrille wieder über die Augen.

Als Simon zurückging, um Francine zu holen, war sie nicht mehr da.

Er war auf der verrosteten Feuerleiter schon halb unten, als ihm auffiel, dass er nichts im Arm hatte.

Er hielt inne, hielt sich an einer Sprosse fest und überlegte kurz, wieder nach oben zu klettern, um sie zu holen, aber er wusste, was geschehen würde – dasselbe, was schon den ganzen Tag über geschehen war.

Sie war ein Störfaktor. Er musste sich von ihr trennen. Ständig diesem verdammten Goldfisch nachzujagen brachte ihn bei der Klärung dessen, was sich hier abspielte, nicht weiter. Außerdem war er sich inzwischen nicht mehr sicher, ob Francine überhaupt real war.

»Tut mir leid, Francine.«

Er kletterte weiter die Feuerleiter hinunter.

Simon riss das Lenkrad nach rechts, und der Saab rollte auf einen Grasstreifen zwischen dem Bordstein und dem Gehweg, bevor er kreischend zum Halten kam. Dabei schlitzte er die Grasnarbe unter seinen Reifen auf und brachte feuchte schwarze Erde mit Insekten und Würmern darin zum Vorschein. Er stieß die Fahrertür auf und stieg aus. Er spürte nervöse Anspannung. Samantha hatte einen Privatdetektiv angeheuert, der ihn verfolgen sollte. Sie hatte ihm Pillen gegeben, und bald darauf hatte er – wenn er sich recht erinnerte – zu halluzinieren begonnen. Oder hatte er schon vorher Halluzinationen gehabt? Er konnte sich nicht mehr erinnern. Ganz sicher aber hatte er seither halluziniert. Helmut Müller war tot. Der streunende Hund war tot. Die Sache mit dem Goldfisch war abstrus.

Er nahm die Vordertür.

»Samantha?«

Schweigen.

»Samantha?«

Leise aus dem Badezimmer: »Jeremy?«

»Ja.«

»Moment.«

Das Geräusch der Wasserspülung, nachlaufendes Wasser, die Tür, die geöffnet wurde.

Samantha kam mit feuchten Händen aus dem Flur. Sie wischte die Handflächen und dann die Handrücken an ihrer Bluse ab.

»Wo bist du gewesen? Die Polizei war hier und hat nach dir gesucht. Hast du auf Doktor Zurasky *eingestochen?*«

»Was tust du mir an?«

»Was?«

»Du hast mich verfolgen lassen.«

»Beruhige dich.«

»Du hast mich von jemandem *verfolgen* lassen.«

»Jeremy, das ... das hab ich nicht.«

»Ich frage nicht. Ich sage dir, dass ich es weiß.«

»Aber ... hör mir zu.«

»Okay.« Er kreuzte die Arme. »Ich höre.«

»Okay.«

Sie öffnete den Mund, aber es kam nichts heraus. Sie wirkte beunruhigt und aufgeregt. Sie sah ihm forschend ins Gesicht. Er wusste nicht, was sie suchte. Nervös fuhr sie mit der Zunge über ihre Lippen, schluckte.

»Ich ...«

»Ja?«

»Ich ... ich habe es nur zu deinem Besten getan. Ich wollte nicht, dass du wieder verschwindest.«

»Zu meinem Besten?«

»Also schön. Wenn du das nicht akzeptieren kannst, wie wäre es dann mit *meinem* Besten – um nicht den Verstand zu verlieren? Ich habe es getan, weil ich wissen wollte, wo du bist, gewiss sein wollte, dass dir nichts passiert ist, und damit ich weiß ...«

»Wozu musst du wissen, wo ich bin?«

»Ich bin deine Frau.«

»Tatsächlich?«

Simon trat einen Schritt vor, Samantha machte einen Schritt zurück.

»Was tust du?«

»Das frage ich dich. Was tust du? Hast du mich unter Drogen gesetzt?«

»Was?«

»Hast du?«

»Nein. Natürlich nicht …«

»Du würdest es sowieso nicht zugeben.«

Er trat noch einen Schritt vor, sie ging wieder einen Schritt zurück.

»Lass das, Jeremy. Du machst mir Angst.«

»Sag mir, was mit mir geschieht.«

»Ich weiß nicht«, sagte Samantha. »Wenn ich es wüsste, meinst du nicht, dass ich es dann aufhalten würde?«

Simon berührte das Innere seiner Wange mit der Zunge. Er sah Samantha nur an.

Schließlich sagte er: »Woher sollte ich wissen, was du tun würdest? Ich kenne dich ja nicht einmal.«

»Was meinst du damit?«

Er wandte sich um zur Tür.

Und da sah er es.

Ein gerahmtes Foto stand auf einem Beistelltisch. Simon erkannte es. Es war das Foto, das er an dem Tag gestohlen hatte, als er sich zum ersten Mal in das Haus geschlichen hatte. Es kam ihm vor, als seien seither Jahre vergangen, obwohl es nur etwas mehr als zwei Wochen waren. Auf dem Foto standen Jeremy und Samantha nebeneinander. Samantha hatte ihn eingehakt. Jeremy trug einen Anzug, den auch Simon schon getragen hatte. Und den Hintergrund erkannte er auch – er wusste, wo das Foto gemacht worden war. Vor zwei Wochen hatte er es nicht gewusst, aber jetzt wusste er es.

Er nahm es in die Hand und betrachtete es eingehend.

»Wo ... wo kommt das her?«

Samantha stand mit verschränkten Armen da und sah ihn traurig an.

»Diese Marlene Biskind hat es vor ungefähr zwanzig Minuten gebracht. Es ist eines der Fotos, die sie gestern Abend bei meiner Ausstellung gemacht hat, und sie dachte, ich würde mich darüber freuen.«

Simon blickte von ihr auf das Bild in seiner Hand. Er spürte, dass es zitterte.

»Das ist«, er feuchtete sich die Lippen an, »das ist ein Foto von mir?«

»Von wem denn sonst?«

Er zog die Fahrertür des Saab auf.

»Ich brauch jetzt wirklich den Hammer, Jeremy.«

Simon wirbelte herum.

Der Mann joggte diesmal nicht. Er trug lange Hosen und ein T-Shirt, das er unter den Hosenbund geschoben hatte.

Simon zog seine – Jeremys – Geldbörse hervor und prüfte ihren Inhalt. Er wählte einen Hundertdollarschein und streckte ihn dem Mann entgegen.

»Hier. Kauf dir einen Hammer.«

»Ich will mir keinen Hammer kaufen. Ich hab dir einen Hammer geliehen, und den will ich zurück.«

»Es sind hundert Dollar.«

»Ich will nur meinen Hammer.«

»Also schön. Ich hole deinen verschissenen Hammer.«

Er knallte die Wagentür zu und stürmte zum Haus, riss die Tür auf und suchte hektisch in diversen Schubladen nach dem Hammer. Er fand keinen, aber dafür einen Stanley-Schraubendreher, überlegte, dass er damit seine Nummernschilder auswechseln konnte, um die Cops noch eine Weile länger fernzuhalten, und schob ihn in seine Manteltasche. Dann suchte er weiter.

»Was machst du?«

»Ich suche einen Hammer.«

Samantha verschwand und kehrte kurz darauf mit einem Hammer aus der Garage zurück.

»Diesen hier?«

Wortlos nahm er ihr den Hammer aus der Hand, hielt ihn in die Höhe und ging wieder nach draußen.

»Ist das hier der Hammer, den du willst?« Er wurde plötzlich wütend. Seine Wangen färbten sich rot vor Zorn. Es schnürte ihm die Brust ein. Rasender Jähzorn betäubte seinen Verstand. »Ist das der Scheißhammer, den du willst?«

»Was für einen anderen Hammer sollte ich ...«

Simon schwang den Hammer und traf den Dreckskerl seitlich am Kopf.

»Da hast du deinen Scheißhammer.«

Der Typ brach zusammen, landete auf dem Boden und hielt sich den Kopf. Simon ließ den Hammer auf das Pflaster der Auffahrt fallen, von wo er abprallte und auf dem Rasen landete. Einen Augenblick später sickerte Blut zwischen den Fingern des Mannes hervor und verteilte sich im Gras. Der Verletzte lag auf der Seite, schlug mit den Armen um sich und zappelte unkontrolliert. Seine Hose und sein T-Shirt bekamen Grasflecken. Nachbarn traten vor ihre Haustüren, erkundigten sich, ob alles in Ordnung sei, fragten sich, ob ...

Verwünschungen murmelnd stieg Simon in seinen Wagen. Er hatte es satt, von allen bedrängt zu werden. Er hatte es satt, hektisch zu sein und sich verloren zu fühlen und nicht zu wissen, in welche Richtung er sich wenden sollte. Alle setzten sie ihm zu. Samantha. Der Privatdetektiv. Zurasky. Und dann dieser Scheißkerl mit seinem verdammten Hammer. Zum Teufel sollten sie sich scheren. Allesamt.

Er lenkte den Wagen vom Bordstein und fuhr mit kreischenden Reifen davon.

Er kreuzte auf dem Parkplatz des Fillmore-Bahnhofs so lange umher, bis er einen Platz gefunden hatte, parkte und stieg aus. Er fischte den Schraubendreher aus der Innentasche seines Mantels und ging zu dem Ford Explorer, neben den er seinen Wagen gestellt hatte. Nach rechts und links blickend, hockte er sich hin und machte sich daran, die Nummernschilder abzuschrauben.

Er fuhr den Hollywood Boulevard entlang, an Grauman's Chinese Theater vorbei und am Ripley Museum. Vor dem Theater hatte sich eine Menschenmenge versammelt.

Ein Streifenwagen kam ihm entgegen und fuhr an ihm vorbei. Simon verkrampfte sich, doch der Polizist beachtete ihn gar nicht.

Ihn beschlich ein seltsames Gefühl. Wie konnte er sich so schuldig fühlen – wie konnte er so schuldig geworden sein: einen Mann zu töten und zu versuchen, die Leiche verschwinden zu lassen, einzubrechen und zwei Männer tätlich anzugreifen – und trotzdem nicht die Aufmerksamkeit sämtlicher Gesetzeshüter in einem Umkreis von hundert Meilen auf sich zu ziehen? Besonders, wenn alles in die Brüche ging. Es schien der natürliche Gang der Dinge zu sein, der nächste Schritt, und doch ...

Während der Fahrt schob er sich eine Zigarette zwischen die trockenen Lippen und griff nach seinem Zippo. Es war nicht da. Er hatte es verloren. Er drückte mit dem Daumen auf den eingebauten Zigarettenanzünder, der kurz darauf heraussprang. Er zündete die Zigarette an und inhalierte tief. Durch den Rauch fühlten sich seine Lungen an wie zu stark aufgeblasene Luftballons, prall und im Begriff zu platzen.

Er atmete aus.

Während er weiterfuhr, versuchte er, den Ereignissen der letzten beiden Wochen einen Sinn abzuringen. Er versuchte, die Anhaltspunkte zu ordnen und zu einem Bild zusammenzufügen. Er versuchte, das hässliche und vertrackte Chaos der Ereignisse zu entwirren. Er schaffte es nicht. Aber als er sich dem Motel näherte – beigefarbener Gipsverputz mit grauen Betonflächen, wo die Fassade kürzlich ausgebessert worden war, nachdem, wie es aussah, wohl ein Wagen direkt ins Büro des Ladens gefahren war –, machte es bei ihm Klick. Und auch wenn dadurch nicht alles einen Sinn bekam, war es doch ein Anhaltspunkt, von dem er ausgehen konnte.

Walk the mile. Well, take him.

Ja, jetzt hatte er etwas, von dem er ausgehen konnte.

Er hoffte es jedenfalls.

»Wieder da?«, sagte der Typ hinterm Tresen, zupfte ein Haar aus seinem Nasenloch, inspizierte es und ließ es achtlos zu Boden fallen.

»Ja. Aber ich möchte, dass Sie vergessen, mich je gesehen zu haben.«

»Kein Problem. An einem Ort wie diesem muss man vergesslich sein.«

Simon nickte.

»Sie sind den Schatten losgeworden?«

»War nicht die Polizei. Privatdetektiv.«

»Eheprobleme?«

»Was wissen Sie davon?«

»Nichts, Mann. Reine Konversation.«

»Schön, haben Sie was zum Schreiben? Einen Stift oder Marker oder so?«

Der Typ kramte einen schwarzen Marker aus einem Kaffeebecher und legte ihn auf den Tresen.

»Wie lange bleiben Sie diesmal? Ich kann Ihnen Rabatt geben, wenn Sie länger als drei Nächte bleiben.«

»Ich weiß nicht, wie lange. Machen wir es tageweise.«

»Ganz, wie Sie wollen.«

Simon bezahlte, und der Typ gab ihm den Schlüssel für dasselbe Zimmer, in dem er auch vergangene Nacht geschlafen hatte. Eins dreizehn: Pech plus eins. Er war schon an der Tür – mit Blick hinaus auf den Parkplatz –, als er stehen blieb und sich umdrehte.

»Wenn jemand fragt, wer hat in meinem Zimmer übernachtet?«

»Blonder Kerl mit Hasenscharte. Hatte ein Muttermal am Hals, das wie Texas geformt war.«

»Armer Kerl.«

»Das gilt für die meisten, die hier enden – die Tage, als sie noch in goldene Becken geschissen haben, sind längst vorbei. Wenn sie überhaupt mal solche Tage erlebt haben.« Er sah traurig und nachdenklich aus.

Simon nickte und hielt den Marker in die Höhe. »Den bring ich zurück, wenn ich fertig bin.«

Als er kein Papier finden konnte, schrieb er beide Wendungen an die Wand.

Walk the mile
Well, take him

Ein A, zwei E, ein H, ein I, ein K, zwei L, ein M, ein T, ein W – zweimal dieselben Buchstaben. Es handelte sich um Anagramme – wie er vermutet hatte. Aber was noch? Er starrte lange auf die Wörter, die beiden Phrasen, die er mit zitternder Hand auf die unebene Wand des Motelzimmers gekritzelt hatte und die jetzt vom blassgelben Licht der Lampe beleuchtet wurden. Wann hatte er den letzten Bissen gegessen? Sein Magen fühlte sich leer und übersäuert an, knurrte und brodelte vor sich hin. Konnten Mägen sich selbst verdauen?

Jetzt war nicht die Zeit, darüber nachzudenken. Essen konnte er später.

Anagramme.

Nach einer Weile schrieb er los. Anfangs noch langsam, aber als er den Bogen raushatte, ging es schneller:

We Hamlet ilk
Lathe, we milk
Elm wheal kit
Whale elm kit
Whale me kilt
Ahem, wet kill
Make hell, wit
Make wet hill
Tweak him, Ell
Wake them ill
Weak, tell him
I, metal whelk
Hew metal ilk
Helm, wale kit
Hall wet, Mike
Hat well, Mike
Me talk while
Walk them, lie
The lime walk

Hawk, I tell me
Halt 'em, we ilk
He law me kilt
Hi, law elk, met
Mew, at he, kill
At hem we kill

Während er ein Anagramm nach dem anderen aufschrieb, kaute er auf der Unterlippe. Keines machte den geringsten Sinn, aber das eine oder andere Mal hielt er inne und versuchte, eine versteckte Bedeutung zu erkennen. Es gelang ihm jedoch nicht, und daher schrieb er weiter.

Dann hielt er wieder inne und setzte sich aufs Bett.

Er betrachtete seine Sammlung unsinniger Anagramme. Ihm würde leicht noch ein weiteres Dutzend einfallen, kein Problem – maw hike tell, aw theme kill, he me well kit, math like Lew und so weiter und so weiter –, aber er sah keinen Sinn darin, sie hinzuschreiben, wenn sie ihm bedeutungslos erschienen.

Er warf den Marker gegen die Wand, sah, wie er abprallte und zu Boden fiel, und warf sich auf die Matratze. Er blickte an die Decke. Sie war von Spraytextur bedeckt. Das hatte er als Kind Popcorndecke genannt. Doch eine Stelle schien kürzlich repariert worden zu sein. Vielleicht hatte es ein Leck im Dach gegeben, und das vermoderte Stück war herausgenommen und ersetzt worden. Oder vielleicht ...

Er kam hoch, stand auf, klaubte den Marker vom Boden, ging zur Wand und schrieb zwei Wörter an das Ende seiner Liste:

Kate Wilhelm

Ein A, zwei E, ein H, ein I, ein K, zwei L, ein M, ein T, ein W – Kate Wilhelm. Lange ließ er den Blick auf den beiden Wörtern ruhen. Es hätte ihm gleich auffallen müssen. Hätte er klar denken können, wäre es das auch.

Er dachte an den Brief, den Jeremy Shackleford ihr geschrieben hatte.

Was hatte sie getan? Er hatte geschrieben, dass sie nicht so weitermachen durfte. Er hatte geschrieben, dass sie sich selbst am Ende genauso wehtun würde, wie sie ihm wehgetan hatte. Wie hatte sie ihm wehgetan? Was hatte sie getan?

»Du dachtest also, ich wäre zu dumm, um dahinterzukommen, dass du es warst.« Er leckte sich die Lippen. »Für so dumm wirst du mich jetzt nicht mehr halten.«

Er saß am Schreibtisch in der Ecke des Zimmers, griff nach dem Telefon und wählte 4-1-1.

»Stadt und Bundesstaat bitte.«

»Los Angeles, Kalifornien.«

»Wie kann ich Ihnen helfen, Sir?«

»Die Nummer einer Kate Wilhelm.«

»Wilhelm?«

»Wilhelm.« Er buchstabierte den Namen.

»Okay, Sir, ich habe hier dreiundzwanzig Einträge für Wilhelm, aber keine Kate.«

»Haben Sie ein K?«

»Nein, Sir, nichts zwischen John und Mack.«

Simon schwieg.

»Sir?«

»Wäre es möglich, alle Nummern zu bekommen?«

»Alle dreiundzwanzig, Sir?«

»Ja.«

Ein Seufzer.

»Haben Sie Stift und Papier, Sir?«

»Ich hab einen Marker.«

»Okay, Sir. Die erste wäre Amanda.«

»Okay.«

Er ließ sich die Namen und Nummern geben und kritzelte sie auf die Holzoberfläche des Schreibtisches, da er kein Papier hatte. Dabei verschmierte der Teil seiner Hand unter dem kleinen Finger gelegentlich einen Nachnamen oder die letzten vier Ziffern einer Telefonnummer, wenn er darüberrutschte. Schließlich hatte er sämtliche Einträge notiert.

Er legte auf, drehte sich um und blickte über die Schulter zur Digitaluhr auf dem Nachttisch. Die roten Zahlen behaupteten, es sei

8:54

Es war noch nicht zu spät, um anzurufen.

Er drehte sich wieder zum Telefon um und betrachtete es. Sein Magen verkrampfte sich. Aus irgendeinem

Grund empfand er schreckliche Scheu und zudem eine undefinierbare Furcht, die ohne Richtung schien und auch kein Ziel besaß. Er schluckte und sah auf die erste Nummer.

Er musste es tun, also wäre es besser, sofort anzufangen. Er nahm den Hörer ab und wählte.

»Hallo?«

»Hi, ist Kate da?«

»Kate?«

»Kate Wilhelm.«

»Welche Nummer haben Sie gewählt?«

Er sagte es ihr.

»Richtige Nummer«, sagte die Frau am anderen Ende der Leitung, »falsche Person.«

»Okay. Entschuldigen Sie die Störung.«

»Kein Problem.« Klick.

Den Hörer am Ohr, unterbrach er die Verbindung mit der linken Hand, indem er mit zwei Fingern auf den Knopf drückte, dann hob er die Hand, horchte auf den Wählton und wählte die nächste Nummer. Er bekam eine ähnliche Antwort – wieder und wieder dasselbe. Tut mir leid, nein, falsche Nummer, niemand mit dem Namen hier, wen wollen Sie denn sprechen, ich kenne niemanden, der so heißt ... äh-äh ... nein, Wiederhören.

So ging es, bis er mit John Wilhelm verbunden wurde.

»Ja?«

»Hi. Ist ... äh ...«

»Was?«

»Ist Kate da?«

Schweigen.

»Hallo?«

Schließlich: »Soll das ein Scherz sein?«

»Nein, Sir.«

»Wer ist denn da?«

»Wie bitte?«

»Wer da spricht?«

»Ist ... ist Kate da?«

»Ich fragte, wer da ist?«

»Simon.«

»Wann haben Sie Kate das letzte Mal gesehen, Simon?«

»Das ist ... das ist schon eine Weile her.«

Erneutes Schweigen.

»Hallo?«

»Kate ist tot.«

»Was?«

»Tot.«

»Wann?«

»Letztes Jahr im April.«

»Das kann doch nicht ... wann?«

»April vor einem Jahr, sagte ich.«

Er antwortete nicht. Irgendwann reagierte der Mann am anderen Ende der Leitung ungeduldig auf das Schweigen. »Hallo?«

»Das kann nicht sein.«

»Leider doch. Auf Wiederhören.«

Das Geräusch, wenn eine Verbindung unterbrochen wird. Simon saß eine Weile einfach da, den Telefonhörer ans Ohr gepresst. Schließlich durchbrach eine Tonbandstimme die Stille. »Wenn Sie einen Anruf tätigen möchten, legen Sie bitte auf und ...«

Er legte den Hörer auf die Gabel, blickte hinunter auf seinen Schoß, überlegte, was er als Nächstes tun sollte, hob den Hörer wieder auf und wählte noch mal 4-1-1.

»Stadt und Bundesstaat bitte.«

»Los Angeles, Kalifornien«, sagte er. »Ich brauche die Adresse eines John Wilhelm.«

»In Los Angeles ist kein John Wilhelm verzeichnet, Sir, aber ich habe einen in Burbank.«

»Der ist es.«

Im Traum fuhr er einen gelben Chevy Nova, und obwohl er nicht besonders groß war – eins achtundsiebzig –, scheuerten seine Knie am Lenkrad. Der Wagen war auf eine kleinere Person zugeschnitten. Es war nicht sein Wagen. Er sah Blut an seinen Händen, als sie das Lenkrad ergriffen, in seinen Hautfalten, unter seinen Daumennägeln. Er warf einen Blick nach rechts, aber der Beifahrersitz war leer.

Das ergab keinen Sinn; er wusste, dass sich Kate im Wagen befand.

Er wandte den Kopf, um auf den Rücksitz zu schauen, und sah ...

Er wurde davon wach, dass jemand gegen die Tür trommelte. Er wusste nicht, wo er war, welcher Wochentag gerade war und wer er war. Er sah sich um, weil er sich an seiner Umgebung orientieren wollte. Er war auf dem Stuhl vorm Schreibtisch eingeschlafen. Er hatte beschlossen, John Wilhelm einen Besuch abzustatten, dann das Gesicht in die Hände vergraben und die Augen geschlossen. Nur für einen Moment, um zu überlegen, wie er die Sache angehen sollte, und dabei musste er eingeschlafen sein. Sein Nacken tat höllisch weh.

Wie lange hatte er geschlafen?

»Aufmachen, Arschloch!«

Das Trommeln hörte nicht auf.

Er rieb sich die Augen mit den Fingerknöcheln und blickte zum Fenster hinaus. Seine Augen juckten. Es war Abend. Die Uhr zeigte Viertel vor zehn. Er fragte sich, ob etwa ein ganzer Tag verstrichen war. Vermutlich nicht. Er glaubte, dass immer noch Dienstag war. Es *war* doch Dienstag gewesen, oder? Er konnte einfach nicht denken ...

»Ich trete diese Scheißtür ein!«

»Wer ist denn da?«

»Mach die verschissene Tür auf! Ich weiß, dass sie da drinnen ist.« Die Wörter verschwommen zu einem Lallen.

»Hier drinnen ist keine ›Sie‹.«

»Mach die Scheißtür auf und beweis es.«

Simon ging zur Tür und öffnete, so weit es die vorgelegte Kette erlaubte. Er schaute hinaus und sah einen Mann, der Ähnlichkeit mit einer Gottesanbeterin hatte und nur Unterhemd und kurze Cargohosen trug. Außerdem war er barfuß. Und sah Simon verwirrt an.

»Wer, zum Teufel, bist du?«

»Der Typ, gegen dessen Tür du getrommelt hast.«

»Welches Zimmer ...« Er studierte die Nummer an der Tür. »Mann, das ist ja das falsche Zimmer.« Er sagte es in einem Tonfall, der unterstellte, Simon habe den Fehler gemacht: Er hatte sein Zimmer eindeutig am falschen Ort platziert. Der Mann ging kopfschüttelnd davon.

Simon schloss die Tür.

Kurz darauf hörte er, dass an eine andere Tür getrommelt wurde.

»Aufmachen. Ich weiß, dass sie da drinnen ist!«

Simon war froh, dass ihn der Mann geweckt hatte. Er musste noch jemandem einen Besuch abstatten.

Mit seinem Knie lenkend, schob er sich während der Fahrt eine Zigarette zwischen die Lippen und zündete sie mit Motel-Streichhölzern an; er staunte immer noch, dass er obendrein auch sein Feuerzeug verloren hatte. Dann drückte er einen Knopf an der Tür, und summend senkte sich die Scheibe um einige Zentimeter. Die Brise kühlte sein Gesicht. Es herrschte nur wenig Verkehr, aber das Dröhnen der Reifen war laut.

Zu seiner Linken blinkten die Lichter der Stadt wie gestrandete Sterne.

Das Haus war klein und dunkel – fast die ganze Innenbeleuchtung war ausgeschaltet. Nur das Fenster eines Zimmers schimmerte mattgelb wie eine Kürbislaterne. Der Hof war flach und kahl, keine Blumen oder Bäume oder Büsche irgendeiner Art, nur ein von Fingergras und Löwenzahn durchsetzter Rasen. Der betongraue Gipsputz sah stumpf und ungestrichen aus. Ein hellblauer Ford

Pinto Kombi stand in der Auffahrt. Seine Heckscheibe war zertrümmert und provisorisch mit einem schwarzen Müllbeutel ausgebessert, den man mit Klebeband, das von der Sonne ausgetrocknet war und sich inzwischen löste, befestigt hatte. Die Plaketten auf dem Nummernschild waren bereits seit acht Monaten ungültig.

Er hielt an der Bordkante und stieg in die Nacht hinaus. Seine Zigarette ließ er achtlos fallen. Sie wurde durch ein Rinnsal ausgelöscht, das von einer Beregnungsanlage ein paar Häuser weiter stammte. Das Geräusch des Verkehrs auf dem Freeway fing sich in der Sackgasse. Eine kühle Brise zauste sein Haar. Er schluckte.

Nachdem er eine Weile dagestanden hatte, ging er über den Rasen und hörte dabei, wie das Gras trotz der Feuchtigkeit des Bodens vertrocknet unter seinen Schuhsohlen knisterte. Als er die Eingangstür erreicht hatte, klopfte er an.

Drinnen herrschte Stille, dann war das Geräusch von Schritten zu hören, die sich der Tür näherten, das Knarren eines Knaufs, der gedreht wurde, das gequälte Knarzen unwilliger Angeln.

Und dann sah ein Mann in den Vierzigern Simon ins Gesicht. Er präsentierte einen nackten breiten Oberkörper und trug nur Baumwollshorts. Seine Brust war von dichtem Haar bedeckt, in dem hier und da Essensreste nisteten. Sein Haupthaar war braun bis auf die grauen Schläfen und den langen, verfilzten Bart, der ebenfalls grau war. Die Krähenfüße an den Augenwinkeln gruben tiefe Furchen in die Haut. Er hielt eine Dose Budweiser in der Hand. Beim Öffnen der Tür war sein Blick verschleiert, aber als er schließlich so weit war, Simon genauer anzusehen, blickten sie stechend und hell und zornig.

»Scheiße, was suchen Sie denn hier?«

»Ich ... was?«

»Warum sind Sie hier?«

»Ich bin ...« Simon schluckte. »Ich bin gekommen, um Kate zu besuchen. Ist sie da?«

»Was?«

»Ich bin hier, um ...«

»*Sie* haben vorhin hier angerufen.«

»Was? Nein.«

Simon wusste nicht, warum er log. Es geschah ganz instinktiv. Wenn man in anklagendem Tonfall gefragt wird, ob man etwas getan hat, sagt man erst mal instinktiv Nein.

»Ich erkenne Ihre Stimme. Ich wusste doch, dass sie mir vertraut vorkam.«

»Sie haben recht. Entschuldigung. Ich habe angerufen. Ich möchte nur Kate besuchen. Ich weiß nicht, was sie Ihnen erzählt hat, aber ich ...«

»Was sie mir erzählt hat? Haben Sie den Verstand verloren? Kate ist tot.«

»Das sagten Sie schon am Telefon, aber ...«

»Aber gar nichts. Warum sind Sie hier?«

Dem Mann – John – waren die Augen inzwischen feucht geworden, und jetzt röteten sie sich. Er blinzelte mehrmals schnell hintereinander und wandte den Blick ab.

»Sie kann nicht im vergangenen April gestorben sein. Ich habe sie gestern noch gesehen.«

»Verschwinden Sie von hier!«

»Vielleicht dürfte ich reinkommen und mich umsch...«

»Nein. Ich habe Ihnen schon bei der gerichtlichen Untersuchung gesagt, dass ich Ihre verschissene Visage nie mehr sehen will, und das meine ich auch so. Ja, wenn ich mich recht erinnere, hab ich Ihnen gesagt, dass ich Sie umbringe, wenn Sie mir noch mal unter die Augen kommen. Und jetzt bringen Sie mich in große Versuchung. Verschwinden Sie von meinem Rasen. Verschwinden Sie von hier. Und lassen Sie sich nie wieder blicken.«

»Aber sie kann doch nicht ...«

»Sie ist es!«, schrie John. »Und Sie wissen das verdammt genau. Ich hab keine Scheißahnung, was bei Ihnen nicht stimmt, aber das ist mir auch egal. Und jetzt *verschwinden* Sie!«

Beim letzten Wort holte er aus und warf seine Dose Budweiser. Sie war fast voll, und als sie aus einer Entfernung von gerade mal einem Meter gegen Simons Brust prallte, nahm ihm der Schlag die Luft. Er taumelte rückwärts und stürzte mit dem Hintern auf den Rasen.

Die Dose fiel auf die Vorderveranda, erbrach schäumende Flüssigkeit aus ihrem Metallmund und rollte auf der sanften Schrägung in Richtung Gras.

Plötzlich explodierte ein Bild in seinem Kopf: Ein gelber Chevy Nova durchbrach krachend eine Leitplanke. Zehn, fünfzehn Meter weiter unten standen Bäume am Rand einer Felswand, und im nächsten Augenblick, sobald die Schwerkraft zupackte, würde der Wagen zwischen ihnen landen.

Der Nova segelte durch die Luft, und sein Kühler neigte sich steiler abwärts. Das Licht der Scheinwerfer ließ die Baumwipfel aufleuchten, und vom Beifahrersitz aus konnte Simon sehen, wie ein Schwarm Vögel, vom Motorengeräusch des Wagens aufgeschreckt, von einem der Wipfel in die Höhe stieg.

Er warf einen Blick nach links, zum Fahrersitz, und ...

»War es ein Autounfall?«

Simon sah vom Rasen hinauf zu John Wilhelm. Der Mann erwiderte kurz seinen Blick und schlug dann wortlos die Tür hinter sich zu. Dann war zu hören, wie abgeschlossen wurde. Offenbar wollte er die Frage nicht beantworten.

Simon stand auf und schüttelte den Schmutz ab. Sein Hintern war feucht vom Gras, seine Brust feucht vom Bier.

Er ging zu seinem Wagen und stieg ein.

Als er wieder in seinem Zimmer war, suchte und fand er den Thermostaten und schaltete den kleinen rostigen Heizkörper an, der aussah wie ein Akkordeon. Er war von der Nachtluft völlig durchgefroren, und dann waren da noch die Feuchtigkeit des Rasens und das Bier, das ihm am Hemd heruntergelaufen war. Da hatten auch Mantel und Schal nichts ausrichten können. Als der Heizkörper warm wurde, setzte er sich auf den Holzstuhl am Schreibtisch und hob den Telefonhörer ab. Er wählte 4-1-1.

»Stadt und Bundesstaat bitte.«

»Glendale, Kalifornien.«

»Was kann ich für Sie tun?«

»Christopher Watkins.«

»Einen Augenblick, Sir.«

»Okay.«

Man hörte Finger auf einer Tastatur tippen.

»Ich hab's gefunden, Sir. Möchten Sie gleich verbunden werden?«

»Ja, bitte.«

Stille, als die Leitung unterbrochen wurde, dann ein Wählton, und das Telefon läutete. Viereinhalbmal.

»Hallo?«

Die Stimme klang geschafft, die Nase verstopft.

»Hab ich dich geweckt?«

»Simon?«

»Ja.«

»He, Mann, was ist denn los? Es ist halb zwölf.«

»Entschuldigung.«

»Schon gut. Was liegt an?«

»Ich muss dich was fragen.«

»Schieß los.«

»Als du dieses UFO-Special gesehen hast – was wurde darin über die Augen gesagt?« Simon wusste, dass er nach Strohhalmen griff, aber seit Burbank war ihm dieser Privatdetektiv nicht aus dem Sinn gegangen. Er konnte sich zwar nicht vorstellen, warum es so war, aber irgendwo im Hinterkopf hatte er ihn und Kate auf irgendeine Weise in Verbindung gebracht.

»Wovon zum Teufel redest du?«

»Das UFO-Special, das du erwähnt hast. Das im Fernsehen lief.«

»Oh, das wird morgen Abend gesendet.«

»Wovon zum Teufel redest du? Vor über zwei Wochen haben wir beim Mittagessen darüber geredet.«

»Nö.«

»Ist es eine Wiederholung?«

»Nein, Mann, die haben das Ding immer wieder verschoben, als wollten sie sich nicht die Finger damit verbrennen. Es ist absolut neu.«

»Das kann nicht ... okay. Ich muss auflegen.«

Er legte den Hörer auf die Gabel.

»Tschüs«, sagte er zum leeren Zimmer.

Er ging zum Schnapsladen an der Ecke und kaufte eine Flasche Whiskey. Den trank er beim Fernsehen, bis es sehr spät wurde. Er fragte sich, ob er wohl seinen alten Job zurückbekommen konnte, wenn dies alles vorbei war. Nach dem ersten Mal hatte er Mr. Thames nicht wieder angerufen. Er war sicher, dass man ihn entlassen hatte. Aber vielleicht konnte er ja doch seinen alten Job zurückhaben. Er war ein sehr guter Angestellter, bis ...

Er ging zum Telefon und wählte die Büronummer samt Durchwahl, und der Anrufbeantworter nahm ab. Er schwafelte eine Weile ins Telefon und hängte dann auf. Er ging zum Bett und legte sich hin. Als er einschlief, erinnerte er sich schon nicht mehr, dass er telefoniert hatte.

Als er aufwachte, wurden ihm zwei Dinge klar – er hatte einen schlimmen Kater, und er wusste, welche Verbindung zwischen dem Privatdetektiv und Kate bestand. Der Typ hatte ihn am Montagabend beschattet, als er die Frau traf, die sich als Kate Wilhelm ausgegeben hatte. Sofern Kate wirklich tot war. Vielleicht war sie es aber auch selbst gewesen. Vielleicht hatte Mr. Wilhelm gelogen. Es hatte zwar nicht den Anschein, aber ...

Er würde sich erinnern. Der Detektiv. Und wenn sich eine Person als Kate ausgegeben hatte, wusste dieser Mann vielleicht, wer sie wirklich war.

Er schnappte sich seine Schlüssel und eilte hinaus.

Er schloss die Vordertür auf und trat leise in die Diele. Er hatte keine Polizeiwagen gesehen, keine Zivilfahrzeuge oder sonst etwas, das Verdacht erregt hätte, weil es fehl am Platz war. Trotzdem hätte es ihn nicht überrascht, wenn er Polizisten vorgefunden hätte, die auf ihn warteten. Da waren keine – beinahe schon eine Enttäuschung.

Samanthas Wagen stand in der Auffahrt, aber das Wohnzimmer war leer.

Ihre Handtasche stand auf der Couch.

Er ging hin und machte sich daran, in der Tasche zu stöbern. Er suchte die Visitenkarte des Privatdetektivs.

»Jeremy?«

Er blickte auf. Samantha stand am Anfang des Korridors in einem rosa Seidennachthemd, die Arme um sich geschlungen. Ihr Haar war zerzaust und ihr Make-up verschmiert – sie musste ins Bett gegangen sein, ohne sich das Gesicht zu waschen –, aber sie sah trotzdem schön aus.

»Wo ist sie?«

»Was ist mit dir?«

»Seine Visitenkarte. Wo ist sie?«

»Wovon redest du eigentlich?«

»Der Privatdetektiv, den du angeheuert hast, damit er mich beschattet. Ich muss mit ihm reden.«

»Wieso?«

Er warf die Handtasche auf den Boden.

»Sag mir einfach, wo ich ihn finde!«

Der Detektiv hieß Adam Posniak und hatte sein Büro in einem Straßenzug mit beige verputzten Häusern direkt am Washington Boulevard, nicht weit östlich von La Brea. Simon lenkte den Saab auf den grauen Asphalt des Parkplatzes, fand eine Lücke und rangierte den Wagen hinein.

Den Wagen zu seiner Linken erkannte er wieder. Es war ein schwarzer, erst kürzlich bei einem Unfall verbeulter Cadillac.

Das Büro des Privatdetektivs befand sich zwischen einem Grillimbiss und einem Fuß- und Handpflegestudio. Auf der zerfledderten grünen Markise darüber war kein Schriftzug zu sehen. Auf der Tür stand lediglich:

SUITE 12D

und kein Name. Die Glasscheibe war milchig, sodass man nicht hineinsehen konnte. Die Scheiben rechts und links der Tür waren ebenfalls aus Milchglas. Simon stieß die Tür auf.

Eine blonde Frau um die fünfundzwanzig saß mit dem Gesicht zur Tür hinter einem grauen Metallschreibtisch. Auf einem hüfthohen Bücherregal zu ihrer Rechten brannte auf einer Metallplatte eine Räucherkerze, unter deren Aroma sich noch irgendwie ein Essiggeruch mischte. Hinter ihrem Kopf hing ein sehr schlechtes Gemälde vom Santa Monica Pier, auf dem das Riesenrad eher aussah wie ein Basketball, der Luft verloren hatte. Ihre Lider waren blau angepinselt, die Augenbrauen zu schmalen Linien gezupft und dann mit dem Stift nachgezogen, die Lippen gefärbt wie rohes Fleisch. Ihre Fingernägel waren grün, aber abgeblättert, und die Nägel um die Hälfte nachgewachsen, seit sie sie das letzte Mal lackiert hatte. Eine kleine weiße Narbe in Häkchenform bauschte sich wie Rasierschaum auf ihrem Kinn. Auf dem Schreibtisch stand ein Laptop, aber gerade benutzte sie eine metallisch blaue Remington Letter-Riter-Schreibmaschine zum Ausfüllen eines Formulars. Als die rostige Glocke über der Tür einen erstickten Ton von sich gab, mit dem sie ein Läuten nachzuahmen versuchte, hörte die junge Frau zu tippen auf und hob den Kopf.

»Kann ich Ihnen helfen?«

»Ich muss zu Posniak.«

»Er ist im Augenblick nicht da. Aber ich kann ihm gerne etwas ausrichten.«

»Sein Wagen steht doch draußen.«

Sie reagierte mit einem schmallippigen Gesichtsausdruck und rümpfte die Nase, als habe sie soeben etwas Unangenehmes gerochen – Simon vielleicht –, um dann nach einer kurzen Pause zu sagen: »Aber er ist weggegangen.«

»Wenn er zu Fuß ist, kann er ja nicht weit sein. Ich werde warten.«

Sie seufzte.

»Wie war noch Ihr Name?«

»Ich habe ihn noch gar nicht genannt.«

Sie verzog keine Miene und sagte: »Wie lautet er also?«

Simon zögerte, fragte sich, was er sagen sollte, und entschied sich für: »Jeremy Shackleford.«

»Einen Moment bitte.«

Sie nahm den Telefonhörer, legte ihn ans Ohr und flüsterte, wobei sie den Mund mit der Hand verdeckte und Simon aus ihren haselnussbraunen Augen ansah. Dann legte sie wieder auf.

»Tut mir wirklich leid«, sagte sie. »Er ist im Augenblick nicht abkömmlich. Aber er würde liebend gern einen Termin vereinbaren, um über ...«

»Er ist abkömmlich.«

Simon ging zur Tür an der linken Wand und griff nach der Türklinke. Er nahm an, dass abgeschlossen war und er die Tür eindrücken musste. Er hoffte nur, dass sie nicht zu fest im Rahmen verankert war und es nicht zu schwierig wurde. Stattdessen schwang sie sofort auf. Simon betrat das Büro und schlug der protestierenden Sekretärin die Tür entgegen. Sie bekam nicht mehr heraus als »He, Moment mal ...«, bevor das Türblatt sie zum Schweigen brachte. Der Essiggeruch war hier drinnen noch viel stärker, und dazu roch es eigentümlich nach einer Chemikalie, die Simon nicht recht einordnen konnte.

Er schloss die Tür hinter sich.

Adam Posniak saß an seinem Schreibtisch. Ein rauchgeschwärzter Löffel, ein Feuerzeug und ein kleiner Beutel mit bräunlichem Pulver lagen auf der Tischplatte. Er hatte sein Jackett ausgezogen und seinen linken Ärmel aufgekrempelt. Um seinen Bizeps hatte er einen Gummischlauch geschlungen und fest angezogen. Das Ende hielt er zwischen den Zähnen. In seiner rechten Hand befand sich die Spritze, und sein Daumen lag auf dem Kolben. Die Nadel war noch mehrere Zentimeter vom weichen Fleisch an der Innenseite des Ellbogens entfernt, die von Narben und Wunden verunziert war wie von schlimmer Akne. Ein braunes, aber schwarz angelaufenes Einstichloch sah – zumindest in Simons ungeschulten Augen – aus, als habe es sich entzündet. Es war ein Häufchen rotes Fleisch, gekrönt von nässendem braunem Schorf. Posniak hatte bereits auf den Kolben gedrückt, und ein paar Tropfen spritzten aus der Nadelspitze auf das fahle Fleisch an der Innenseite seines Arms.

Posniak ließ das Ende des Gummischlauchs aus dem Mund fallen und legte die Spritze auf den Tisch. Sein blasses Gesicht war von Schweißperlen bedeckt. Er öffnete die rechte obere Schublade und legte seine Hand hinein. Ohne sich ganz sicher zu sein, nahm Simon an, dass sie dort auf einer Feuerwaffe ruhte.

»Ich bin kein Junkie, Mr. Shackleford.«

»Wie man sieht.«

»Ich habe chronische Schmerzen. Meine Augen. Und das hier hilft.«

»Schon mal Tylenol probiert? Das ist nicht ganz so heftig.«

Eine Pause.

»Warum sind Sie hier?«

Simon griff in die Tasche, holte seine Zigaretten hervor und zündete sich mit dem Streichholz eine an.

»Was dagegen, wenn ich rauche?«

Posniak schob ihm einen Glasaschenbecher über die Tischplatte entgegen. Er war bereits halb gefüllt mit Zigarettenkippen, deren Filter größtenteils in unterschiedlichsten Nuancen rot beschmiert waren.

Dann nahm er ein schon schweißgelbes Taschentuch vom Tisch und tupfte sich die Stirn.

»Warum sind Sie hier, Mr. Shackleford?«, fragte er nochmals.

»Ich wollte reden.«

»Ich habe Ihrer Frau bereits mitgeteilt, dass ich den Fall nicht mehr bearbeite.«

»Es geht um etwas anderes.«

»Schön, setzen Sie sich«, sagte Posniak. »Ihre Party.«

Simon setzte sich auf den gepolsterten Holzstuhl vor dem Schreibtisch, zog an seiner Zigarette, schnippte Asche in den Aschenbecher.

»Kalt hier drinnen, oder?«, sagte er.

»Kommen wir zur Sache. Worüber wollen Sie sprechen?«

»Über den Abend, als Sie mir zum Bahnhof gefolgt sind.«

Posniak wurde tatsächlich rot.

»Wissen Sie«, sagte er, »recherchieren kann ich. Ich bin sogar ziemlich gut darin. Aber wenn es darum geht, Personen zu verfolgen, ich weiß auch nicht, woran es liegt, das werde ich wohl nie vernünftig hinkriegen.«

»Darin sind Sie miserabel.«

»Aber Sie sind nicht hier, um meine beruflichen Qualitäten zu diskutieren, oder?«

»Erzählen Sie mir von Kate Wilhelm.«

»Das Gespräch wäre sicher interessanter, wenn Sie mir von ihr erzählten. Ich habe nämlich keine Ahnung, wer das ist.«

»Die kleine Brünette, mit der Sie mich an jenem Abend gesehen haben.«

»An welchem Abend?«

»Montag. Als Sie mir abends zum Bahnhof gefolgt sind.«

»Vorgestern Abend?«

»Vorgestern Abend.«

»Eine kleine Brünette?«

Simon nickte.

»Sie meinen die Fotografin? Marlene Biskind.«

»Sie waren ...?«

»Ich war dort. Dann bin ich Ihrem Taxi bis nach Hause gefolgt.«

»Wo eine kleine Brünette auf der Treppe saß und auf mich wartete.«

Posniak schüttelte den Kopf.

»Da saß niemand auf den Stufen.«

Simon bearbeitete seine Wange mit der Zunge, musterte den Mann und überlegte, warum der Kerl ihn anlügen sollte. Wenn er den Job sowieso los war, gab es keine Provision, für Lügen genauso wenig wie für die Wahrheit.

»Ist es Geld?«

»Ist was Geld?«

»Wollen Sie Geld? Sind Sie deswegen nicht ehrlich zu mir?«

»Sie denken, ich will eine Entlohnung als Gegenleistung für Informationen?«

»Also doch Geld.«

»Hören Sie, Mr. Shackleford. Ich halte keine Informationen zurück. Ich habe Schmerzen. Ich möchte endlich wissen, was Sie von mir wollen, dann sage ich es Ihnen, damit Sie gehen und ich da weitermachen kann, wo ich aufgehört habe. Ich habe kein Interesse, einen Zwanziger aus Ihnen rauszuleiern.«

»Erzählen Sir mir von der Brünetten.«

»Ich sage Ihnen, was ich weiß. Da *war* keine Brünette. Sie sind aus dem Taxi gestiegen, zu den Treppenstufen gegangen, sind kurz stehen geblieben, haben seltsame Armbewegungen gemacht, als wollten Sie mit beiden Händen nach etwas greifen, und sind dann ins Haus gegangen. Zwanzig Minuten später kamen Sie wieder heraus, standen auf der Veranda und sprachen leise mit sich selbst – ich weiß nicht, worüber. Ihre Selbstgespräche zu belauschen war nicht Teil meiner Abmachungen mit Mrs. Shackleford, sie sagte nur, sie wolle wissen, wo Sie sich aufgehalten haben, und zwar rund um die Uhr. Nach einer Weile gingen Sie wieder ins Haus. Eine oder zwei Stunden später kam Mrs. Shackleford nach Hause, und ungefähr eine Stunde danach verließen Sie wieder das Haus. Sie entdeckten mich und schafften es, mich abzuschütteln, indem Sie den Zug nahmen. Etwas später kamen Sie zurück und stiegen in Ihren Wagen. Ich versuchte, Ihnen zu folgen, aber Sie entdeckten mich. Es war spät, ich war müde, und sowieso hatte ich ja den Peilsender an Ihrem Wagen angebracht. Ich dachte mir, wenn Sie mich abschütteln wollen, schön. Am Morgen sitze ich Ihnen sowieso wieder auf der Pelle. Ich fuhr nach Hause und ging schlafen. Das wär's. Das war die ganze Nacht. Würden Sie jetzt bitte gehen? Ich hab genügend Scheiß um die Ohren, um den ich mich kümmern muss.«

Simon schnürte es vor lauter Angst die Brust zusammen, auch wenn er keine Ahnung hatte, wovor er sich fürchtete. War es möglich, dass er halluziniert hatte?

Wie sollte er diese Angelegenheit aufklären, wenn er nicht einmal wusste, welche Beweise echt waren und welche nur Halluzinationen? Was, wenn er gar nicht hier saß? Was, wenn er sich in einer Gummizelle befand, zusammen mit ...

»Ich glaube Ihnen nicht«, sagte er schließlich.

»Ist mir egal.« Posniak zog die Hand aus der Schublade. Er hielt eine kleine silberne .25er darin. Als er sie auf die Tischplatte legte, klang es überraschend dumpf und laut. Er ließ die Hand auf der Waffe liegen. »Ich bin mehr als geduldig mit Ihnen gewesen. Ich habe getan, was ich konnte, und Ihnen erzählt, was ich weiß. Und jetzt fordere ich Sie auf zu gehen. Sofort.«

Nach einem letzten Zug drückte Simon seine Zigarette im Glasaschenbecher aus und stand auf.

Eine Zeit lang fuhr er nur durch die Gegend. Es wusste, dass es dumm war. Er sollte so wenig wie möglich unterwegs sein. Jeder Ort, an dem er identifiziert werden konnte, war ein gefährlicher Ort. Aber er wusste nicht, was er sonst anfangen sollte. Ihm war kaum bewusst, dass er überhaupt fuhr – er funktionierte auf Autopilot, während er sich den Kopf zerbrach, wie er dieses Chaos entwirren sollte –, und als es vorüber war, entsann er sich absolut nicht, wohin er gefahren und wie er vor die Bibliothek gelangt war. Er hatte keine Erinnerung an Ampeln oder andere Autos auf der Straße oder Fußgänger oder sonst etwas, aber jetzt parkte er hier auf der Grand kurz hinter der Fifth Street. Und war froh.

Mit einem Stapel Mikrofilme links neben sich auf dem Tisch und einer zwischen zwei Spulen gespannten Rolle in dem Lesegerät vor seiner Nase durchsuchte Simon Zeitungsarchive. Es musste im April oder Mai letzten Jahres passiert sein. Der Unfall. Jeremy Shackleford war Professor gewesen und Kate Wilhelm seine Studentin; ein nächtlicher Autounfall, an dem beide beteiligt gewesen waren, dürfte genügend Aufmerksamkeit erregt haben, um den Zeitungen ein paar Nachrichtenzeilen wert gewesen zu sein. Die Journalisten konnten es ausschlachten – was verband die beiden, diesen Mann, Mitte dreißig und eine Autoritätsperson, und diese junge College-Studentin, die noch immer bei ihrem Vater in Burbank wohnte? Sie konnten unterstellen, es sei Alkohol im Spiel gewesen, ohne es explizit auszusprechen. Sie konnten anonyme Quellen zitieren, die dies und jenes von ihren eigenen anonymen Quellen erfahren hatten. Oder vielleicht ...

Dann fand er es.

Zusammen mit der Nachricht war ein Foto des Autowracks abgedruckt, aufgenommen von oben. Der Wagen lag kopfüber auf einem Baum, den er offenbar durch sein Gewicht umgerissen hatte. Er brannte noch, als der Fotograf seinen Schnappschuss gemacht hatte. Geschrieben stand dazu:

LOS ANGELES – Seit seiner Fertigstellung 1924 war der Mulholland Drive, berüchtigt für seine Haarnadelkurven, unter berühmten Rasern wie Steve McQueen und James Dean als Rennstrecke beliebt, und vielen, die meinten, ihm bei jeder Geschwindigkeit ein Schnippchen schlagen zu können, ist er zur Straße ohne Wiederkehr geworden. Nun hat der Mulholland Drive wieder ein Menschenleben gefordert und einem zweiten Menschen beinahe den Tod gebracht.

Vorgestern Abend, am 23. April um 23 Uhr 47, wurde die Polizei von mehreren Zeugen über einen Autounfall auf dem Mulholland Drive informiert, knapp einen Kilometer vom Cahuenga entfernt, nicht weit hinter dem Universal City Overlook. Als die Beamten am Unfallort eintrafen, fanden sie eine durchbrochene Leitplanke vor sowie auf dem Berghang zehn Meter darunter einen 1967er Chevy Nova, auf dem Kopf liegend und in Flammen aufgegangen.

Zur Zeit des Unfalls befanden sich zwei Personen im Wagen: Katherine Virginia Wilhelm, 18, eine Studentin, und Jeremy Shackleford, Fakultätsmitglied am Pasadena College of the Arts, an dem Ms. Wilhelm im Hauptfach Szenenbild studierte. Ms. Wilhelm wurde bei der Ankunft im Cedars Sinai Hospital für tot erklärt, während Mr. Shackleford weiterhin im Koma liegt.

Die Polizei nimmt an, dass Ms. Wilhelm ihren schweren Brandverletzungen erlag, wartet aber noch auf die Ergebnisse der Autopsie. Mr. Shackleford wurde beim Aufprall aus dem Auto geschleudert, andernfalls hätte ihn wohl ein ähnliches Schicksal ereilt.

Es wird vermutet, dass Ms. Wilhelm zum Zeitpunkt des Unfalls am Steuer saß, doch die Polizei hat bisher keine Angaben zum Unfallhergang gemacht. Man ermittle in »sämtliche Richtungen«, hieß es lediglich, wobei offen blieb, was genau darunter zu verstehen ist.

Mr. Shacklefords Ehefrau, die Künstlerin Samantha Kepler-Shackleford, kam nach »einem Abendessen mit Freunden« zurück nach Hause, wo sie bereits von der Polizei und Reportern erwartet wurde. Weder wusste sie von Plänen ihres Mannes, sich mit Ms. Wilhelm zu treffen, noch war sie bereit, Vermutungen darüber anzustellen, welcher Art die Beziehung der beiden zueinander gewesen sein könnte. Als sie vom Gesundheitszustand ihres Mannes erfuhr, eilte sie umgehend ins Krankenhaus, um an seinem Bett zu wachen.

Ms. Wilhelms Vater, John Wilhelm, wusste angeblich von dem Treffen. Er sagte, seine Tochter und Mr. Shackleford hätten eine intime Beziehung gehabt, die Mr. Shackleford zwei Wochen zuvor überraschend beendet habe. Eine Woche später erfuhr Ms. Wilhelm, dass sie schwanger war, und als sich Mr. Shackleford erbot, »für eine Abtreibung aufzukommen, statt das Richtige zu tun«, sei sie, wie sich Mr. Wilhelm ausdrückte, »völlig ausgerastet. Sie drohte, seiner Frau alles zu sagen, und sie sagte ihm, sie werde das Kind zur Welt bringen, ob es ihm gefalle oder nicht.« Laut Mr. Wilhelm hatte Mr. Shackleford dann wiederholt angerufen und um ein Treffen gebeten, um »die Situation zu besprechen«. Ms. Wilhelm erklärte sich schließlich bereit, Mr. Shackleford in seinem Haus in Pasadena zu treffen. Was anschließend geschah, weiß nur Mr. Shackleford allein. Er ist derzeit aber nicht vernehmungsfähig. Vielleicht wird man sich ein genaueres Bild machen können, sobald er wieder aus dem Koma aufwacht.

Ms. Wilhelm war zum Zeitpunkt ihres Todes schwanger. Sie hinterlässt ihren Vater John und ihre ältere Schwester Karen.

Er erinnerte sich – es klopfte an der Eingangstür.

Er ging hin, ein flaues Gefühl im Magen. Samantha war nicht im Haus. Sie war mit einer Gruppe von Freundinnen zum Essen ausgegangen und hatte ihn allein zurückgelassen. Und wenn er allein war, konnte er an nichts anderes denken als an Kate. Sie würde seine Ehe ruinieren. Er liebte seine Frau. Sie hatten ein Maß an Verständnis und Vertrautheit erreicht, wie er es noch mit keinem anderen Menschen empfunden hatte. Und jetzt schickte sich dieses kleine Luder an, alles zu zerstören.

Er war niemals einer Studentin zu nahe getreten. Sie hatte sich an ihn rangeschmissen. Er hatte Scheiße gebaut, er hätte sie abweisen müssen. Und ganz gewiss hätte er nicht einen ganzen Monat verstreichen lassen dürfen, bevor er den Mut aufbrachte, die Sache zu beenden. Aber das jetzt hatte er nicht verdient – dass sie sich weigerte abzutreiben und drohte, eine offizielle Beschwerde am College einzureichen und Samantha alles zu erzählen. Er hatte ihr gesagt, er liebe seine Frau, er hatte ihr gesagt, es gebe keine Zukunft für das, was sie da taten – von Anfang an hatte er ihr diese Dinge gesagt. Seine Schuld war es nicht, dass sie ihn nicht ernst genommen hatte. Seine Schuld war es nicht, dass sie gemeint hatte, ihn umstimmen zu können. *Verdammtes* dummes Ding.

Er umfasste den Türknauf aus Messing – ein großes geriffeltes pseudo-edwardianisches Teil, das Samantha bei irgendeinem Antiquitätenhändler aufgetan hatte. Auf ihren Wunsch hin hatte er ihn dann auch angebracht. Und jetzt zog er daran die Tür auf. Da stand Kate und sah traurig aus. Ihr Gesicht war blass, und sie hatte dunkle Ringe unter den Augen. Sie trug kein Make-up. Ihr Haar lag platt an ihrem Kopf an. Ihre Kleidung war zerknautscht. Sie sah ihm nur für einige Sekunden ins

Gesicht, bevor ihr flackernder Blick durch den Raum huschte und sich jedes Mal kurz erhellte, wenn er an einem Gegenstand hängen blieb, bevor er weiterschweifte. Er war bestürzt, wie jung sie aussah.

»Komm rein.«

Sie betrat das Haus, und er schloss hinter ihr die Tür.

»Möchtest du etwas trinken?«

Sie schüttelte den Kopf.

»Setz dich doch.«

Wieder schüttelte sie den Kopf und blieb vor der geschlossenen Eingangstür stehen. Ihr Blick wanderte rastlos umher.

»Wir müssen eine Lösung finden«, sagte er.

»Was für eine Lösung?«, fragte sie, ohne ihn anzuschauen. »Ich habe dir doch gesagt, was ich machen werde. Es gibt rein gar nichts, wodurch du mich umstimmen könntest. Ich weiß nicht mal mehr, warum ich überhaupt hier bin.«

Sie hielt die Arme vor der Brust verschränkt. Ihr Mund war eine schnurgerade Linie.

»Aber warum? Ich habe dir doch gesagt, dass unsere Beziehung keine Zukunft hat. Ich habe dich nie belogen.«

»Mich nie belogen?« Sie sah kurz auf, fand Augenkontakt und ließ den Blick wieder sinken. »Ein Mensch kann auch mit anderem lügen als mit Worten.«

»Aber ich *sagte* dir doch ...«

Ihre Hand sauste durch die Luft und klatschte auf seine Wange. Er berührte seinen Mundwinkel mit der Zunge, spürte, dass dort Barthaare wuchsen, und schmeckte Blut.

»Du hast mich geliebt. Du hast mir vorgespielt, dass du mich liebst, und als du genug hattest, hast du mich einfach weggeworfen. Hast mich allein gelassen mit dem hier.« Sie warf einen Blick auf ihren Bauch.

»Ich habe dich nie geliebt«, sagte er. »Und ich habe auch nie so getan, als ob.«

»Mit deinem Körper hast du mich geliebt.«

»Das war keine Liebe.«

Noch ein Schlag ins Gesicht. Er rieb sich die Wange. Vor Zorn drehte sich ihm der Magen um, und ein Band schnürte sich um seine Brust. Er spürte, wie die rosa Striemen auf seiner Wange anschwollen.

»Schlag mich nicht noch einmal.«

»Oder was?«

»Tu's einfach nicht.«

Es lag etwas Trotziges in dem schnellen Blick, den sie ihm zuwarf. Etwas Trotziges und Zorniges. Ihr Mund zuckte. Ihre Hände ballten sich zu Fäusten. Aber sie blieb stehen und holte nicht wieder aus.

Er benetzte seine Lippen. »Du bist achtzehn. Studienanfängerin. Wenn du dieses Kind bekommst, kannst du alle deine Zukunftspläne vergessen. Verstehst du das nicht? Im Moment bist du wütend auf mich, du willst es mir heimzahlen, aber in einem Jahr wirst du dich kaum noch an meinen Namen erinnern. Du wirst junge Männer kennenlernen, das College abschließen, und im Rückblick wird dies alles nichts als ein Fehler sein, den du als junges Ding begangen hast. Ich werde ...«

»Hör auf. Hör auf zu reden. Ich bin kein Kind mehr. Also behandle mich nicht so herablassend ...«

»Du bist kein Kind mehr?« Sein Lachen war voll Bitterkeit. »Doch, genau das bist du. Ein wütendes Kind, das sich mit einem bescheuerten Trotzanfall die Zukunft verderben will.«

Ihre Hand klatschte ihm ins Gesicht.

Er schlug augenblicklich zurück, und seine offene Hand traf sie so heftig seitlich am Kopf, dass sie herumwirbelte.

»Ich hab dir gesagt, du sollst mich verdammt noch mal nicht noch einmal schlagen.«

Simon sah sich weiter Mikrofilme aus dem Zeitungsarchiv an. Er war verwirrt, und als sich beim Lesen Erinnerungen einstellten – Erinnerungen, die nicht seine eigenen waren –, wuchs seine Ratlosigkeit. Und auch seine Angstgefühle wurden stärker.

Was für ein Mensch war Jeremy gewesen?

Wie konnten sich die Erinnerungen eines fremden Mannes in seinen Kopf schleichen?

Er wollte nicht mehr der andere sein. Er wollte nicht mit Samantha verheiratet sein oder das Haus in Pasadena besitzen oder überhaupt etwas davon. Nicht, wenn es bedeutete, dass er zu der Person wurde, in die er sich verwandelte. Und das war es doch, was geschah, oder? Er wurde zu dem, was er zu sein vorgegeben hatte.

Simon Johnson hatte ein ruhiges Leben geführt und niemandem etwas zuleide getan. Er hatte ein ruhiges Leben geführt, und jeder seiner Tage war ähnlich verlaufen wie der Tag zuvor. Er grüßte seine Mitmenschen und tat seine Arbeit, trat niemandem zu nahe und verletzte niemanden, denn verletzen kann man nur, wem man nahesteht. Simon Johnson hatte ein ruhiges Leben geführt – aber als Jeremy Shackleford in sein Apartment eingebrochen war, hatte sich alles verändert. Simon hatte ihn versehentlich getötet, aber dennoch hatte es ihn verändert, oder? Die Kälte, mit der er reagierte, entsprach der Kälte, die sein ganzes Leben prägte – aber jetzt war dieses heiße Verlangen nach mehr entbrannt und glühte in ihm wie heiße Kohlen.

Und er war zu einem Monster geworden – er war Jeremy Shackleford geworden, oder? Oder er wurde langsam zu Jeremy Shackleford – der Verwandlungsprozess hatte eingesetzt. All diese Dinge, die so tief unter der Oberfläche seines Lebens verborgen gelegen hatten, dass sie größtenteils nur formlose Schatten waren – all diese tentakelbewehrten Kreaturen schossen hervor, all diese Bestien aus seinem Innenleben brachen sich Bahn an die Oberfläche, und sie waren hässlich und schrecklich.

Er hasste, wozu er langsam wurde.

Sie wirbelte herum, verlor das Gleichgewicht und stürzte. Ihr Gesicht schlug mit solcher Wucht gegen den vorspringenden Messingknauf der Tür, dass die Wände bebten und die Fenster in ihren Rahmen schepperten – ihr Kopf schien noch einen Augenblick hängen zu bleiben, obwohl ihr Körper bereits erschlafft war –, und dann fiel sie zu Boden. Sie rührte sich nicht. Sie lag auf der Seite und kehrte ihm den Rücken zu.

»Kate?«

Er stand da und sah auf sie hinunter. Dann bemerkte er, dass vom Türknauf ein Blutstropfen auf den Holzfußboden fiel. Der Knauf selbst war von Blut bedeckt, und etwas Fleischiges hing von ihm herab, das auch ein feuchtes Stück Schnur von einem Braten sein konnte. Er beugte sich nach unten und ergriff ihre Schulter. Er zog sie zu sich herüber und wusste, was er finden würde. Sie fiel auf den Rücken. Mit einem leblosen Auge starrte sie an die Decke. Das andere Auge war nicht mehr da. Die Augenhöhle war nach innen zusammengefallen und hatte sich geweitet, wo der sie umgebende Knochen zersplittert war. Blut war aus dem Loch geflossen und bedeckte die Seite ihres Gesichts. Ihr Mund war halb geöffnet, und die Zunge zwängte sich zwischen ihren weißen Zähnen heraus. Im Kontrast zu ihrem Gesicht, aus dem alle Farbe gewichen war, wirkten ihre Lippen extrem rot, ebenso wie das Blut. Ihre Haut war so weiß. Das Blut war so rot.

Er drehte sich um und stolperte in die Küche, wo sich sein Mageninhalt in das Spülbecken aus Edelstahl ergoss.

Dann stand er da, über den Ausguss gebeugt, und betrachtete die Reste seines Abendessens. Das Haar fiel ihm ins Gesicht, Schweißperlen standen ihm auf der Stirn, immer wieder lief es ihm kalt den Rücken hinunter.

Nach einer Weile richtete er sich auf, ließ warmes Wasser laufen und spülte das Erbrochene fort. Dann hielt er die hohlen Hände unter den Wasserstrahl, hob sie unter den Mund, schlürfte das Wasser, gurgelte und spuckte es wieder aus. Das machte er zweimal.

Wenn er die Polizei rief, würde man ihm glauben, dass es ein Unfall war? Sie würden unmöglich meinen können, er habe sie gezielt getötet, indem er ihr Gesicht gegen den Türknauf schmetterte. Das war zu absurd. Sie würden glauben müssen, dass es ein Unfall war – auch wenn nicht mal er das wirklich glaubte. Jedenfalls nicht so ganz. Er wusste, dass er es nicht geplant hatte, aber er empfand eine gewisse Befriedigung, die seine Schuldgefühle noch verstärkte. Und war ihm nicht auch Mord in den Sinn gekommen? Sicher, es war nur ein Gedankenblitz gewesen, ein zorniger Impuls, dem er niemals die Tat hätte folgen lassen – obgleich er es vielleicht getan hatte. In gewisser Weise glaubte er tatsächlich, es absichtlich getan zu haben. Und das würden auch andere glauben. Er hatte erst kürzlich ihre Beziehung beendet, sie war schwanger von ihm, sie hatte gedroht, seiner Frau alles zu erzählen: Trotz der absurden Umstände, unter denen sie zu Tode gekommen war, würde niemand glauben, dass es sich um einen Unfall gehandelt hatte. Es würde immer noch als Mord dritten Grades gewertet werden. Und selbst wenn es ein Unfall war, selbst, wenn man ihm glaubte, dass ihr Tod ein Unfall gewesen war, blieb es immer noch Totschlag. Oder fahrlässige Tötung. So was eben.

Er ging zurück ins Wohnzimmer, wo Kate auf dem Boden lag. Er betrachtete sie – tot. Er benetzte seine Lippen. Wenn er sie getötet hatte, wanderte er ins Gefängnis. Aber wenn sie sich auf eine Weise umgebracht hatte, die zu ähnlichen Verletzungen wie dieser hier führen musste, war es etwas anderes. Und wenn er sich ebenfalls bei demselben Unfall schlimme Verletzungen zuzog, dann umso besser.

Zum Beispiel würde ein Mann bei klarem Verstand doch nicht absichtlich seinen Wagen am Mulholland Drive in den Abgrund stürzen lassen. Vielleicht war sie hergekommen, um mit ihm zu reden. Vielleicht hatten sie sich versöhnt. Vielleicht hatten sie beschlossen, mit einem Picknickkorb zum Mulholland hinaufzufahren und auf einem der Aussichtsplätze ihre Sandwichs zu essen und die Lichter der Stadt zu bestaunen, die in der Nacht funkelten wie Spiegelbilder der Sterne auf der Ozeanoberfläche. Vielleicht war genau das geschehen, nur dass sie eine Kurve unterschätzten und über eine Felsklippe abstürzten.

Er nickte bei sich. Warum nicht? Immer wieder starben Menschen bei Autounfällen, und es ließ sich nicht sagen, zu welcher Art von Verletzungen ein Unfall führen konnte. Unfälle waren unvorhersagbar. Deswegen wurden sie ja Unfälle genannt.

Aber wenn es so geschehen sollte, musste er sie schnell ins Auto schaffen und über die Felskante stürzen lassen. Leichenbeschauer verfügten über beste Mittel, einen Todeszeitpunkt festzustellen – Leichenstarre und so weiter –, und er musste dafür sorgen, dass der Autounfall sich im richtigen Zeitfenster ereignete.

Er packte sie an einem Arm und einem Bein und zog sie weg von der verschlossenen Tür. Dann trat er hinaus in den Frühlingsabend und beschmierte beim Öffnen der Tür seine Hände mit Blut. Die Luft war kühl und roch nach dem kürzlichen Regen angenehm frisch. Niemand war zu sehen. Es war schon spät, und in dieser Gegend gingen die Leute früh zu Bett. Ihr Wagen stand auf der anderen Straßenseite. Er hielt es für unmöglich, ihre Leiche den gesamten Weg unter freiem Himmel hinüberzutragen. Er würde den Wagen in die Garage fahren, die Leiche einladen und losfahren.

Er ging wieder hinein und wusch sich das Blut von den Händen. Dann kramte er in ihrer Tasche nach den Autoschlüsseln, fand sie und fuhr ihren Wagen in die dunkle Garagenhöhle. Dann ging er ins Wohnzimmer zurück. Da lag sie. Eine Seite ihres Gesichts war eingedrückt. Er musste sauer aufstoßen und schwarze Galle schlucken, die in seiner Kehle brannte.

Er ging hinüber zu der Leiche, hockte sich hin, schob einen Arm unter ihre Kniekehlen – sie war noch warm –, den anderen unter eine Achsel und den Nacken und hob sie hoch. Sie war klein, aber fünfzig Kilo und etwas waren doch ein ziemliches Gewicht, und einer seiner Rückenmuskeln verkrampfte sich, sodass er beinahe gefallen wäre. Er taumelte, fand dann aber das Gleichgewicht wieder. Er trug sie zur Garage und schaffte es mit Mühe, die Wagentür zu öffnen und den Beifahrersitz nach vorn zu schieben. Dann bugsierte er die Leiche wie ein übergroßes Gepäckstück auf den Rücksitz.

Nachdem das getan war, kehrte er ins Wohnzimmer zurück, beseitigte das Blut vom Fußboden und dem Türknauf – kratzte sogar mit dem Daumennagel die Rillen aus – und trug die blutigen Papiertücher zu den Mülleimern seines Nachbarn fünf Häuser weiter.

Dann kümmerte er sich um das Picknick. Er bereitete Sandwichs mit Putenfleisch und Pesto und füllte Pickles und Oliven in kleine Plastikbeutel. Er schnitt Äpfel in Scheiben. Zusammen mit dem Imbiss legte er eine Flasche Wein und einen Korkenzieher in den Korb. Sie waren eben hinauf zum Mulholland gefahren, um den Abend gemeinsam zu verbringen, ein wenig Wein zu trinken, Sandwichs zu essen und zu reden.

Er schnappte sich den Picknickkorb und trug ihn hinaus in die Garage.

Er stieg ins Auto, lenkte ihn hinaus auf die Straße und fuhr los.

Als er den Mulholland Drive erreichte, war es schon fast elf Uhr. Der Mond mit seinen grauen Kratern hing über ihm, und hinter manchen Kurven öffnete sich ihm der Blick auf das funkelnde Lichtermeer der Stadt, die sich vor ihm ausbreitete. Auf der einen Straßenseite erhob sich ein Erdwall, aus dem braune Felsbrocken ragten und der von rosa blühender Bougainvillea, wild wachsenden Pflanzen und Buschwerk bewachsen war, während auf der anderen Seite ein Steilhang abfiel, der gelegentlich durch Leitplanken oder Maschendrahtzaun gesichert war, an manchen Stellen aber völlig frei lag. Wenn man mit dem Wagen um die Kurve kam, wurde einem schwindlig beim Anblick des Abgrunds in fünfzehn, zwanzig Metern Tiefe und dem Bewusstsein, dass die Räder des Wagens kaum mehr als eine Armlänge vom Rand entfernt waren. Er fuhr an mehreren Aussichtsplätzen vorbei – unbefestigten Buchten, von Holzzäunen begrenzt und so gestaltet, dass man vom geparkten Wagen aus den Blick auf die unten liegende Stadt genießen konnte. Er fuhr an Häusern vorbei, die in Felsnischen gebaut worden waren, an Bäumen mit rosa Beeren, an mehreren parkenden Wagen.

Als er zum Universal City Overlook gelangte, fuhr er den Wagen an der Straßenrand. Die Reifen wirbelten Kiesel auf, die über den Felsrand regneten.

Er war dabei, es wirklich zu tun.

Er stieg aus dem Wagen, mühte sich mit Kates Leiche ab, platzierte sie auf dem Fahrersitz und schnallte sie an. Es sah unwirklich aus, wie sie dasaß, wächsern und künstlich, aber Blut tropfte ihr aus der Augenhöhle auf die Kleider.

Ein Wagen fuhr vorbei, als er dort stand und die Leiche betrachtete, doch er hielt nicht, und der Fahrer warf nicht einmal einen Blick in seine Richtung.

Er schlug die Fahrertür zu und ging zum Beifahrersitz herum.

Es war schwieriger, als man denken sollte, einen Wagen vom Beifahrersitz aus zu fahren. Zum Glück war es ja nicht weit. Er legte den Gang ein und scherte ruckelnd auf den Mulholland aus. Gas gab er mit dem rechten Bein der toten Kate, deren Kopf lose im Nacken pendelte. Aus der eingedrückten Augenhöhle tropfte immer noch Blut auf ihren Schoß. Und dann sah er die Leitplanke im Scheinwerferlicht, und ihm wurde klar, dass es jetzt tatsächlich geschehen würde. Er könnte dabei sein Leben lassen. Ein Teil von ihm war froh darum – hoffte sogar, dass er starb –, denn selbst wenn ihm die Polizei den Unfall abkaufte, würde Samantha doch von der Affäre erfahren, und er würde sich dafür verantworten müssen. Er wollte sich aber nicht vor ihr verantworten. Wenn er starb, war alles vorüber.

Der Wagen krachte gegen die Leitplanke, die in der Mitte auseinanderbrach und ihm den Weg freigab, sodass der Wagen weiter geradeaus noch vorne schoss. Und dann war unter ihm nichts als Luft. Sein Magen fiel ins Bodenlose wie ein Fahrstuhl, dessen Seil man gekappt hatte. Der Wagen kippte vornüber, und in den Lichtkegeln der Scheinwerfer konnte er die Bäume unter ihnen erkennen. Von einem der Wipfel flog ein Vogelschwarm auf, hochgeschreckt vom Motorengeräusch.

Und dann raste ihm das Grün der Bäume entgegen – und dann war da nichts mehr.

4

DER EINBRUCH

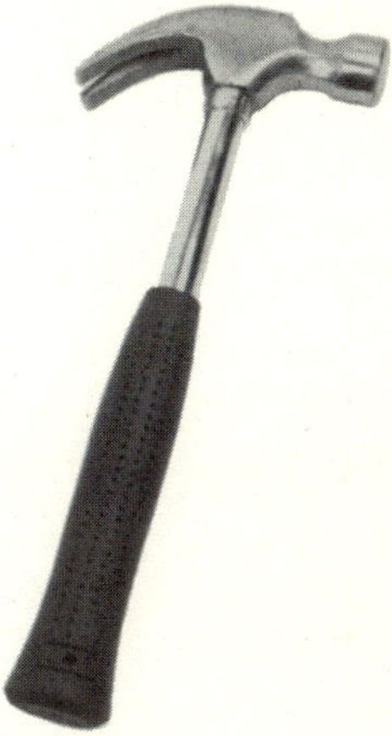

Er las einen Artikel darüber, dass die Polizei Jeremy verdächtigte, ein falsches Spiel zu treiben, einen anderen, der von seiner Verhaftung berichtete, einen über die Ungereimtheiten in seiner Aussage und schließlich einen letzten, der vermeldete, Jeremy sei ohne Anklageerhebung aus der Haft entlassen worden, weil es nicht genügend gerichtstaugliche Beweise gab. Er erinnerte sich, dass Jeremy nach fünf Wochen Koma aufgewacht war (er hatte den ganzen Monat Mai durchgeschlafen) und ein Detective über ihn gebeugt stand – einer von der Sorte, die Schlangenlederstiefel tragen und Ringe am kleinen Finger, die aber auch an ihren Fingern riechen, um festzustellen, ob sie sich mal wieder die Hände waschen sollten. Er erinnerte sich an eine gerichtliche Untersuchung. Er erinnerte sich, wie befremdlich es war, wieder zur Arbeit zu gehen, wie die Leute ihn nicht mehr so ansahen wie sonst, wie er sich verschiedenen Gruppen von Menschen hatte stellen müssen, um Fragen zu beantworten, wie manche von diesen Leuten wollten, dass er seinen Abschied nahm, obwohl doch alle

Anschuldigungen gegen ihn fallen gelassen worden waren, wie es ihm gerade noch gelungen war, bleiben zu können. Er erinnerte sich, dass Samantha ihn verlassen hatte, aber zurückgekehrt war.

Auf gewisse Weise war er untrennbar mit Jeremy verbunden. Und jetzt wurde er zu ihm, zu einem Mann, den er inbrünstig hasste. Er war ein zorniger, verbitterter und gewalttätiger Mann. Er hatte eine schöne Frau und ein schönes Heim, und er war elegant gekleidet, aber er war ein Monster – und er war ein Monster, weil er es zuließ, dass die abscheulichen Gedanken, die unter der Oberfläche lebten, in der Tiefe um sich schlugen. Jeder hatte ein Innenleben. Aber nicht jeder ließ sich von ihm leiten.

Er stand vom Mikrofilmlesegerät auf und verließ die Bibliothek. Der Mann im braunen Sportsakko ging ihm durch den Kopf – der Mann, den er dabei gesehen hatte, wie er das Graffito an der Korridorwand hinterließ.

Er saß im Saab und rauchte eine Zigarette, die er zwischen zwei Fingern seiner zitternden rechten Hand hielt. Durchs Fenster blickte er hinüber zum Wally's, wo er Robert und Chris und einen dritten Mann beim Essen sah. Der dritte Mann hatte vorzeitig ergrautes Haar und trug ein braunes Cordsakko. Er aß ein Sandwich, das er aus einer braunen Papiertüte genommen hatte.

Er rauchte noch zwei weitere Zigaretten, bevor Robert und Chris und der Mann im Cordsakko gingen. Er beobachtete, wie der Mann im Sakko das Wally's verließ und sich mit einem Zippo eine Zigarette anzündete, bevor er zusammen mit seinen beiden Freunden um eine Ecke verschwand. Als sie weg waren, stieg Simon aus und ging in das Restaurant.

Er sah sich um, bis er Babette entdeckte. Sie servierte Sandwichs an einer Ecknische, und ihre Zähne mahlten wie gehabt auf einem Kaugummi. Nachdem sie bedient hatte, wandte sie sich von der Nische ab und eilte zur Küche, wo man ihr schon wieder neue gefüllte Teller zum Servieren abgestellt hatte.

Simon ging zu ihr, berührte ihren Arm und sagte: »Darf ich Sie kurz etwas fragen, Babette?«

»Sicher, Si...« Aber dann hielt sie inne, drehte sich um und sah ihn an. Sie blickte verwirrt. »Oh.« Sie leckte sich die Lippen. »Worum ... worum geht es?«

»Diese drei Typen, die da gesessen haben ...« Er nickte in Richtung eines Tisches, der gerade von einer Hilfskraft abgeräumt wurde. »Wer war der Kerl im Cordsakko?«

Er wusste, was sie sagen würde, aber er musste es trotzdem hören.

»Simon?«, sagte sie.

»Falsch«, sagte er.

Obwohl er die Zusammenhänge nicht verstand, nahm in seinem Hinterkopf eine Theorie Gestalt an, eine Theorie, die er während der letzten drei Tage halbwegs ignoriert hatte – seit er Robert bedrängt und ihn gefragt hatte, ob er die Leiche mitgenommen hatte. Diese schwindelerregende Wiederholung von Ereignissen hatte ihn wieder und wieder überrollt, aber er konnte all dem keinen Sinn abtrotzen – nicht in einer Welt, in der zwei plus zwei gleich vier sind, nicht in einer Welt, in der man die zurückgelegte Entfernung ermitteln konnte, indem man die Geschwindigkeit mit der Zeit multiplizierte – und daher hatte er sie vorerst im Hinterkopf gespeichert. Er hatte sie dort bewahrt und gewartet, dass etwas geschah, wodurch sie Sinn ergab. Und jetzt nahm seine Theorie Gestalt an, aber sie war noch nicht vollständig. Eins jedoch wusste er: Er hasste, wozu er geworden war, er wollte sein eigenes Leben zurück – und es konnte nur einen Simon Johnson geben, der in den Filboyd Apartments wohnte.

Simon parkte vor dem Bürogebäude, wartete darauf, dass der Mann im braunen Sportsakko Feierabend machte, rauchte und sah in die Seitenspiegel. Er sah drei Streifenwagen vorbeirollen, aber keiner der Fahrer bedachte ihn auch nur mit einem Seitenblick.

Sein Magen schmerzte. Seine Leber machte sich bemerkbar.

Er zog seine Schachtel Zigaretten hervor, schnippte den Deckel hoch und zählte, wie viele er noch hatte. Sieben. Er führte die Schachtel zum Mund, klemmte eine der Zigaretten mit dem Filter zwischen die Zähne und zog die Schachtel wieder weg. Sechs. Er zündete sich die Zigarette mit einem Streichholz an. Der Rauch lag schwer in seinen Lungen. Er atmete aus.

Zwei Zigaretten später sah er, wie der graue 1987er Volvo sich vom Bordstein löste und sich in den Verkehr einfädelte. Er startete seinen Saab und folgte dem Volvo, immer darauf bedacht, mehrere Wagenlängen Zwischenraum zu lassen, damit der Mann im braunen Cordsakko ihn nicht sah.

Nachdem sie einige Male abgebogen waren, hatten sie den Wilshire erreicht und fuhren in westlicher Richtung.

Simon folgte mit dem größtmöglichen Abstand, behielt aber stets die rechteckigen Rücklichter im Auge. Sie fuhren direkt an den Filboyd Apartments vorbei und dann am Ambassador Hotel, das umgebaut wurde und schon bald nicht mehr das Ambassador sein würde. Sie fuhren weiter. Und dann bog der Mann im braunen Cordsakko nach rechts ab und parkte in einer Nebenstraße nicht weit von einem Gebäude, an dessen Fassade ein Schild verkündete:

ADULT BOOKS & VIDEO ARCADE

Simon bremste ab und sah, dass der Typ auf eine Klingel drückte und dann hineinging. Er fuhr zur nächsten Ampel, machte eine unerlaubte Kehrtwendung und fuhr zurück zu den Filboyd Apartments. Wenn er sich nicht irrte, würde der Typ schon bald dort auftauchen.

Als er das Apartmentgebäude erreichte, machte er nochmals eine unerlaubte Kehrtwendung. Auf der anderen Straßenseite, direkt vor den Filboyd Apartments, wartete ein freier Parkplatz auf ihn. Er fuhr daran vorbei und rangierte rückwärts hinein. Aber dabei fuhr er etwas an und hörte ein Jaulen. Er bremste. Er blickte in den

Rückspiegel und in beide Seitenspiegel, aber sah nichts. Der Wagen hinter ihm war gute anderthalb Meter von seiner Stoßstange entfernt. Er fuhr weiter rückwärts und stand richtig eingeparkt, dann stieg er aus. Er ging hinten um den Wagen herum und sah ihn – den Streuner mit dem weißen Auge und dem Ohr, das aussah wie der angekaute Fettrand eines Steaks. Er war tot. Sein Kopf ruhte auf dem Bordstein. Auf dem Nummernschild am Heck waren Blutstreifen zu sehen. Er hatte nicht halluziniert. Jedenfalls nicht den Hund, und wenn den Hund nicht, dann auch Müller nicht. Vielmehr hatte er jetzt den Tod des Hundes eingeholt, und das arme Tier hatte ihn erlitten.

»Scheiße«, sagte er. Er hockte sich hin, tätschelte den Hund und sagte »Junge?«, nur um ganz sicher zu sein. Er bewegte sich nicht. Seine Brust hob und senkte sich nicht. Seine Zunge hing schlaff aus dem leicht geöffneten Mund.

»Es tut mir leid«, sagte er.

Es war schon fast dunkel draußen – der Mond war deutlich zu erkennen, und die Sonne verschwand langsam –, als er sah, wie der Mann im Sportsakko um die Ecke zum Wilshire kam und zu einem Münzfernsprecher ging. Er nahm den Hörer ab, drückte drei Zahlen, sprach ein, zwei Minuten, und hängte dann hastig wieder ein. Er ging direkt an Simon in seinem Saab vorbei, stieß die mit Fingerabdrücken übersäten Glastüren auf und betrat die Filboyd Apartments.

Nachdem der Mann fort war, kletterte Simon aus dem Saab und ging zur Ecke hinüber. Helmut Müller lag auf dem Gehsteig der gegenüberliegenden Straßenseite unter einer Straßenlaterne, die nicht brannte. Er trug keine Schuhe. Simon war sich ziemlich sicher, dass sich die Schuhe im Besitz eines Mannes mit einer Tätowierung am Hals befanden.

Er dachte daran, geradewegs hinauf in sein Apartment zu marschieren und den Mann im Sportsakko zu töten – er dachte daran, es auf der Stelle zu tun –, aber er brauchte einen Moment, um alles zu durchdenken. Er brauchte einen Moment, um vollständig zu erfassen, was sich abspielte, jetzt, da er sicher war, dass es sich tatsächlich abspielte.

Er ging zurück zum Saab und stieg ein. Er zündete sich eine Zigarette an, inhalierte tief, hustete und rieb sich die Nase mit dem Handrücken. Irgendwie hatte er einen Kreis geschlagen – er war Jeremy geworden, und damit hatte sich der Kreis geschlossen. Was bedeutete es, wenn er jetzt dort hineinging? Es bedeutete, dass der Mann im Cordsakko ihn töten und in seiner Badewanne ablegen würde; es bedeutete, dass er in den sicheren Tod gehen würde, oder?

Aber vielleicht auch nicht.

Jeremy hatte es nicht geschafft, ihn zu töten. Hieß das nicht, dass er jetzt eine bessere Chance hatte, da er jetzt er war? Oder war …

Denk das zu Ende. Du bist Simon Johnson. Simon Johnson führt ein ruhiges Leben in seinem kleinen Zweizimmerapartment, geht täglich zur Arbeit, hört sich jeden

Abend seine Schallplatten an und trinkt Whiskey. Er tut niemandem etwas zuleide. Er ist harmlos. Er ist ein harmloser Niemand, der keiner Seele je etwas zuleide tun würde. Ich bin ein harmloser Niemand, der keiner Seele etwas zuleide tun würde – ich bin Simon Johnson.

Ich *war* Simon Johnson. Und könnte es wieder sein.

Nur weil Jeremy getötet wurde, als er in das Apartment einbrach, hieß das nicht, dass es diesmal genauso ablaufen würde. Es musste diesmal nicht so laufen. Da war er sich sicher.

Er stieg hastig aus dem Saab, überquerte den Gehsteig, streckte die Hand aus, um eine der Glastüren aufzustoßen. Aber bevor seine Finger die kalte durchsichtige Oberfläche berührten, hielt er inne, wandte sich ab – ich kann das nicht tun; Scheiße, ich *kann* das nicht tun – und kehrte in seinen Wagen zurück.

Er öffnete seine Zigarettenschachtel. Die letzte Zigarette.

Er steckte sie sich zwischen die Lippen und gab sich Feuer. Die leere Packung Camel Filters warf er aus dem Fenster auf den Gehsteig.

Ich kann das nicht.

Du musst es aber tun.

Seine Brust schmerzte, und seine Augen brannten, und sein Magen fühlte sich leer an wie eine Kalebasse. Er sah hinunter auf seine Kleidung – der Mantel, die grüne Krawatte, der grüne Schal: was Shackleford am Abend des Einbruchs getragen hatte.

Er lachte.

»Scheiße«, sagte er. Hätte er etwas tun können, um jetzt nicht in dieser Lage zu sein? Er war nicht sicher. Vielleicht führten alle Wege hierher. Nur die Perspektive war eine andere.

Aber es musste nicht auf dieselbe Weise enden. Nur weil es einmal so geschehen war, musste es nicht zwangsläufig wieder so geschehen.

Er rauchte seine Zigarette langsam, und als sie zu Ende war – runtergeraucht bis zum Filter, den er zwischen Daumen und Zeigefinger eingekniffen hielt wie einen Joint; runtergeraucht, bis er schmecken konnte, dass der Filter selbst bereits brannte –, schnippte er sie aus dem Fenster.

Wenn er den Mann im Cordsakko tötete, wenn er nur noch eine einzige brutale Tat vollbrachte, konnte er dem hier ein Ende setzen. Er konnte zurückkehren in sein Leben als Simon Johnson.

Die Fragen nach dem Warum interessierten ihn nicht mehr. Er wollte nur, dass es zum Ende kam. Und wenn er den Mann im Sportsakko tötete, könnte es – könnte es zu Ende sein. Er könnte zurückkehren in sein ruhiges Leben und vorgeben, dass nichts von dem hier je geschehen sei.

Letztlich, dachte er, ist es das einzig Vernünftige, was er tun konnte.

Dann lachte er los und konnte lange nicht mehr mit dem Lachen aufhören.

Er schob sich durch die Glastüren in die Eingangshalle der Filboyd Apartments. Er fühlte sich wie elektrisiert, aber trotzdem war ihm kalt.

Als er die Treppen hochstieg, griff er in die Innenseite seines Mantels und zog den Stanley-Schraubendreher hervor, den er benutzt hatte, um die Nummernschilder auszutauschen. Er hielt den schwarz-gelben Griff in der Faust. Der Plastikgriff hatte sich durch den Körperkontakt erwärmt, aber seine Daumenkuppe berührte das kalte Metall. Als er die Treppen hinaufging, hatte er ein Déjà-vu-Erlebnis, das Gefühl, das hier schon einmal getan zu haben – nicht nur schon einmal, nicht zweimal, sondern Dutzende Male. Vielleicht Hunderte.

Aber das musste nicht heißen, dass es wieder auf dieselbe Weise ablief. Die Dinge konnten sich ändern.

Ihm war kalt.

Als er oben auf der Treppe angelangt war, sah er ein Graffito.

WELL, TAKE HIM

stand da in Schwarz, mit einem verschmierten »s« auf der Wand darüber.

»Das hab ich ja vor«, erwiderte er. »Ich werde ihn mir schnappen.«

Seine Stimme hallte seltsam im leeren Korridor.

Er befeuchtete seine Lippen und atmete laut durch die Nase. Er drehte sich um und blickte den Korridor entlang. Er blinzelte. Er sah Eiswürfel vor sich ausgebreitet, sah den eigenen Atem in der Luft wie eine Sprechblase in einem Comic, sah Eiszapfen an Türklinken hängen. Er blinzelte erneut, und all das war verschwunden. Es musste nicht auf diese Weise ablaufen. Ihm war so kalt.

Sein Körper hatte sich erinnert, wenngleich er selbst nicht.

Es brauchte nicht wieder auf dieselbe Weise abzulaufen.

Auf dem Weg durch den Korridor überkam ihn ein Schwindelgefühl. Er lehnte sich an die Wand und berührte sie mit der Stirn. Es fühlte sich gut an. Ihm war übel.

Er konnte immer noch umdrehen und fortgehen.

Nein, konnte er nicht.

Wollte er nicht.

Als Jeremy Shackleford besaß er kein Leben.

Er ging zur Eingangstür. Er betrachtete sie. Sie war weiß gestrichen. Um die Türklinke herum sah man Flecken, die von schmutzigen Fingern stammten.

Er schluckte, als er die Tür betrachtete. Er atmete ein und atmete aus, schneller und schneller, brachte sich in Fahrt – brachte sich zum Hyperventilieren.

Okay, dachte er.

Er holte mit dem Fuß aus und trat zu.

Die Tür schwang nach innen auf. Pfostensplitter flogen in alle Richtungen, verstreuten sich auf dem Holzfußboden des kleinen Wohnzimmers.

»Ich weiß, dass Sie hier sind«, sagte er, als er die Wohnung betrat. »Ich habe Sie reingehen sehen.«

Aber als er eintrat, überkam ihn ein zweiter Schwindelanfall, und er taumelte in Richtung Küche. Er glaubte, sich übergeben zu müssen. Er ließ den Schraubendreher zu Boden fallen und beugte sich über das Spülbecken. Ein gequältes Ächzen drang aus seiner Kehle, aber erbrechen konnte er sich nicht. Seit Tagen hatte er nichts gegessen. Er hatte seit Montag nichts gegessen, und heute war Mittwoch. Meinte er jedenfalls. Aber natürlich war es das. Jeremy Shackleford war an einem Mittwoch in sein Apartment eingebrochen, also musste heute Mittwoch sein. Er verpasste das Special über UFOs. Wenn er versagte, würde der Mann im Cordsakko morgen wie selbstverständlich zur Arbeit gehen, nur mit ein paar blauen Flecken am Hals. Er würde mit seinen Freunden zu Mittag essen. Er würde in der Zeitung von Helmut Müllers Tod lesen.

Lange Zeit stand er da, die Arme auf die Umrandung gestützt, atmete nur ein und atmete aus und betrachtete das glatte weiße Becken. Der Fäulnisgeruch aus dem Abfallzerkleinerer stieg ihm in die Nase wie der Atemhauch eines Tieres.

Er hörte ein Geräusch aus dem Schlafzimmer – schwach. Der Mann würde gleich auftauchen. Er durfte nicht zulassen, dass er ihn in dieser Verfassung antraf. Er torkelte zum Sicherungskasten, zog die graue Metalltür auf und legte alle Schalter um, sodass im gesamten Apartment der Strom abgeschaltet war. Dadurch würde er ein paar Minuten gewinnen. Er würde sich fassen können. Er lehnte sich an die Wand. Ihm war übel. Einatmen und ausatmen. Sich sammeln.

Okay. Er könnte es fertigbringen. Diesmal würde er nicht sterben.

Es könnte anders ausgehen.

Er hörte ein Geräusch aus dem Wohnzimmer. Er zuckte zusammen und warf einen Blick durch den Kücheneingang. Er sah einen Mann die Wohnungstür zustoßen. Dadurch erlosch das Vierzigwattlicht, das vom Korridor hereingefallen war. Der Mann trug grüne Pyjamahosen und ein weißes T-Shirt.

Ein Schauder durchlief seinen Körper: Das war er.

Er musste es tun. Es brauchte nicht so auszugehen wie zuvor.

Er stürzte sich auf den Mann – ohne den Schraubendreher, der noch auf dem Küchenboden lag –, die Arme ausgestreckt, und packte ihn an der Kehle. Sie war warm. Er spürte, wie der Adamsapfel unter seinen Daumen gequetscht wurde.

»Stirb, du Dreckskerl«, sagte er, und Speichel sprühte von seinen Lippen.

Anfangs war da nur die Kälte. Dann der Schmerz. Ein Schmerz oberhalb seiner linken Schläfe, wie er ihn noch nie verspürt hatte. Alles war schwarz, und er verstand nicht, warum. Aber dann wusste er es – und schlug die Augen auf. Etwas Weißes und Verschwommenes waberte vor seinem Gesicht wie ein Gespenst. Er blinzelte mehrere Male. Ein Plastikbeutel war über seinen Kopf gestülpt. Er atmete aus und hörte, wie sich das Plastik dehnte. Im Beutel war ein Loch, ein kleiner Riss wie ein ausgefranstes Z, und er konnte erkennen, dass jemand auf dem Rand der Badewanne saß, in der er lag. Derjenige drehte sich um und sah ihn an – derjenige war Simon. Vorzeitig ergrautes Haar, Brille, eine Haut wie die Mondoberfläche. Ihm stockte der Atem.

Er war in Eis begraben. Ihm war kalt. Aber er meinte, an seiner linken Hand Luft zu spüren. Er bewegte den Kopf leicht zur Seite, vorsichtig, um kein Geräusch zu machen, und sah, ja tatsächlich, dass seine linke Hand auf dem Eis lag. Er erinnerte sich, die Hand herausgezogen zu haben, um zu sehen, ob sie einen Ehering trug. Er konnte sich später gratulieren, dass er die Hand befreit hatte – wenn er erst wieder er selbst war.

Der andere Mann musste ihn gehört haben, denn er beugte den Kopf vor und lauschte.

Unbeholfen streckte er seine linke Hand aus – er war Rechtshänder – und bekam einen Haarschopf zu packen. Den riss er so heftig nach hinten, wie er konnte, biss die Zähne zusammen und schmetterte den Kopf des anderen Mannes gegen die Wandfliesen. Ein hohles Dröhnen erfüllte den Raum, und der Mann fiel zähneklappernd zu Boden.

Er kämpfte sich aus dem Eis, tastete nach dem Mann, kletterte zu ihm, suchte nach seiner Kehle.

Er fiel auf den Mann und würgte ihn. Blut sickerte aus dem Loch im Plastikbeutel, der seinen Kopf bedeckte, und tröpfelte dem anderen Mann auf Gesicht, Augen und Mund. Und Visionen und Erinnerungen fluteten seinen Kopf. Erinnerungen, die Jeremy gehörten – und genauso Simon. In einer Erinnerung an eine Taufe war er Simon, in einer anderen war er Jeremy, aber ansonsten waren die Erinnerungen identisch. Das Stehlen des Drachens. Schwimmen im öffentlichen Bad von Austin. Dutzende, ja Hunderte andere Erinnerungen. Und er wusste es. Etwas war bei dem Autounfall geschehen. Was genau es war, wusste er nicht – aber irgendetwas. Vielleicht während er in diesem Koma gelegen hatte. Der Teil von ihm, der nicht ertragen konnte, was er war, brach ab wie ein Ast unter einer zu schweren Last. Er erinnerte sich an den Nebel, der Simon war, bevor Simon ein Mann wurde: dieser nicht vorhandene Nebel. Und er erinnerte sich an die spontanen Anwandlungen. Dieses Apartment zu mieten, alte Kleidungsstücke und alte Gläser und Schallplatten herzubringen und Samantha zu sagen, er habe sie gespendet oder bei Amoeba Records verkauft, es sich selbst einzureden. Er erinnerte sich, diese Identität erschaffen zu haben: nach Westlake gefahren zu sein und sich illegale Papiere beschafft zu haben, die ihm einen Namen gaben und eine Sozialversicherungsnummer. Und vielleicht hatte er sogar geplant zu verschwinden, ganz von vorne anzufangen und seine hässliche Vergangenheit zu vergessen, so zu tun, als sei er nicht derjenige, der er war. Aber an einem gewissen Punkt wurde Simon zur realen Person. Fast. Doch das Universum besaß Regeln, und eine dieser Regeln lautete, dass ein halb plus ein halb niemals zwei ergeben kann. Ein Teil eines Menschen mochte sich lösen, aber es blieb doch immer nur ein Teil. Und wenn er wieder fast ganz wurde, wies das Universum diese trotzige Missachtung von sich, und wie auf einer zerkratzten Schallplatte spielte sich dieser Teil seines Lebens wieder und wieder ab – weil ein halb plus ein halb niemals zwei ergeben kann. Sondern nur eins. Wieder und wieder spielte er sich ab, bis Simon und Jeremy wieder eins waren. Das war alles.

Das Universum besaß Regeln. Er hatte sie nur nicht verstanden.

Geschwindigkeit und Entfernung.

Zeit.

Der andere Mann ergriff einen Porzellantopf, in dem eine Bambuspflanze wuchs. Er fühlte, dass der Topf kalt war und hart, obwohl er doch nichts anderes berührte als die Kehle seines Gegenübers. Er konnte es fühlen, weil der andere Mann es fühlen konnte. Und er konnte sich mit den Augen des anderen Mannes sehen. Als alles durch die Oberfläche brach, erlebte er beide Leben gleichzeitig. Wie zwei Spiegel, die einander gegenüberstanden: Er sah mit beiden Augenpaaren zu, wie er sich ins Unendliche vervielfältigte.

Der andere Mann holte mit dem Porzellantopf nach ihm aus – und diesmal sah er ihn auf sich zukommen, weil er ihn gegen sich selbst erhob, und er wich nach links aus, sodass der Topf ihn nicht im Gesicht traf. Zuvor war eben das geschehen, der Topf war ihm ins Gesicht geschmettert worden, Dutzende Male, Hunderte Male zuvor, aber diesmal nicht. Diesmal kam alles an die Oberfläche.

Als die Erinnerungen ihn zunehmend heimsuchten und ihn zu einem Ganzen formten, wurde das Bild, das er durch das andere Augenpaar vor sich sah, schwächer – die Wahrnehmung durch Simons Augen verblasste, wurde grau und unscharf und an den Rändern verschwommen. Simon war nur ein kleiner Teil dessen gewesen, was er war; der Teil, der die Last nicht zu tragen vermochte; darum hatte er sich so hohl gefühlt, so kalt, so leer; und das war, wozu er jetzt wieder geworden war: ein kleiner Teil von ihm selbst.

Und dann war da nichts mehr unter ihm. Nichts als Kleidungstücke, ausgelegt in der Form eines Mannes: weißes T-Shirt, grüne Pyjamahosen, eine Brille mit Metallgestell, wie Piloten sie tragen.

Er saß allein auf den kalten Fußbodenfliesen.

Er atmete schwer.

Er saß lange Zeit dort, und beim Atmen schmerzte seine Kehle. Schließlich normalisierte sich sein Herzschlag, und er glaubte, gefahrlos stehen zu können. Er kam auf die Beine. Schwarze Flecken tanzten ihm vor Augen, und er taumelte nach links, stützte sich an einer Wand ab, drückte sich wieder in die Senkrechte und fand sein Gleichgewicht.

Er löste das Klebeband von seinem Hals und zog den Plastikbeutel vom Kopf.

Er sah ein Glas mit Whiskey auf der Ablage und trank ihn. Er brannte in der Kehle, aber tat doch gut. Er wärmte ihm den Bauch.

Er blickte nach rechts und sah die Wanne voll Eis. Dann sah er auf den Medizinschrankspiegel, dessen rückseitige Folie sich wie sonnenverbrannte Haut löste. Er betrachtete sich im Spiegel – sein vernarbtes Gesicht, das braun gefärbte Haar, seine Kontaktlinsen, seine grüne Krawatte, den Schal und den teuren Anzug. Sein Gesicht war blutverschmiert. Eine lange, klaffende Wunde verunzierte seine Stirn dicht über der linken Augenbraue. Dort hatte ihn die Taschenlampe wieder und wieder mit voller Wucht getroffen. Seine Nase war gebrochen.

Er drehte das Wasser auf und wusch sich das Gesicht. Er trocknete es mit einem Handtuch ab. Obwohl er sich das Gesicht gewaschen hatte, durchzogen Blutspuren das Frotteetuch. Er sah sich wieder im Spiegel an. Noch immer war Blut in seinem Haar, zu Klumpen angetrocknet. Aber sein Gesicht war sauber und fast ohne eine Spur von Blut.

Da bin ich, dachte er.

Er war nicht zu irgendetwas anderem geworden – das hier war er immer gewesen.

EPILOG

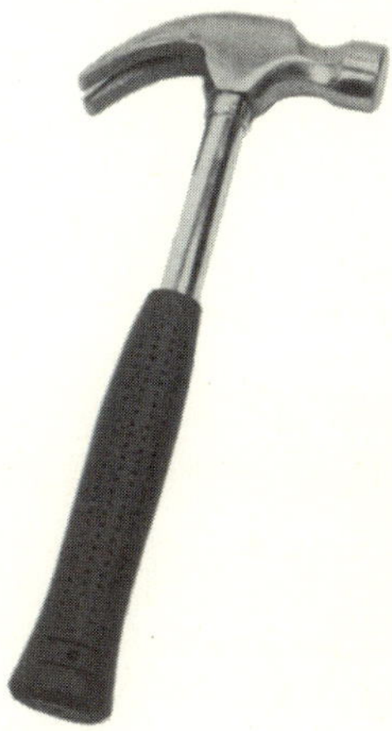

Er ging rüber zum Captain Bligh's, bestellte zwei Bounty Burger, einen Whiskey und zwei Bier. Das erste Bier trank er sofort, als es serviert wurde.

Der Laden war dunkel, und in der Nische neben ihm saß niemand. Daher bekam bis auf die Kellnerin niemand sein lädiertes Gesicht zu sehen, und er nahm an, dass sie sich um so etwas schon lange nicht mehr scherte.

Er saß da und hörte die Nachrichtentypen auf dem Bildschirm über der Bar schwafeln und die alten Stammgäste auf den gepolsterten Barhockern davor palavern.

Als seine Bestellung kam, aß er lautstark und mit großen Bissen, die er mit seinem zweiten Bier runterspülte. Er schaffte anderthalb Burger, bevor er satt war. Dann lehnte er sich zurück, schnappte sich seinen Whiskey und schüttete ihn in sich hinein.

In dieser Nacht schlief er im Apartment, und er schlief gut. Ohne zu träumen. Da war nichts als Dunkelheit.

Am nächsten Morgen stand er auf, duschte, zog ein sauberes T-Shirt an, dazu karierte Hosen und das Cordsakko. Er kämmte sich das Haar. Er frühstückte im Denny's, Ecke Wilshire und Vermont. Dann stieg er in seinen Saab und fuhr nach Pasadena.

Samantha saß im Wohnzimmer und trank Kaffee, als er hereinkam. Sie trug Trainingshosen und ein T-Shirt. Sie war ungeschminkt. Sie sah schön aus.

»Ich bin gekommen, um mich zu verabschieden«, sagte er.

»Was ... was ist denn mit dir passiert?«

Er kratzte sich die Wange.

»Ich bin gekommen, um mich zu verabschieden«, sagte er noch einmal. »Und um mich zu entschuldigen. Was ich getan habe, tut mir leid.«

Auf dem Polizeirevier wartete er zwanzig Minuten, bevor man ihn in einen Raum zu einem Detective brachte, der Schlangenlederstiefel trug und Ringe an den kleinen Fingern. Der Detective erinnerte sich an ihn.

Es war eine große Erleichterung, dort zu sein. Er hatte so viele Dinge zu gestehen.

Sie steckten ihn in eine Zelle. Es war ein kleiner Raum mit einer Pritsche, einer Toilette ohne Brille und einem Waschbecken. Die Gitterstäbe waren weiß gestrichen, aber wo Hunderte Hände sie umgriffen hatten, war die Farbe abgewetzt, und das dunkle Metall schimmerte durch. Fenster gab es keine. Er saß stumm da und las die Graffiti an den Wänden. Alles bedeutete genau das, was es zu bedeuten schien.

Um zehn Uhr ging das Licht aus.

In die Dunkelheit sprach er sein letztes Geständnis – seinen eigenen Namen –, doch der hallte ihm wie ein Echo entgegen, und daher sprach er ihn nicht noch einmal aus.

Obwohl er sie nicht sehen konnte, wusste er, dass sich draußen und über ihm das unermessliche Dunkel des Universums erstreckte. Das schwache Licht der fernen Sterne und Planeten. Das schmale Silber des Angelhakenmonds.

Er schloss die Augen.

Er wollte den Namen Gottes aussprechen, aber er wusste nicht, wie er lautete.

Ryan David Jahn

»Spannend bis zur letzten Patrone«

stern

978-3-453-67632-9

978-3-453-43640-4

978-3-453-43754-8

www.heyne-hardcore.de

HEYNE